御手洗パロディ・サイト事件

上

島田荘司

南雲堂

目次

装幀　銀月堂

第一章

1

あれは、平成十年の春三月のことだった。いつものことではあるのだが、春というのに私はいたって暗い気分で日を過ごしていた。犬坊里美が、この年にセリトス女子大の四年生になるからだ。こんなことをいちいち考えまいとは思うのだが、彼女が横浜にいる時間も、あと一年間となったかも知れないという不安からである。

ただ私は、そうはいっても通常の女子大生相手の場合よりは恵まれていた。里美が普通の大学生であったなら、卒業と同時に東京大手町の企業に就職、そうでないなら田舎に帰って見合い結婚、というような展開になってしまう。しかしありがたいことに彼女は、司法試験を目指していた。あまり何度も落ちればそれは解らないが、もっかのところ受かるまでは横浜にいると言ってくれている。セリトスの卒業生のやっている法律事務所に就職し、働きながらここで勉強をして、司法試験を目指すつもりらしいからだ。それなら、卒業後もしばらくは横浜にいるという話になり、だから私は多少の猶予ができたわけだ。が、こんな計画、いつ変化しないとも限らない。

昨年の平成九年、里美は最初の司法試験に挑戦した。駄目でもともとという気分だったらしい。優秀な友人もでき、彼女からの刺激もあったようだ。里美からいろいろと話を聞いたので、私も司法試験というものにいくらか知識ができた。司法試験には、一次試験としてまず一般教養の試験がある。これは英語も含むそうなので、私などはこれでまず門前払いだ。しかし大学生は一年生と二年生で一般教養課程を終了するので、したがって大学生は、教養課程終了の証書を提出すればこの一次試験を免除される。ということは法学部の学生は、三年生時から司法試験の受験資格が生じるということで、それで里美は三年生の春、学友と一緒に第一回目の挑戦をしたというわけだ。

　里美の話では、司法試験というものは、大学入試のように簡単にはいかない。年一度しかチャンスはなく、しかも五月から十一月までをたっぷりかける長丁場となる。これは二次試験だけの話だ。一次試験を免除された大学三年生も、したがって五月から十一月までをかけ、二次試験として三種の試験をこなさなくてはならない。択一試験、論文筆記試験、口述試験の三つだ。

択一試験は毎年五月、論文試験が七月、その結果が九月に発表になって、受かれば十月に口述試験がある。里美は択一試験と論文筆記試験を受けたが、残念ながら不合格したので口述試験は受けられず、また今年の春に再挑戦という話になった。一緒に受験した友人も同じだったという。

　択一試験は、ひとつの質問に対し五つほど回答が用意されてあり、この選択肢からひとつを選ぶチャート・シート式なので比較的楽だったが、論文は大変むずかしいかったと言っていた。

　私は里美の喜ぶ顔を見たかったので、合格を願ってはいるが、受かれば自分の手の届かない人になる心配も当然ある。彼女の頭の中に日々むずかしい法律知識が詰まっていっているかと思うと、周りにかもす雰囲気までが違って感じられ、年とともに、若く少壮の弁護士の妻がふさわしい女性になっていくようで気が重い。だから、このまま普通の女の子でいて欲しいという思いもまあ正直なところあり、しかしほっとしたことには、話し言葉は以前と全然変わらずギャル口調である。

これは私の気弱を慰めるが、それはまたそれで不安材料である。弁護士の先生になって法廷に立っても、里美はあの口調で弁論をやる気なのであろうか。裁判官は、ああいうギャル口調をどう感じるのであろう。法廷侮辱罪になったりはしないものであろうか。

司法試験の準備もあるので、里美はセリトス女子大のミステリ研には近頃あまり顔を出さないと言っていた。だからこのところの里美との会話には、御手洗についてとか、小説についての話題が出ることが少なくなっていて、それなりにほっとしてはいた。そんな矢先に、事件は起こったのである。ミステリ研で里美が一番親しくし、一緒に司法試験も受けた学友に関する事件だった。


昼過ぎ、切羽詰まった声の里美の電話で私は叩きおこされ、右のことを告げられた。しかし、詳細は会ってから話すと言う。そこで私たちは、例によって馬車道十番館で落ちあった。里美は、いつもとは全然違った思い詰めたような蒼い顔をして、相談があるのだと私に語った。このところの里美は、横浜ベイスターズの調子がよいのでずっとごきげんだったから、私はかなりびっくりした。

この里美とベイスターズとの関係についても、知った時はなかなか驚いた偶然なので、この際読者に披露しておこう。彼女は横浜ベイスターズの大ファンなのだが、それはこのチームに谷繁元信捕手という知り合いがいるからである。だから彼女は横浜ベイスターズのファンにもなり、もしかするとそのこともあって、横浜の大学を選んだのかもしれない。

これにはいわくがあり、私にもまんざら縁がないことでもない。貝茂村の龍臥亭で里美に出遭った時、同じように親しくなった二子山という神主の親子がいる。彼らは貝茂村の近くの、広島県比婆郡東城町という、これも山峡の小町から出張してきていた。そして谷繁選手が、この東城町の出身なのである。狭い町のことで、谷繁選手の生家は、二子山親子の住まいを兼ねた教会のすぐ近くで、だから谷繁選手と二子山一茂は、兄弟のようにして育った。谷繁選手の元信という名前は、二子山氏がつけたのだそうである。この奇遇には、私も大いに驚かされた。

里美は、子どもの頃にはよく東城町の二子山家に遊びにいっていた。それで二子山家にしょっちゅう入りびたっていた谷繁選手に、よく遊んでもらった。だから里美にとって谷繁選手は、兄弟か親戚のように近しい存在で、ベイスターズの成績はいつも気になっている。けれど横浜ベイスターズがフランチャイズのくせに、私が野球というものをまったく知らないものだから、里美は最近までこのことを私に言わなかった。私が話し相手になれないからである。

とにかくそんな里美なので、この急激な意気消沈ぶりは私には意外であり、ショックだった。

「どうしたの、何があったのかな、里美ちゃん」

白いシャツのウェイターに、レモンティーをふたつと、サンドウィッチをひとつオーダーしおわると、私はすぐに訊いた。すると、放心したふうの里美の表情が私の方を向いた。

「先生……、小幡さんが……、いなくなっちゃった」

里美はいきなり言った。

「小幡さん?」

「うん」

「小幡さんて、誰?」

私は訊いた。その名は記憶になかったからだ。

「先生に言ってませんでしたっけー……」

里美は元気なく言う。

「知らない、聞いてない」

私は応じた。すると里美は下を向き、あれー、そうだっけなー、という顔をした。

「あ、聞いたかもしれない。ぼくが忘れてるだけかもしれない。大勢の名前出ていたから。でもその人の名前、そんなには今まで、話に出なかったよね」

私は急いでつくろった。

「話してないことはないと思います。小幡さんて、同じ法学部の友達で、すっごいできる人。人柄もいいし、私、尊敬してるんです」

「へえ、そうなの、ふうん」

私は言った。

「すごい行動力あって、夏休みに、タイの難民キャンプにヴォランティアに行ったこともあるんです。冤罪で拘置所入っている死刑囚の救済活動もしてて、勉強もできるし、英語も得意だし、頭よくて、女の御手洗さんみたい」

「へえ……」

私はちょっと威圧を感じた。

「あの人が去年司法試験受けるっていうから、私も頑張って一緒に受けたんです。二人ともまだ駄目だったけど、でも小幡さんなら、きっとすぐ受かると思う」

「ふうん頑張屋さんなんだね、でもなんか、ちょっと恐そうな人だなー」

私は言った。

「あ、全然そんなことない。小幡さんてすっごい明るくて、ひょうきんな人なんですー。人笑わせるの大好きだしぃ……」

里美はすぐに言った。

「そんな人がいなくなったの？」

「はい、どうしよう先生。私、どうしたらいいですかー？」

里美は、じっと私の目を見た。

「でもどうして、どうしていなくなったの？」

「解りません」

「もう少し事情を話して。それ、いつから？　彼女がいなくなったの」

私は訊いた。

「もう一週間も前から。もう心配で……、私、夜寝られない……」

里美は声を詰まらせた。

「でも、いなくなったって、どうして解るの？」

「だって全然連絡ないし、部屋にもいないし、大学にも来ないし、ミス研にも出てこないし……」

「君によく電話してきていたの？」

「もうしょっちゅう。最低でも一日おきには。普段は日に二、三回は必ずかかってきていた。私もかけてたし」

「田舎帰ったんじゃないの？」

「絶対ないです、この時期に。それに、もしそうでも携帯は通じると思うから……」

「通じないの？」

「電波の届かないところにいるか、電源が切られていますって。いつかけてもずっとそう」

「ふうん」

「それに私、小幡さんの実家にもかけてみたんです、念のために。でも、やっぱり帰ってなかった。お母さんもびっくりしてた」

「旅行ってことは？」

「そんなことあったら絶対私に言うし、誘拐されたんじゃないかなぁ」

「まさか。何のために？　彼女のお家、お金持ちなの？」

「別にそんなことは、特には……」

「家に身代金の要求とかも、来てはいないんでしょう？」

「それはないです」

「彼氏と一緒にどこかに行っているとか、彼の家にずっといるとか」

「それは絶対ない。小幡さん、彼いないもん」

「そんなの、君解るの？」

「解る」

里美は断言した。

「どうして？」

「どうしてって、そんなの解る」

「そうかなぁ、じゃ君のことも？　小幡さんには？」

「え？　それは、きっと解ると思う」

私は、胸に湿った気分が湧いた。しばらく言葉が出てこない。

「突然彼ができたのかも」

私はようやく言った。

「小幡さんに？」

「うん、でも言わないとか」

「どうして私に言わないんですか？　そんな理由あります？」

「たとえば、それが君も好きな人だったりとか……」

「そんなこと、あり得ません！」

里美は、怒ったように言った。

「じゃ、そういうことじゃないと……」

「全然。絶対違う」

「ふうん、じゃまたタイに、ヴォランティアしに行ったとか」

「そんなことない。こんな時期に絶対そんなことない。今司法試験の勉強しなくちゃいけない時期だし、それにもしそんなことするんだったら、私に黙っているはずないもん」

「交通事故に遭って入院した……」

「うーん……、それだって、話せれば私に電話してくるでしょう？」

「病院内は携帯電話通じないけど。それで骨折して動けないと……」

「だったら看護婦さんにだって頼める！」

「うん、まあ、そうだね……」

「とにかく、私もそんな可能性はあると思ったんです。どこかで大怪我して、意識がなくなって、家にも友達にも電話ができないとか、そういう……」

里美はそこで少しだけ声を震わせ、黙ってしまった。涙をこらえている様子だ。私にもその狼狽が伝染してしまい、考え込んでしまう。

「彼女、運転免許は？」

「持ってないです。取らなきゃって、国際免許も欲しいって、よく言ってたけど」

「自動二輪も？」

「ないです」

「ふうん、免許取りにいってても、君に内緒にするわけないし」

「ないです。もし驚かしてやろうとか思ったにしてもー、部屋にも帰っていないなんて絶対おかしい」

「部屋にも帰っていないの、それ絶対確か？」

「確かです。私も鍵預かっていたから、何度も部屋入って確かめてます。ここ一週間くらい、全然帰っている形跡ない」

「下宿の人は？　知らないって？」

「ワンルーム・マンションだから、大家さんとおつき合いもないし、近くの部屋の人も、このところ全然見かけてないって。大学の友達と一緒」

「免許ないとしても、学生証は持っているだろうし……」

「うん……、はい？　それどういうことですか？」

「いや、交通事故は考えられないなってこと。学生証持っていれば、大学に連絡あるでしょう？」

「でも、たまたま持っていなくて、とか……」

「でもその場合はニュースになると思うよ。身許不明の重傷重篤患者、または記憶喪失の交通事故者、万一死んでたらもちろんだよね、新聞の記事くらいにはなって、大学の誰かが見つけていると思う」

「うーん、はい、そうですねー。でも、じゃ、どうしてなんでしょう。どこ行っちゃったんでしょうか」

「バイト先とかは？」

「小幡さん、バイトしてません」

「え、ほんと。じゃ、いったいどんな生活していた人なの彼女？　友達は多いの？」

「まあ多いでしょうけどー、心許していたの、私くらいじゃないかなぁ」

「まあ君には部屋の鍵、預けていたんだものね」

「はい……」

「毎日、どんな生活してたの？　彼女」

「あの人、自分が価値があると信じること以外、いっさいやらないんです」

「へえー、やっぱり御手洗だね」

私は思わず言った。

「司法試験の勉強とぉ、あとは息抜きでインターネット」

「インターネット？」

「はい、御手洗さんもののパロディ小説、パソコンで読んでましたねー。そういうのの大ファンで。だから彼女、石岡先生のファンでもあったんですよ」

「え」

私は悪い予感を抱いた。

「パロディ、つまり……、それはその……、里美ちゃん、それってもしかして、だから……」

「ホモパロですかぁ」

里美はずばり言い、

「そう……」

私は力なく頷いた。

私は別に、ホモ小説が絶対的に嫌いというわけではないのだが、また道徳観など持ち出す気も毛頭ないし、そういう趣向の小説にも、文学として力のあるものが存在することは承知している。自分がホモと言われても私は大丈夫ではあるのだが、それはホモの「男役」に言われた場合である。これは自尊心を保っている男性はきっとみんなそうだと思う。ホモの女役――「受け」とか言うそうだが――、そういう体質の人間に自分が描かれた際、ストレートの男がどれほどひどい屈辱感と闘わなくてはならないか、女性たちは決して理解しようとしない。私のような者は特にそうで、新手の嘲り以外のものに感じない。これが平気なんだろうと推察するのは、書き手の側が女性だからである。

女性なら、自分のことを女性的に描かれても、男性的に描かれても被害はないだろう。そして私も、イシオカが可憐でめそめそと涙もろく、作者の投影としての完全な女の子に描かれている場合は何ともない。自分とはまるで別人と思えるから、読んでいて楽しい。

「あ、違います」

里美は即座に言った。

「小幡さんは、ホモものは苦手なんだって言って、全然読もうとはしてませんでした。見るとすごい照れちゃうんだって」

「ふうん……」

よくは解らないが、私としてはそれは、かなりの救いである。

この時サンドウィッチと紅茶が来たので、私たちの会話は中断した。

「彼女、石岡先生の御手洗小説の大ファンで、もう全ー部読んじゃったからって、ファンの人たちが書いたパロディとかパスティーシュを、あちこちのサイトから集めてさかんに読んでました」

「ふうん、そうかぁ」

私は腕を組み、じっと考え込む。里美がまいっているものだから、しばらくサンドウィッチをぱくつく気になれない。

そしてこの時、ひらめいたことがあった。ひらめきといっても、ひょっとしてという思いつき程度にすぎないのだが、あらゆる可能性が否定された今、もうそれしか残っていないのではないか。

「ねぇ里美ちゃん」

私はおずおずと言った。

「はいー……」

里美も、力なく応じる。彼女は、全身が虚脱しているのだ。

「あらゆる可能性が否定されたわけだからね、残るはもうこれしかないいんじゃないかなぁ」

私は言った。

「これって?」

「だからパロディ小説。ぼくの、というか御手洗の」

「先生のー? 御手洗さんのー? それが?」

「だから、小幡さんの集めていたそのパロディ小説の中に、小幡さんの失踪の理由があったんじゃないかって」

「え、よく解りません」

「だから、パロディ小説集めて読んでいて、その中に、彼女を突如突き動かすようなことが書かれていたものがあったとか……」

「え、どういう……、まだよく解りません」

「これは小説家的発想かもしれないけど、たとえばだよ、パロディ小説と見せて、中に殺人予告が書かれてあったとかさ、自殺の予告があったとか」

「ああ、パロディ小説の中に……、そうかぁ」

里美も、じっと考え込んだ。

「そしたら、正義漢の強い彼女のことだから、放っておけないじゃない？　あわてて飛び出すでしょう？　君にもそれ話している時間がなかったとか」

「ああ、でも……、それでも電話ができないかなあ、私に」

「あわててたらできないかもしれないよ。それとも心配させたくないとか、自分の判断に自信がないとか思って、事態が落ちついたら君に連絡しようと思ったんだけど、思いがけず相手に捕まってしまって、携帯電話盗られちゃったとか」

「うーん、そうかあ」

「少なくともこういうこと、調べてみる価値はあるよ。それ彼女、印刷してた？　パロディ小説」

「部屋に行った時は気がつかなかったですけどぉ……、たぶんフロッピーに入ってるんじゃないかなぁ」

「もう一度行って調べてみたら？　どうしても心配なのだったら。読んでみようよ、それ、一緒に。彼女が集めていたもの全部。もしかしたら何かのヒント、発見できるかもしれない」

「はい、そうですねー、じゃ、そうします。絶対何かあったんだと思うから、私」

「じゃぼくはこれ食べて、部屋に帰って書きものしてるから。ちょっと急ぎのものがあるから。結果を連絡して」

「はい解りました。じゃ私、これからすぐに行きます。それで、小幡さんの部屋から先生のところに電話します」

「うん、待ってる」

私は言った。里美はすぐに立ちあがる。

2

部屋の電話が鳴った。急ぎで頼まれ、書いていた「私の幼稚園時代」というエッセーの手を停めて出ると、

「先生っ！」

里美の叫ぶような声が飛び出してきて、耳にぶつかった。

「あ、里美ちゃん、どうだった？」

「やっぱりありました。パソコンの中にいっぱい」

「パロディー小説？」

「そうー。御手洗さんのパロディ、パスティーシュ」

「いくつくらい？」

「解んない。数えらんないから。二十作以上はあるんじゃないかなー」

「みんな短編？」

「そう、短編」

「それ、みんなホモじゃないよね？」

「違いますねー。ざっと読んだ限りでは、みんな普通のパロディーもの。ちゃんとした、って言うのも変だけど、ミステリーとか、謎解きのものですよねー」

「今度の失踪に、何かヒントありそう？」

「まだ解りません。とにかく全部印刷して、そっち持っていきます」

「できる？」

「はいー、悪いけどー、小幡さんのプリンター使わせてもらいます。緊急事態だから仕方ないです」

「ああそうだねー」

「ちょっと量多いから、時間かかると思いますけどー、終わったらまた連絡します。きょうは先生、お家に？」

「うん、ずっといる。小説雑誌に頼まれたエッセー書いてるから」

「じゃ終わったら、また電話します」

「はい、じゃ」

「じゃ後でー」

里美は言って、電話を切った。それで私はまた、近所の公園で女の子たちとゴム飛びをした回想話の中にたち戻っていった。里美から再び電話が入ったのは、小一時間もたった頃だった。

「やっとできましたー先生。高速プリンターだったんだけど、すごい時間かかっちゃった。全部で二十二編ありましたー」

「本当、そんなに？」

「先生、ホモ入れたらもっとですよー。こんなの少ない方です。今から出まーす、そっち行きますから。いいですかー？」

「うんいいよ、じゃ待ってる」

そしてまた小一時間ほどの時間があり、ドアにノックがあった。開けると、花柄のデパートの紙袋を持って、里美が立っていた。

「着きましたー。重かったー」

里美は言った。あわてて私が袋を持ってやると、里美は部屋に入ってきながら、

「先生、チャイム付けましょうよー」

と言った。

「階段の下に。そしたら今も楽だったのにー、降りてきてもらえて」

「うんそうだねー」

これは前から考えているのだが、何故だか気が重いのだ。

里美は、私に持たせた紙袋の中から印刷物の束を取り出し、どさとテーブルの上に置いた。私は目を見張った。以前に書いた、暗闇坂の事件の原稿の量より多かったからだ。

「うわ、こんなにあるんだー、すごい量だね、こりゃ読むの大変だ」

「本当ー。でも大丈夫、手分けすれば……、あ、駄目か」

「うん、二人とも全部読む方がいいよ。どれのどの部分が怪しいか、一人の考えだと見落とすかもしれない。お茶いれようか」

「あ、私やります」

「本当に？　いい？」

「うん、はい」

言って、彼女は衝立の向こうに駈け込んでいく。

「これ、みんなインターネットから？」

「そう、きっとそうです」

「すごいんだね、インターネットって。彼女の作品ってないよね、この中に」

「それはたぶんない。だって彼女、自分で書く才能はないって、ずっと言ってたから」

「ふうん、じゃぼくは今書いてる原稿急いで終わらせて、ＦＡＸで送ってしまうよ。短いものだし、あと少しだから」

「はーい。じゃお茶、部屋に持っていってあげます」

「あ、それは嬉しい」

私は自室に戻り、急いでエッセーを終わらせた。そして里美がいれてくれた紅茶を飲みながら印刷した。それを読み直し、朱を入れ、そのペー

ジだけをもう一度印刷して完成し、ＦＡＸで送った。送っていると里美が入ってきて、

「あれー先生、まだそんな送り方してるんですかー?」

と言った。

「ポンでEメイルしちゃえば簡単なのに」

「うん、そのうちコンピューター買うから、やり方教えてね」

「いいですよー」

そして里美は、ＦＡＸから吐き出された私のエッセーを少し読んでいた。

「へえ先生、女の子とゴム飛びしてたんですかー」

「え、少し。よく誘われたから」

「男の子誘うって珍しいですねー、私たちの時は絶対誘わなかった」

「うん、全然勝てなかった。ドッジボールも。あの頃の女の子って強かったよね、スポーツも。まあそんなことはいいよ、パロディ読まなきゃね」

「うん、はい」

私の部屋を出て、私たちは作品の紙束の前にすわった。そして上から順に、パロディ作品を読みはじめた。

それぞれ別の作品を読むことになるが、終わったらそれを交換し、読む。逐一こういうやり方を続けていけば、どちらか一方しか読んでいないという作品が出ない。だから疲れたら読むことを中断し、同じ作品を俎上にあげて二人して感想を言ったり、失踪に関係がありそうか否かの意見を交換する。

読者にも白紙の状態から考えてもらうため、われわれが交わした意見を先に述べることはしないでおこうと思う。作品を二グループに分け、前グループの終了後、まとめて紹介することにする。

作品集、前半

第二章　1

すべてが『あ』ではじまる

松尾詩朗

1

あの男がやってきたのは、遅ればせながら御手洗がコンピューターに興味を持ちはじめたころだったから、そう昔の話ではないように記憶している。

冒頭から、こんなあいまいな書き出ししかできないのは、当事者である御手洗がすでに在国の人でなく、簡単に連絡のとれるような状況でないことにも一因があった。

しかし実際のところは、私も御手洗も、あの男のことは記憶のかなたに追いやってしまいたい、できれば忘れてしまいたかったというのが本音である。

私がいつものように、散歩をかねた昼食の買い出しから帰ってくると、御手洗は衝立を背にしたソファに腰を降ろして、分厚い郵便物の封を切っていた。

何かの書類らしかったが、彼はそれのページを次々にめくりながら、あっと言う間に読み終えてしまった。

「石岡くん、これ、メモ用紙として進呈するよ。厚いから相当使いでがあるね」

言いながら、たった今まで見ていた書類を、つまらなそうに机の上に放り出した。

「どうしたんだい？　その郵便物に、何か不愉快なことでも書いてあったのか」

「紅茶が飲みたいな」

「それとも、君が書いていた論文の内容が、ひと足先を越されてしまったのかい」

「そんな大それたことじゃない」

お湯を湧かしている間、御手洗はだるそうに天井を見つめたまま、微動だにしなかった。その表情からは、彼が懊悩しているのか、単に疲弊しているのか窺い知ることはできない。

「石岡くん。君は人工知能の将来に、期待が持てると思うかい」

テーブルに置いた熱い紅茶をすすったあと、重そうに開いた御手洗の口をついて出た言葉が、それだった。

「人工知能？　コンピューターのことかい。よく知らないが」

「高度情報処理技術者育成指針によれば、『人間が用いる知識や判断力を分析し、コンピュータープログラムに組み込み、知的な振舞いをするコンピューターシステムを実現する技術』の意味が込められた文言が人工知能なんだ。この研究が正式にはじまったのは、一九五六年のダートマス会議からだ。

ＡＩ研究には次の二つのアプローチがある。

科学的立場からは、シミュレーションによって知能のメカニズムを解明することを目的にコンピューターを応用するもの、これは認知科学と言われている。もうひとつは工学的立場からのもので、知的能力をコンピューターに与えることを目的とするもの。知識工学と呼ばれる分野だ」

「よく、わからないが」

「つまり推論・判断などの知的な機能を人工的に実現させようともくろんだものさ。だが、ねえ石岡くん。ぼくは、この定義には大いに不満を感じてしまうんだ」

「不満？　つまり、推論や判断という知的作業をコンピューターに横取りされてしまうと、君の趣味のひとつである、難事件の謎を解くという作業に、障害が出てくることに対してかな」

「いや、ＡＩにそれほどの能力が期待できるのなら、ぼくは何の憂鬱も感じないさ。人工知能が事件を解決してくれる、そんな時代がくることを、ぼくはむしろ待ち望む側の人間だよ。しかし残念ながら、現段階でそんな想いを描いても、それは退屈なＳＦにしかならないんだ」

「ふうん、そうなのか。でも、ちょっと前まではテレビのＣＭなんかで、ＡＩとかファジーだとかを盛んに喧伝していたから、そういう研究はずいぶん進んでいるものと思っていたけどね」

「ははあ、ファジーね。洗濯機や掃除機、炊飯器なんかの宣伝文句に多用されたことがあったな。石岡くん、そのとおりなのさ。アーティフィシャル・インテリジェンスもファジー集合理論も、所詮は電化製品の売り文句にしかなり得なかった。

　そうなんだ石岡くん。ファジー理論こそ、人類の描いたはかない夢に過ぎない。何故ならば、機械は疲労しないからだ。金属疲労破壊や熱暴走は別だよ。人間は疲弊する、心も身体も。それは心身で別々に起こったり、同時だったり。疲れる内容や理由も、また人によって異なる。

母親は子供の将来を案じて心を砕き、父親は職場の人間関係や不景気のもたらすリストラクチャリングの波に気が気でない。派手好みで遊びまわってばかりの女を好きになってしまったため、日夜嫉妬に苛まれる哀れな男。ろくに働きもせず競馬やパチンコ通いに明け暮れて、金をすって帰ってきては八つ当たりで殴られる不遇の妻。

この地には、何かに苦悩し、打ちひしがれてくたくたになりながらも懸命に生き、暮らしている人間が少なくない。

コンピューターが、そんな人間社会に乗り込んで、一体何をしようというのか。疲れを知らないアモルファス・シリコンの集合体がファジー理論をかざして、打ちひしがれた人間に何をしてくれるというのだろう。コンピューターがぼくたちにしてくれることは、結局は無味乾燥な、物理的な援助でしかないのさ」

聞きながら、私は今ひとつ御手洗の言いたいことがわからなかった。

「でも御手洗、企業や研究所なんかでは、パソコンは必要不可欠な機器になっているんじゃないのか。君が言うほど無能なものとは、誰も思っていないと思うけど」

「パソコンに罪はないさ。スクリーン・エディタでプログラムが製造できればワープロも動く、写真をデジタイズして自由に加工することも可能なら、楽器なんか弾けなくたって作曲ができてしまう。企業においては、クライアント・サーバーを構成すれば、一点集中型処理も回避できるしね。事務機器としては、重宝なものだろうさ。

しかしね石岡くん、ぼくが言っているのはAI、人工知能についての将来性なんだ。いや、そもそも推論や判断を機械にさせることが果たして人工知能になるのか、その命名そのものに、ぼくは疑問を感じている」

「御手洗くん、そろそろ昼食の支度を始めてもいいだろうか。悪いが君の話は、よくわからないよ。君が何に対して不快を感じているのかも含めてね」

「じゃあ、話を三分間でまとめよう」

ソファから腰を浮かせようとした私を、御手洗は押しとどめるように手を上げた。

「三分間だな。三分たったら、ぼくは衝立の向こうに退散させてもらうよ」

彼はどうだか知らないが、私のほうはそろそろ空腹感が、下半身にまで降りてきていた。

「ぼくは以前、君に記憶について説明したことがあったね。覚えているかい？」

いきなり、いやなことを言いだした。覚えているも何も、私があの時のことを忘れるはずがない。

「記銘、保持、再生、再認という四つのプロセスからなる記憶のメカニズム。ここでは三つめの『再生』に着目し、人間の脳とコンピューターの記憶のメカニズムを比較してみよう。

記憶を再生する場合、人間の脳は手だてとして二つの方法を選択する。人物や事象に付けられた名称、つまりラベルだね、それらを指標として記憶を検索するやり方。つまり、ぼくの前にいるのは石岡くん、彼は男で独身で、ぼくの同居人で、そして友人である。こんなふうに、石岡くんという指標から、ぼくの脳が君に関する記憶を検索して再生する方法、これをやるための記憶を意味記憶と呼んでいる。そしてコンピューターがまねをしている、データの検索方法がこれなんだ。

たとえば、パソコンで住所録というか、名簿を作成したとする。そのなかに、君に関するデータが格納されていることはわかっているが、残念なことに君の名を忘れてしまった。しかしすべて忘れた訳ではなく、君の名が『い』という音ではじまることだけは覚えている。そこでディスプレイ画面の氏名入力項目に『い』を入力してキーを押す。するとプログラムは直ちにファイルの検索を行ない、氏名というデータカラムの先頭が『い』のものを抽出し、ヒットしたすべてを画面に映してくれる。パソコンの前の人間は、その一覧表から石岡という名を見つけ出せば、あとは難なく君についての情報を知ることができる訳だ。あと何分あるかな」

「一分三十秒」

「急がなくちゃ。ところが、そんな有能なノイマン型コンピューターでも、人間が行なっているもうひとつの再生手段はまねができないんだ。

君は、ぼくと違って外出することが多いから、商店街などでよく耳にすることがあると思う。

『そういえば、来年あの人の映画があるんですって。ほら、あの人よ。ミスター・オリンピアに五回も優勝したボディビルダーで、胸囲が一四四・七センチもあってギネスブックにも載った人よ。未来からきたサイボーグの役だとか、誘拐された娘を戦闘機に乗って助けに行く役をやった人』

ちょっと、たとえが悪かったかな。まあ、そんな感じで、名前のほうはすっかり失念してしまっているのに、対象者に関わる知識はいくらでも出てくる状態。いわゆる、ど忘れというやつだ。興味深いことに、人間の脳は、しばしばこの状態に陥ることが多い」

「商店街のおばさんが、アーノルド・シュワルツェネッガーの最高時の胸囲を知っているとは思えないなあ。しかもギネスブックには、インチで記載されていたはずだし」

「だから、たとえが悪かったと言ったじゃないか。石岡くん、君が話の腰を折ったせいで、ぼくの説明は時間内に終われそうもなくなったよ」

「わかったよ。延長を許可する」

「ありがとう、説明を続けよう。目的とする人間や事象の、名称に対する記憶、つまり、さっき言った意味記憶はしばしば欠落障害を起こす。ところが対象に関わった記憶や、感じた印象は鮮烈に残っている。これをエピソード記憶と呼び、正常な人間の脳であれば消えることはまずない。近年、高カロリー輸液の投与でエピソード記憶に障害の起こることが報告されたが、もちろんこれはレア・ケースだ。

そして、このエピソード記憶の検索プロセスが、コンピューターのデータベースがまねのできない、人間のみが持ち得る特性なんだ。いや才能と言ってもいい」

「わからないなあ。その、ど忘れ状態での記憶の呼び覚まし方法が、コンピューターに必要だとは思えないんだけど」

「必要だとは思えない？　本当に、そう思うのかい」

御手洗の顔色が変わった。何だか知らないが、私は、言ってはならないことを言ってしまったようだ。

「いや、その、御手洗くん、続けてくれ。もう、君の話に口をはさまないから」

私は続きを促したが、御手洗は興ざめしてしまったようで、とたんに口をつぐんでソファに身体を埋めてしまった。私は、どうしたものかと戸惑いながらも、しばらく沈黙にしたがった。彼の唇が再び発声をはじめるのを、空になったティーカップを前にして待つしかなかった。

その時だった、私が背にしていた玄関が、耳障りな拍手とともに開けられたのは。

「素晴らしい、お見事でしたよ御手洗さん。いやあ、小説に書いてあるとおり、頭のいい人だ」

肉体労働者風の、体格のいい男だった。やや突き出た腹を見る限り、私たちより年上に思えたが、脂ぎった顔の艶にはまだ若さが残っている。スタンディング・オベーションのつもりなのか、突然の闖入者は大きな手で、ウェットな破裂音をいつまでも続けていた。

「あの、何かご用でしょうか」

立ち上がって訊ねた。何の用件でも構わなかった。とにかく、この男に場違いな拍手をやめてもらいたかった。

「あなたが石岡さんですか。すると、そちらのソファに腰掛けていらっしゃるのが、かの有名な御手洗さん」

言いながら、男は唇の端を曲げて笑う。何だか、言葉にとげが感じられる。身長も私や御手洗よりひとまわり大きく、声も同様、不必要に大きかった。

「かねてから、あなたがたにお会いしたいと思っていたのです。やっと念願がかないました。いやあ嬉しいなあ」

私たちに向かって、わざとらしく大げさに頭を下げながら言う。それを横目で眺める御手洗が、露骨に不快感を見せているのがわかった。

「あの、どちらさまでしょうか」

私は戸惑いながらも、儀礼的に男をソファへいざない、訊ねた。

「ああ、これは失礼しました。すっかり興奮してしまって、ご挨拶が遅れました」

にこやかな笑顔のまま、胸元から分厚い財布をとり出すと、なかから名刺を一枚見せた。男は、御手洗に渡したかったようだが、彼が興味なさそうにそっぽを向いたままだったので、仕方なく私の前に差し出した。

「権田と申します。仕事はコンピューター関係でして、アプリケーション・ソフトの開発をやっております」

確かに名刺には、それらしいカタカナの会社名が書かれてあった。その容貌からは、デスクに座ってキーボードを叩く姿はとても想像できなかったが、権田の肩書に代表取締役とあったから、すでに技術業務からは退いているのだろう。

「じつはですね、名刺にもありますように、わたくしこのたび、一念発起して会社を設立することになったのです。それでですね　御手洗さんを我が社にヘッド・ハントしたいと思いまして、本日はこうしてうかがった次第なのですよ」

意外な訪問主旨であった。相手の突然の申し出に、となりで御手洗が豆鉄砲を喰ったような顔をしている。

「オフィスは、関内駅から徒歩五分の雑居ビルにしましたから通勤は楽なはずです。勤務時間は九時から五時半、昼休みが一時間の実働七・五時間。土、日および国民の祝日はもちろん休み。ボーナスは、本来は初年度はなしですが、御手洗さんだけは特別に、春から支給させていただきますよ。昇給は年一回、有給休暇は年二十日、結婚と忌引休暇はそれぞれ五日ずつ。ただし遅刻は三回で――」

御手洗がまだ何も言っていないというのに、権田はひとりで喋りまくっていた。どうやら相当に思い込みと、押しの強い男らしい。

男はなおも、会社の待遇のよさや将来性を、興奮しながら説明している。暑い季節はとうに去り、部屋の暖房も低めに設定してあるはずなのに、権田は腰ポケットからタオル地のハンカチをとり出しては、ひとりで何度も顔に浮かんだ汗を拭いていた。

「権田さん、もう結構です。それ以上、いくら言葉を吐いても意味がない」

御手洗が制した。垂れ流されていた男の言葉が、彼によってせき止められる。

「万葉集にもあるように、古代、言葉は言霊と呼ばれていました。言霊には不思議な霊威が宿っていて、口より発した通りの事象がもたらされると信じられていたのです。それが時代を経て、人々が軽薄に口にしたがために、ただの葉っぱになり下がった。言霊は、ひらひら落ちる、ただの言の葉になってしまったのです。ですが権田さん、あなたがそのように言葉を湯水のように浪費し続けたとすると、言葉はさらに低次元への変貌を強制されてしまうことになる」

御手洗の、思いやりを込めた精一杯の皮肉だったが、果たして相手には通じたのか、権田は「さすが御手洗さんだ」などと、腕組みをしてしきりに感心するばかりだった。

「権田さんでしたか。申し訳ないが、ぼくにとってサラリーマンは、おそらく生涯無縁の職業だと考えているんです。ぼくには自分の時間を使う必要が、他にありますので。それに朝九時から夕方五時半というと、ぼくの頭脳が働く時間帯から、もっともかけ離れていますしね」

「ああそうか、給料の額面を提示していませんでしたね」

御手洗がとなりでため息をつく。この権田という男とは、これ以上何を話しても無駄と悟ったようだ。

「あの、権田さん。申し訳ありませんが、御手洗に働く気はないようですので」

　御手洗に代わって、私が婉曲に訪問客の追い返しにかかる。

「うちは、退職金だって期待してもらっていい。相当な金額を用意するつもりなんですよ」

　食い下がる権田、本当に押しの強い男だ。私たちのもっとも嫌いなタイプだ。

「石岡さんだって、御手洗さんが毎月、決まった給料を持って帰ってきてくれれば、商売を度外視して自由に小説が書けるでしょう」

　これには、さすがに私もカチンときた。

「いい加減にしてもらえませんか。御手洗は、あなたの会社へは就職しないと言っているんです。それにあなたに、ぼくの執筆境遇まで心配していただく必要もありませんから。どうぞ、お引き取り下さい！」

「しかし、好条件なんですがね。残業だって、御手洗さんならほとんどしなくて済むだろうし」

「お帰りください！」

「オフィスの女の子、可愛い子ばかりですよ。みんな二十代前半だし」

「さようなら！」

「そうですか」

　突然、権田の表情が変わった。それまでのにこやかな顔が、手のひらを返したようにふてぶてしいそれになった。まるで居直り強盗のような変貌ぶりに、私は若干の畏怖とともに身構えた。

　私と御手洗を上目づかいに見まわしながら、権田が再び手を胸元に差し入れた。何か凶器でもとり出すのかと、私は思わず腰を浮かせる。

「そうですか、じゃあ仕方ない。御手洗さん、わたしと賭けをしましょうよ」

　権田がとり出したのは、一枚の紙切れだった。私たちに読めるように、上下をまわしてテーブルに置く。

ああああああああああ
8 9 8 6 9 5 8 2 8 3 9 0 9 2 2 4 $_{10}$

「どうです御手洗さん、これがあなたに解けますか」

　声のトーンをオクターブ落として、権田が得意気な顔で言う。対して御手洗は、つまらなそうな表情であくびをかみころしている。

「これを、ぼくにどうしろと言うのですか権田さん」

「ですから、賭けをするのですよ。どうです？　あなたがこれを解けなかったら、その時はわたしの会社に就職する」

「ほう。で、解けたら？」

「そうですね。現在あなたがお使いのパソコン、あれは研究用としては力量不足でしょう。シミュレーション・ソフトを含めて、グラフィック機能の充実しているマッキントッシュを、フルチューンして贈呈させてもらいますよ」

　権田の提案を聞いた御手洗が、迷惑そうにこちらを一瞥した。以前、私が書いた小品のなかで、御手洗がパソコンを何かの研究用に使用していると書いたのを、この男は読み知っていたのだ。あまり余計なことを書くな、御手洗の視線には、そんな咎めの色があった。

「権田さん、ぼくはこれでも忙しいのですよ。申し訳ないが、あなたのゲームに付き合う時間は持っていない」

「いいや御手洗さん、あなたには、これを解く義務がある」

突然、権田が声を荒らげた。いよいよ本性を現したか。

「御手洗さん、わたしはこちらのドアをノックする前に、悪いとは思ったが扉の向こうで、あなたと石岡さんの会話を聞かせていただきました。お話の内容では、あなたは人工知能の将来を案じておられる。しかしこれは、そんな人工知能が創り出した暗号文なのです」

コンピューターの考えた暗号文。私は身を乗りだして、テーブルの紙切れをまじまじと見つめ直した。

「ほう、そうですか。これを、AIが考案したのですか」

聞き返しながら、御手洗は乗り気のなさそうな表情を崩さない。

「御手洗さん、わたしはこの紙切れの書かれた文字と数字をもって、コンピューターからあなたへの挑戦状とさせていただきます。受けてもらえますね」

言うほどに、権田は声がやたらに低くなっていき、最後のひと言などはもう、地響きのように不気味でドスのきいたものになっていた。話の内容はともかく、どう見ても脅しとしかとれない物言いであった。

「暗号が解けたら、名刺の電話番号へ連絡して下さい。期限はそうですね、きょうから一週間というところでいいですか。それから解読に関しては、どんな手段を使用しても構いませんよ。石岡さんと協力していただいて結構です。では」

そこまで言うと、権田はあっさりと立ち上がった。暗号文解読の賭けを強要した時の態度とは裏腹に、出ていく時はずいぶんと紳士的だった。別に椅子を蹴飛ばす訳でもなく、ドアを叩きつけるように閉めたりすることもなかった。権田の、言いたいことを言ってさっさと引き揚げるうしろ姿を、私はただ呆然として見送っていた。

「石岡くん、そろそろ昼食にしないか、君の買ってきた、せっかくの食材がいたんでしまう」

「ああ、すまない。すぐにとりかかるよ」

言われて慌てて立ち上がった。衝立の裏のキッチンで手を洗うと、私は急いでレタスを洗いはじめた。

2

「で、どうするつもりなんだい。あの男の挑戦状、君は受けるのかい」

食後のお茶を飲みながら、食卓の丸テーブルから応接用のソファにもどる。そこのテーブルに置きっぱなしの紙切れを前に、私は御手洗に訊ねた。私は正直、この暗号文の内容を知りたかったし、彼がこれをどうやって解読してくれるのか、少なからず期待していた。

「挑戦してきたのは彼じゃあない、ＡＩ機能を搭載したコンピューターくんさ」

「ああ、コンピューターだね。君がその将来に憂鬱を感じていた、人工知能が突きつけてきた挑戦状だ」

「どうだかね。本当にコンピューターの思考ルーチンが捻出したものだろうか」

「じゃあ、さっきの権田という男が、自分で考えたとでも言うのかい」

「いや、あの男の物腰や、言葉の選び方の軽率さに鑑みて、彼がこういうものを発想するタイプの人間でないことは明白だ」

「それなら、やっぱりコンピューターだ」

「これが、本当に意味をもった暗号かどうかわからない。ただひらがなと数字を羅列しただけの、いたずら書きの可能性だってある」

「暗号かいたずら書きかを、識別するのも解読作業のうちだと思うけど」

「ふん」

御手洗は鼻で笑うと、テーブルの紙切れをひったくるようにつかみ、目の前にかざしてしばらく睨みつける。そしてふいにその文面を私のほうへ向けた。

「AIはともかく、文章に関しては君のほうがオーソリティーだ。この十個の『あ』を、どう解釈するかね」

「文章といったって。そうだな、たとえば嗚呼、足畔網亜阿案痾吾。十個それぞれに当てはめるべき漢字があって、その組み合わせから意味のある内容が導き出されるとか」

「ふんふん、それで？　残る十八個の数字のほうは」

「さあ何だろう。『あ』を漢字に置き換えた場合の、各々の画数を表しているのなら、これは力作業で解けそうな気もするけど」

「なるほど、いいぞ石岡くん」

「でもそうだとすると、右端にある、ひとまわり小さい10が引っかかる。やはりこれは、文字と数字は別の形態を持った暗号と考えたほうが自然なのかな」

「ほう。では君は、前半に『あ』を書きつらね、後半は数字を散りばめた、二種類の暗号文のつなぎあわせだと推測する訳だね」

「何だい御手洗、これは君への挑戦状なんだ。ぼくの意見はいいから、君自身の推理を聞かせてくれよ」

「権田さんは、石岡くんと協力しても構わないと言ったからね」

「だがこれは頭脳労働だ、やはり君に一任するしかない。その代わり、情報収集が必要なら言ってくれ。協力するよ、いくらでも」

私は食後で腹ごなしもしたかったから、彼の命があればすぐにでも外出するつもりでいた。しかし御手洗は、意に反して何も依頼してはくれなかった。紙切れをテーブルに放り投げると、両手を頭のうしろに組み、天井を向いて目を閉じてしまう。

別に御手洗は、権田に対し挑戦を受けるとはひと言も言っていないのだから、こんな紙切れなど破棄してしまっても構わないはずだった。しかし、そのへの字に結ばれた口もとには、権田とAIコンピューターの叩きつけた挑戦状を受けてたつ、悲壮なまでの決意が見てとれた。十個の『あ』と、十八個の数字に対して、彼がその脳細胞を極限まで活性化させているサウンドが、向かい合う私にまで聴こえてくるようだった。

「人間の脳が持つエピソード記憶の検索手段を、コンピューターが所有する必要はない。石岡くん、確か君は、さっきそう言ったね」

ふいに御手洗が口を開いた。お茶を沸かしなおそうと立ち上がりかけた私は、再びソファに腰を降ろす。

「さっきの話かい。それは、君の話の内容が、よく理解できなかったから」

「いや、君をなじるつもりはない。むしろ石岡くん、その意見のほうが正しいのかもしれないと、そう思えてきたくらいだ」

御手洗の顔を苦悩がよぎった。いけない、もしや久しぶりに鬱病がはじまったのか。

「おい御手洗、大丈夫か。別に無理して、そんな紙切れ相手に向きになることはないんだから。権田が何を言ってこようと関係ない、君は挑戦を受諾していない。放っておけよ」

「いや、この挑戦は受けるよ。受けざるを得ない。これを放棄してしまうと、ぼくは石岡説を容認したことになる」

「何？　ぼくの説がどうしたって」

「エピソード記憶の検索メカニズムは、コンピューターには不要」

「どういうことなんだ」

「石岡くん、ぼくは、人間の脳が持つ最大の能力は、想像力だと考えている。奇想、発想、妄想を引き起こす能力だ。思考や理解、そして記憶などといった作業なら、何もＡＩを持ち出すまでもなく、現在のパソコンレベルでも充分対応できているんだ。

人工知能は残念ながら推論と判断しかできない。石岡くん、君はそのアルゴリズムを知っているかい。何のことはない、アリストテレスの三段論法をコンピューターにさせているだけのことなのさ。『道路を自動車が走っている』『道路を人間が横断している』『故に、自動車は人間をはねてしまう』そこで警告を発する処理が起動する。たったそれだけのことなのさ。歩行者が、自動車が迫ってきているのに何故強引に横断しようとしているのか、自動車の運転手が歩行者に殺意を持っているかもしれないだとか、そんなことはまったく考えない。いや考えることができない。そんな単細胞な仕組みを、我々はＡＩだと言って祭り上げているのさ。

昼食前、ぼくに送りつけられてきた論文は、それだけのことを得意そうに、延々と書きつらねていたものに過ぎなかった。ジョン・フォン・ノイマンが現在の演算処理装置を提案した時に、人間の脳をモデルにしたという話を聞いて、脳の構造をシリコン部品に置き換えることで、何か見えてこないかと期待したぼくが馬鹿だった。人工知能など幻想に過ぎない。炊飯器や掃除機の宣伝材料にしかなり得ない、主婦の耳にも聞き飽きたキャッチコピーでしかないのさ。

石岡くん、君はエピソード記憶機能を、コンピューターが所有する必要はないと言った。ぼくはね、人間の想像力の源泉は、そのエピソード記憶にあると考えているのさ。

名前は思い出せないが、その人物の経歴や、事象にまつわるエピソードは明確に記憶している。そういった状態で、幸か不幸か意味記憶が導き出されぬまま、エピソード記憶のみが長期に渡って保持されたとする。その記憶の所有者は、やがて『いつ、だれが、どこで』といった意味記憶部分を、無意識か意識的にか削除してしまう。そして『なにをした』というエピソード記憶部分だけが膨大に蓄積されることになる。そんな数々の『なにをした』をつなげ、辻褄を合わせることができれば、それがひとつの物語になり得るのではないか。もちろん、これは文章だけでなく、絵画や写真、音楽などにおいても有効だと、ぼくは推測している」

「はあ、なるほど。だが御手洗、君の言うとおりに想像力の正体が、その記憶のつなぎ合わせの産物だとするなら、人類の考案したものには、何ひとつオリジナルは存在しないことになる。そして人間は、無から発想することはできないということも」

「それは人間が、この世の事象しか記憶していないとの前提に立った場合は、そうなるさ」

「何だって？　この世の記憶？　どういうことだい」

「いや、これ以上は言葉を慎重に選ばないと、どこかの宗教団体の説法になってしまうのでやめておく。それに、本論からも外れてしまうしね。

つまり、ぼくの言いたいことは、人間の想像力の源はエピソード記憶というユニークな再生方法にあること。その想起手段を持たないコンピューターには、発想という能力は期待できないこと。そして、そんなものに人工知能などと、ごたいそうな命名をするなということなんだ！」

「わかった。言いたいことはわかったから、落ち着けよ。今、お茶を沸かすから」

「石岡くん、これでわかったろう。ぼくが、この暗号文を解かねばならない理由が」

「うん。いや、もうひとつわからない」

「コンピューターの作ったこれを、人間であるぼくが解けないとしたら、意味記憶の固まりに、想像力が敗北したことになるじゃないか。そうしたなら、やはり君の言ったとおり、人工知能は現在のままで開発が進行していっこうに構わない、エピソード記憶などという再生メカニズムは不要であることを実証することになるよ」

御手洗の言葉は、最後のほうは呟きになっていた。私は正直、愕然とした。たかが紙切れ一枚にかかれた、いたずら書きのような暗号文が、彼にとっては人類の尊厳を賭けた闘いになっているのだから。

これはいけない、何としてもこの暗号文を解かなければ。御手洗に白旗を振らせ、落ちこませて廃人に追い込むような事態は、なんとしても避けないと。

「御手洗、今回はぼくも頭脳労働に挑戦してみるよ。これから書店をまわって、コンピューター関連の本を物色してくる。ＡＩだか何だか知らないが、所詮は想像力の欠落した機械の考えた暗号だ、人間の考えるような奇想天外な代物ではないよ。情報収集はぼくに任せてくれ」

私は、結局沸かせなかったポットをコンロから降ろすと、すぐに着替えて外出の支度をはじめた。

3

私が本を何冊か抱えてもどるころには、もうすっかり日も暮れて、部屋のなかも真っ暗になっていた。御手洗は、私が出て行った時と同じ場所で、同じ格好をして天井に顔を向け目を閉じていた。

「御手洗、眠っているのか？」

「ああ、石岡くんか、遅かったな。起きているよ」

「部屋の灯をつけるよ」

「どうだい。君のほうは、金山を掘り当てることに成功したかい」

御手洗は、私が大事そうに胸に抱いていた書籍の包装紙を物憂いまなざしで見やると、押しつぶしたような声で、つらそうに訊いてきた。

「どうだろう。だが、コンピューター文字についての解説書を二、三冊、見繕ってきたから、いくらか参考になるとは思うよ」

「参考か。そうだね、大いに参考にさせてもらうよ。人工知能の将来などと、俯瞰的なことを放言しておきながら、結局はこんな暗号文ひとつに悩まされてしまう自分の、今後の身の振り方の参考にね」

ああ、だめだ。本格的に病気がはじまった。

「御手洗くん、この本なんかどうだろう」

私は彼の向かいに腰を降ろすと、せかせかと買ってきた本をひもとき、励ますように努めて快活に喋りはじめた。

「コンピューターには、文字を直接認識させることはできない。何故なら、0と1の二種類しか識別できないからである。したがって、この二つの数字を組み合わせて集団を作り、その組み合わせと文字を対応させることになる。これを文字コードと呼び、現在ではJIS、新JIS、ASCII、EBCDICなどがあり――」

「数字やアルファベットを1バイトで表すのに対して、漢字は一文字で2バイト使用する。もっとも、漢字文字の先頭と終端にはシフトコードが1バイト追加されるため、漢字データは文字数×2に2バイトを加算した値となる」

「何だ、知っていたのか」

「基本だ。オンラインシステムなどでは、このシフトコードの存在を忘れてしまうと、せっかく登録した漢字文字情報が画面表示やプリント出力の際に正常に変換されなくなってしまう。いわゆる化けるというやつだ」

「この漢字コードで、十個のひらがなと、そのあとの数字を関連づけることはできないかな」

「下の数字が、それぞれの『あ』を操作するコードだと仮定すると、シフトコードを除外しても二十個は必要になる。しかしここには十六個、そのあとに書かれた小さい二つを含めても十八個しかない」

「そうか、うーん」

私は見ていた本を閉じると、二冊めを開いてページを繰る。確かさっき本屋で立ち読みした時、気になることの書いてあったのがこの本だったはずだ。

「じゃあ、これはどうだろう。住所コードってやつだ」

「住所コード？」

「うん。今言ったように、漢字にはいくつかの変換コードがある。これは使用するコンピュータ―、ここではメイン・フレームとかいう大型機のことを想定しているけど、機種によってどの漢字コードにするかが決定されるのだそうだ。しかしそれだと、複数の別システムで共通のデータベースを使用する際、漢字データをどの漢字コードで登録しても不具合が生じることになる」

「なるほど、それで共通のコードを新たに創成してデータベースへ登録する訳か。面倒な話だ」

「いや、それが住所に限ってはそうでもないんだ。御手洗くん、郵便番号が最近、五桁から七桁になったのは、浮世に疎い君でも知っているだろう」

「そうだったっけ。横浜は三桁だったと思ったけど」

「それは下二桁のゼロを省略していたからさ」

「ふうん、で、その住所コードが何だと言うの？」

「だから、もともと郵便番号は、その住所コードの先頭部分を抜き出したものなのさ。それまでは、五桁部分だけで都道府県と一部の区町村までの分類をしていたのが、集配方法の近代化にともなって、七桁までの細分に対する識別が実現できるようになった。七桁あれば、区町村と一部の丁目までわかるそうだ」

「ふうん、それで？」

「郵政省は日本に存在する住所を、郵便番号と残りの住所コードでコード化しているんだって。もっとも、京都だけは例外らしいよ。『〜上る』とか『〜下る』といった、番地で表記できない部分の処理が大変なんだって」

「なるほど。それで君は、この暗号文が、どこかの住所なのではないかと、そう推理するんだね」

「少なくとも、下の数字については、そう考えられないだろうか」

「ふうん。それなら、数字の先頭七桁は郵便番号になる訳か。898何とかという番号の地名が、果たして存在するかな」

「それが、あるんだよ御手洗くん」

待ってましたとばかりに、私は三冊目の本をとり出した。それは購入したものではなく、近所の郵便局でもらってきた、郵便番号一覧を記載した小冊子だった。部屋を出る際、暗号文の紙は持っていかなかったが、先頭の数字898だけは記憶していた。郵便局でこの小冊子を渡された時、一覧のなかにこの数字があったのを覚えていたのだ。

「あった！　鹿児島県の枕崎市だ。ここが898―0000だから、市内の町名を追って行けば、必ず――」

「見つかったかい？」

私が否定するまでもなく、御手洗はすでに回答を得ていた。興奮気味だった私の顔の血の気が、あれよあれよのうちに引いていくのが、はた目にも明らかだったからだ。

「だめだ。旭町から若葉町まで、898の次はすべて00からはじまっている。残念だなあ、これはいけると思ったのに」

「石岡くん、君の努力には敬意を表するよ。しかし残念ながら、君はひとつ見落としている。十六個並んだ数字の端にある二桁の数字、どうやら君は、この意味を理解していなかったようだね」

「端の数字？　一番右にある10のことかい。ぼくは、これを含めて十八桁の数字だと思っていたけど」

「違う。これは、十六桁の数字が十進数であることを表している。住所コードが、どんなコード体系を持ち合わせているのかは知らないが、いずれにしてもコードである以上、進数変換を要するようなものではないはずだ。だとすると、わざわざ十進数であることを明記する必要もないからね」

「ふうん。じゃあ、住所コード説もだめか」

「だが、君の得た知識は有効だ。いつか役立つ時がくるさ」

「だといいけど。で、何だい？　その十進数というのは」

一瞬、御手洗が軽蔑の視線を向けた。むっとしたが、同時に彼が鬱から脱却しつつある兆候にも見え、安堵した。

「0から9までの、十個の数字を使用した記数のことだよ」

「何だい！　それだったら、ぼくたちが日常で使う数字のことじゃないか」

「そうだよ」

「それなら、何でわざわざ十進数だと断る必要があるんだ」

「十進数は、我々の社会では常用の記数法だけど、コンピューターの世界では異なるからさ。0と1からなる二進数を、八つ並べてひとつの最小情報単位を構成する。0と1は、バイナリィ・ディジット（二進数字）を略してビットと呼び、それを八つ集めたものをビットの複数形でバイトと言う」

「ふうん、ではコンピューターの世界では、二進数が日常なんだ」

「だが、表記の場合は十六進数を使用することがほとんどだ」

「十六進?」

「つまり、1バイトは8ビットなんだけれど、0と1をいちいち八個並べるのも面倒だから、真ん中で二つに分ける。そうすると、4ビットは十六進数ひと文字で――」

そこまで言ったとたん、御手洗の顔色が、見る間に変貌していった。

「どうした御手洗、大丈夫か。どこか、具合でも悪いのかい」

「そうか! そうかもしれない。いや、充分に考えられる!」

突然、我が友は叫ぶと、あいかわらずテーブルの上に置きっぱなしだった紙切れをひったくるようにしてつかみ、そのまま自分の部屋に駆けこんでしまった。呆気にとられたままで待つこと三分、御手洗はさっきよりも勢いよく、自室のドアを開けて再登場した。手には暗号文の紙切れの他に、メモ用紙も握りしめていた。

「石岡くん、多分これで間違いない! 人類の想像力は、記憶だけの人工知能に勝利したはずだ」

「暗号文が、解けたのか?」

「まだわからない」

私にもわからない、さっぱり。

「石岡くん、ぼくたちは難しく考え過ぎていたんだ。AIだのコード体系だのが、結果として盲点になってしまっていた。簡単なことさ、進数変換だったんだよ」

「わからないよ。御手洗くん、順序だてて説明してくれ」

「いいかい石岡くん。君はさっき、十進数とは何かと、ぼくに訊いたね?」

「ああ、0から9までの、十個の数字を使うのが

——」

「そうだ。それでは二進数は？」

「0と1の二つだろう」

「いいぞ。じゃあ十六進数となると？」

「わからない。数字は十六個もないはずだし」

「十六進になると、0から9の数字では足りないので、AからFのアルファベットを用いるんだ。つまり、15はFさ」

「何だか、そんなタイトルの小説があったような」

「そこでだ石岡くん。視点をこの紙に書かれた文字に移してみよう。ここにある『あ』の羅列、これを数字に置き換えるとどうなる？」

「数字にかい？　そんなことができるかな」

「できるとも。いいかい、ひらがなは通常、いくつあるとされているかな」

「五十音というから、五十個かな」

「そうだ。正確には『や行』や『わ行』が不完全だったり、『ん』がはみ出ていたりするから、五十音という定義には疑問の噴出する余地はあるが、ここでは便宜上五十個と仮定する。すると、ひらがなは五十進数と見なせないだろうか」

なるほど、ここでやっと御手洗の言いたいことがわかってきた。

「わかったかい。そうすると、下に書かれた数字の意味も理解できる。十進数であると、わざわざ表記してある理由もね」

「そうか！　この十六桁の数字を五十進数に変換して、その結果を五十音表に対応させれば、メッセージが出てくる！」

「ご明察だ、石岡くん」

私たちは、手を取り合わんばかりに喜んだ。まだ結果はわからないが、きっと、これで暗号文は解けると、私は信じて疑わなかった。

「ぼくは部屋で、この数字の変換作業を済ませてきた。結果を各文字に対応させる仕事は、君に任せるよ」
そう言うと御手洗は、持っていたメモ用紙と暗号文の書かれた紙片を私の目の前に置き、ボールペンを手渡してくれた。

ああああああああああ

8 9 8 6 9 5 8 2 8 3 9 0 9 2 2 4 10

あ あ あ あ あ あ あ あ あ あ
A B C D E F G H I J

8 9 8 6 9 5 8 2 8 3 9 0 9 2 2 4／
$(50^9 \times A + 50^8 \times B + 50^7 \times C + 50^6 \times D + 50^5 \times E + 50^4 \times F + 50^3 \times G + 50^2 \times H + 50^1 \times H + 50^0 \times J) = 1$

↓

$(50^9 \times 4 + 50^8 \times 30 + 50^7 \times 3 + 50^6 \times 15 + 50^5 \times 16 + 50^4 \times 25 + 50^3 \times 21 + 50^2 \times 13 + 50^1 \times 34 + 50^0 \times 24) = 1$

あ あ あ あ あ あ あ あ あ あ
4 30 3 15 16 25 21 13 34 24

「光栄だね」

私は姿勢を正すと、メモ用紙の裏に五十音表を書き、それをいちいち裏返しながら、一文字ずつ対応させていった。

えほうそたのなすめね

「石岡くん、違うよ。五十進数は0から49までの数字を使用するのだから、ここで『あ』は1でなく、0にしないといけない。つまり最初から四番めの文字は、『え』ではなくて『お』になるんだ」

「ああそうか、『あ』はゼロ番目なのか。すると次は『ほ』ではなくて、『ま』になる訳だね」

「そうだ。それでやり直してみてくれ」

私は御手洗の助言にうなずきながら、再び慎重に、文字を書き取っていった。

おまえたちはにせもの

これが、現れた文章だった。またもどこかでミスを犯したかと慌てたが、それにしては意味のある言葉に戸惑った。うろたえながら御手洗を見る。彼も同様、ショックで蒼ざめていた。

「これも、やり方を間違えたかな」

「いや、石岡くん、これで正解さ」

「『お前たちは、偽者』。どういうことだろう」

「権田さんの、ぼくたちへのメッセージ。それ以外にない」

再び悲痛な表情となった御手洗、そのまま倒れ込むように、ソファに身を委ねてしまう。

「御手洗。ぼくたちは、偽者なのかい」

「違う、違うさ。たった一度だけの出番だったが、本物さ。むしろ偽者は、あとから登場してきた、あの二人のほうさ」

　言いながら、彼の語勢には、自信のかけらも感じられなかった。

「そうだとも御手洗くん、ぼくたちは、偽者なんかじゃない」

　精一杯、彼を励ますように言った。しかし私、石岡一美の言葉も、我が友、御手洗清志の憂鬱を拭い去ることはできなかった。

第二章　2

ギザのリング

園生晃子

あと一週間程で、ストックホルムの街に夏至祭が訪れようとするある日のこと。私、ハインリッヒ・フォン・レーンドルフの自宅に、合衆国の切手が貼られた郵便物が送られてきた。はじめ私は、たぶんN.Y.の出版社からだろうと見当をつけた。ところが差出人に目を落としてみると、そこには「レオナ松崎」と署名があったのだ。一瞬自分の目を疑い、そして次の瞬間、私の目は釘づけになってしまった。

サンタモニカのビーチで別れた後、レオナからは一度クリスマスカードが届いたきりで、すっかり音信が途絶えていた。彼女と再び会うことはないだろうとあきらめてもいた。そうして毎日の雑事に追われているうち、彼女と過ごした夢のような時間の記憶も次第に薄れはじめていた。そんな矢先に届いた便りだった。

もどかしい思いで封を切ると、中には手紙と、一冊の本が入っていた。私はそれらを手にリヴィングに戻り、安楽椅子に腰を落ち着け、飲みかけのコーヒーを口に含んでしばらく呼吸を鎮め、まずは手紙のほうから読みはじめた。

「親愛なるハインリッヒ。

ずいぶんごぶさたしてしまいましたね。手紙では説明するのがちょっと難しいけれど、厄介な問題が連続して押し寄せてきて、私はノックアウト寸前だったの。でもそれらもついに解決し、今日はやっと楽しいニュースをあなたにお知らせすることができます。それとも私の存在なんて、もうさっぱり忘れてしまってた？」

そんなわけはないよ、と私はわくわくしながら手紙に向かってほほえんだ。彼女の闊達な声が、ダイレクトに響いてくるようだった。

「楽しいニュースというのは、今制作準備中のミュージカル映画のこと。私が東京でモデルをしていた頃から、詩を書くのが趣味だったたってあなたにお話ししましたっけ？　十年ほど前にL.A.で、それらのいくつかを本にまとめ、親しい人たちだけに配ったことがあります。その詩集の中に、子供時代に書いた童話を一編挿んでおいたのだけど、それが最近、私のファンの一人の目にとまったの。彼はまだ若手の演出家で、将来はきっとのびる人と思う。その彼が光栄なことに、この童話をミュージカル映画に仕立てたいって申し出てくれたの。

はじめは驚いて断ったわ。ずいぶん昔の作品だし、あまりにも少女趣味で恥ずかしかったから。でも彼、ノー、あなたの童話はとってもキュートだ、少なくともファンの人たちはレオナ原作のファンタジーと聞くと、それだけでも興味を覚えるに違いないって、強引に押されてしまった。それからはとんとん拍子に話が進んで、スタッフや俳優もあらかた決定。みな新人だけど、ほとんど私のファンなんですって！　私は脚本を担当することになりました。実を言うと、さっきそのシナリオが完成したところなの。久しぶりに楽しい仕事になりそう！　撮影に入るのが楽しみです。
　原作になった童話を同封しておきますね。もし興味がおありなら、制作現場を取材にいらっしゃいませんか。将来有望な人たちが集まっているから、きっとエキサイティングなものになると思います。プレビューまでに是非一度、L.A.にいらっしゃってください。

あなたのレオナ」

ほう、と私は思った。まるで真夏の明るさが、一足早く、わが家に飛び込んできたような気分だ。どうやらレオナは元気そうだ。そして楽しい仕事に取り組んでいるようだ。それだけでも充分いい報せなのに、L.A.への招待を受けるなんて！　確かにレオナ原作の映画なら、それだけでも格好の話題になる。新人でスタッフをかためているという点にもニュース価値が見つかりそうだ。もちろんレオナに再会したいという気持ちも半分以上手伝って、私は猛烈にこの提案に引き寄せられていった。
　同封されていたレオナの童話は、次のようなものだった。

　昔、北の森の中に、不思議な力をもつ金の指輪がありました。
　魔女が作った指輪です。堅い土の中に埋もれていた冷たい金で作られた普通の指輪ではありません。それは魔女しか知らない特別な術を使って生まれた、生きた金でできていました。魔女はその金を手に入れるだけで、すでに三十年の年月を費していました。

「さあ、できた」

　仕上げに入ってから十一番めの満月の晩、水で充たしたガラスの容器に金色の光の膜がうっすらとおおった時、魔女は小さな歓声をあげました。容器の底にはきらきらと光を放つ、小さな指輪が沈んでいました。魔女は指輪をすくい出して、魔法の本と読みくらべながら、

「ずいぶん小さく仕上がったね。この指輪は、自分で持ち主を選ぶと本に書いてあるけど、女か子供が持ち主になるらしい。それにしてもこの指輪がどんな力を持っているのか、持ち主が現れないことには確かめようがない……」

　と、首をかしげました。それから魔女は、その指輪を持って北の森の奥深くにおもむき、ある小さな泉のほとりに立ちました。

「その日、その時がくれば、この指輪の真の持ち主が現れる。その時になれば、この指輪の真の力が解るだろう。その時が来るまで、決して誰の手にも渡ることのないように！」

　魔女は祈りとともに、指輪を泉の中央めがけてひゅうと投げ入れました。

　指輪はきらきらと光を反映させながら、澄んだ水の中深くに沈んでいきました。やがて静かな水面にびろうどのようになめらかな波の輪が、幾重にも、泉一面に大きく描かれていきました。そうして、最後の輪が水面に広がりきって消えてしまうと、泉に静寂が戻りました。静まり返った泉の表面は、やがて薄いベールをまとったように、つややかな金色の輝きにおおわれました。

　しばらくすると、その泉は近くの村の人に知られるようになりました。一番はじめにその泉を見つけたのは、迷子の猫を探しにきた、羊飼いの男の子でした。何かに怯えてパニックになった猫

は、捕まえようとしてもすぐに手から跳びだして、しまいには森の中に飛び込んでしまったのです。追っているうちに、男の子は泉のそばにまで迷ってしまいました。そして、目の前に広がった泉のただならぬ輝きを見て、茫然とその場に立ち尽くしてしまいました。

「なんてきれいな泉なんだろう、暗い森の中なのに、ここだけ金色の光が差し、あたり一面を照らしているみたいだ」

男の子はおずおずと岸辺にひざまずきました。それから水面に手を差し入れ、水を手のひらにすくってみました。手のひらから水晶のように透明にきらめく水がこぼれ落ちました。少し口に含んでみると、体内にするり染み入るように、甘い水が乾きをいやしました。気がつくと、迷子の猫が傍にいました。男の子がためしに水を飲ませてやると、猫は気持ちよさそうに喉をごろごろ鳴らしました。すっかり落ち着きを取り戻した猫を抱いて、男の子は家に帰り、みなに自分が見たものについて話して聞かせました。その日の夜までには、その泉は村中の話題になっていました。

翌日から、村人たちが次々にその輝く不思議な泉に訪れるようになりました。足繁く通う人たちのおかげで、森の入り口から泉まで、小さな径が拓かれました。そうなると、さらに遠くの村からも、大勢の人たちが憩いを求めて訪れるようになりました。

ある日、結婚を約束した若い恋人が馬で駆けてきました。

二人は近くの木に馬をつなぎ、笑い転げながら、泉の側に走り寄りました。泉が、鏡のように鮮明に、自分たちの姿を映し出すのを見て歓声をあげました。

それから周りを二人でそぞろ歩き、その澄みわたった水の美しさと、辺りに咲き誇る草花がつんと芳しい香を漂わせているのを楽しみました。日が傾いて、長い影をつくりはじめるまで、二人はそうしていました。

と、その時、泉の真ん中あたりに、白い蓮の蕾が水面に顔を出しているのに気がつきました。いつのまに咲いたのだろうと訝しんでいると、花びらがふわりとほころび、その中に隠れていた金の指輪が、こぼれるようにきらめきを放ちだしました。

「なんだろう。何かが輝いている」

「水のしずくよ。夕日が照り映えて、金色に染まっているのよ」

「そうかな……。いや違う、あそこに何かがあるように見える」

二人はたたずんで、白い蓮をじっと見つめました。陽はいよいよ陰り、あたりは少しずつ薄闇に包まれていきました。しかし、花びらから漏れる金色の光は、それでもなお一層、輝きを増していくのです。娘は静かにつぶやきました。

「本当ね、あそこに何かがあるのね。近くで確かめられればいいのだけれど」

「そうだね。だけどボートがない。それにもう日が暮れる」

その二人は指輪の真の持ち主ではなかったし、この時は指輪の持ち主が現れる時でもなかったのです。二人は互いにほほ笑みをかわし、夕闇が森を襲う前に家路につきました。でもその白い花のことは、二人は生涯記憶にとどめていました。

二人が見たものは、じきに人々の噂になりました。またほかにも、北の森の不思議な泉に咲いた不思議な花を見たという人が、ぽつぽつ現れはじめました。

そのうちに旅人たちが、ある言い伝えをこの地方に持ち込みました。昔、魔女が作った不思議な力を持った指輪がある。その指輪はある森の中の泉に沈められたまま、持ち主が現れるのを待っているそうだ……。

やがて人々は確信するようになりました。北の森のあの輝く泉にこそ、その指輪が隠されているに違いない、と。

多くの人が指輪を求めて集まりました。領主は騎士を遣わして、泉に潜らせ水底を調べました。若い貴族は愛する婦人のために小舟を浮かべました。ある豪商は篝火を焚いて、白い蓮の花が咲くのを夜通し待ち続けました。

しかし、人々のどんな努力も空振りに終わりました。すべての試みが空しく終わったあと、人々は、その日、その時が訪れない限り、決して指輪は誰の手に渡らないのだという言い伝えを、もう一度思い出しました。

だけど、それで何の不都合があるだろう？　と、ほとんどの人たちはそうささやき合うようになりました。泉はいつだって美しい輝きで、みなに安らぎを与えているのだし、また、どんな冒険心に奮いたった人でも、いざ泉のほとりにたたずむと、このまま指輪が泉の底に隠されたままでいいのではないかと、安らいだ気分に満たされてしまうのです。

こんな風に、泉は人々の憧憬を引き寄せながら、皆に安息を与え続けていました。しかしある年を境に、ぱったりと泉を訪れる人足が途絶えてしまいました。

雪や水が溶け、若葉が装う季節になっても、泉のそばで憩う人は誰も現れないのです。

『どうしたのだろう？　あの勇ましい騎士たちは、着飾った貴族達は。若い恋人たちは。どうして誰もここに来なくなったのだろう？』

泉の周りのくぬぎや樫の木々に声があれば、そんな風につぶやき合ったでしょう。彼らは一人の人間を見ることもなく、ただ葉を茂らせ、実を実らせ、枯れた葉が一枚ずつ枝から落ちて、裸の幹を氷や雪にさらすことを、互いに何十回となく繰り返し眺めていました。

戦争が起きたのです。猛り狂った兵士たちが、街の城壁を崩し、家々に火を放ちました。蹄鉄をつけた馬が畑を蹴散らして通り過ぎ、争いが去った跡には何も残りませんでした。森の近くの村は焼き払われました。その上、荒廃した街から疫病が流行りはじめました。病気は兵士たちよりも凄まじい勢いで、多くの人たちの命を奪っていきました。

泉は訪れる人もないまま、森の中の時間が過ぎゆくのを静かに見守りました。指輪は水底深く、持ち主が現れるのをじっと待ち続けました。

こうして百年近い歳月が虚しく流れていった、ある年の晩秋です。

一人の娘が、森の中をさまようように駆け廻っていました。着ているものは木の枝や岩にひっかけられて、あちこちがほころびていました。靴はどこで脱げたのか、裸足の足は泥と血で汚れていました。娘はどうして自分が走っているのか解らないまま、どこかに向かうあてもないまま、あえぎ、時々放心したように木にぶつかったりしました。夜になっていたので、月の明かりだけでは、森の中の闇を照らすには充分とはいえなかったのです。

その娘の父は、勇猛さで名高い戦士でした。多くの武勲をあげ、王から何度も褒賞をいただき、すべての敵に怖れられた男でした。けれどもついに戦に敗れる時を迎え、敵の兵士たちの手で八つ裂きにされてしまいました。敵の軍隊は切り刎ねた父の首を槍で高く掲げながら、娘の館にまで押し寄せました。母と妹を守ろうとした兄たちは、館の前で生け捕りにされました。敵たちは、

「生きている値打ちもない！　生きている値打ちもない！」

と憎しみを込めて、兄たちが息絶えるまで、殴ったり蹴ったりしました。娘と母は、生まれたばかりの赤子のいる部屋の窓から、こっそりその光景を見ていました。やがて一番下の兄が死ぬと、歓声が一際高くとどろきました。それから敵たちは館の門を、大きな丸太で崩しにかかりました。

館が地響きのような振動で何度も揺れはじめると、母親は赤子をしっかりと胸にかき抱き、

「生きている値打ちもない！」

と、言って、子供の首を両手で強く締めあげました。悲鳴を上げる暇もなく赤子が息絶えたのを見て、母は短刀を自分の首に深く突き刺して、その場に倒れました。

その後どうやって館から抜け出したのか、もう記憶にすらありません。ひたすら走りつづけ、気がつくと北の森の中に来ていました。体力はとっくに尽きはてて、娘は自分に何が起こったのか、思い出す気力もありませんでした。

娘の遥か前方に、薄ぼんやりと白く光るものがありました。娘ははっとそちらに足を向けました。あの泉が月の光に照らされていたのです。人々が訪れなくなっても、泉はあいも変わらず、金色の輝きを薄っすらとまとっていました。

娘は泉のほとりにたたずみました。片足を水に浸してみました。それからもう片足。そして、まるで吸い込まれるようにして、泉の中にゆっくりと身を沈めていきました。彼女の唇と鼻を、冷たい水がふさぎました。娘にはあらがう力もありませんでした。ただ凍えるような水の冷たさに全身

を襲うのになかば酔いながら、なかば眠るように、水の中に沈んでいきました。そうして娘の体は水底にたどりつき、そのまま動かなくなってしまいました。

それから一時間ほどがたちました。不思議なことが起こりました。まず泉の底で眠っていた睡蓮が、いっせいにゆらりゆらりと揺らめきました。娘の体はたちまち水草の蔭に包み込まれました。泉の底からあらたな地下水が噴き出し、激しい水流が生まれました。娘の体は睡蓮ごと、大きな渦のなかに隠れてしまいました。

泉の表面が、深みから立ちのぼる渦で激しく揺れ、沸きたちました。それにつられるように、周りの木々もゆさゆさと枝を揺らしはじめました。森のなかの動物たちも、ただならぬ気配に怯え、いっせいに鳴き声を張りあげました。森のなかの生き物すべてがざわめき、大きな叫びとなって、森全体を揺さぶりました。

それからまたどれくらいの時間が流れたでしょうか。森は再び静まり返っていました。娘は自分が、泉のほとりに身を横たえているのに気がつきました。

ぱちぱちと、枯れ木が燃やされる音で目を醒ましました。目を開くと、娘の近くに焚き火がたかれ、火のそばには魔女がいました。娘が起きあがろうとすると、魔女はそれをとめました。

「起きちゃいけない。長い間泉の底にいたから、体がまだ凍えている」

娘は黙って赤い炎を見つめていました。あまりにも色々なことがたて続けに起こり、いったい今も、自分の身に何が起きたのか、さっぱり解らないのです。

「あんまり森が騒がしいので来てみたら……」

魔女は、楽しそうに笑い声をたてました。

「おまえがこの指輪の持ち主だったなんて！」

「指輪？」

そう言われて、娘はお年寄りたちの言い伝えを思い出しました。北の森の中に泉があり、その泉の中には魔法の指輪が持ち主を待っているという、そんなお話のかすかな記憶です。

「指輪は、おまえの命を救けたらしいね」

魔女はそう言って、優しくほほえみかけました。

「指輪はおまえのものだ。おまえのものになった」

「でも、その指輪はどこに？」

娘は自分の指をかざしてみました。それからポケットの中を探ってみました。あたりをきょろきょろと見廻しました。でも、指輪らしきものはどこにもないのです。

「どこにあるの？」

娘は魔女に尋ねました。

「さあ、どこだろうね」

魔女は、くすくす笑いながら応えました。

「本当に不思議な指輪だねぇ。あいにく私にも、あの指輪の力はよく解らない」

それから魔女は立ちあがり、

「探してごらん、おまえならきっと見つけられるから」

そう言い残して、森の中にすうっと消えてしまいました。泉のほとりには、娘一人が焚火のそばに残されました。

これで指輪の物語はおしまいです。

実を言うと、私はこの童話を読んだことがあったのだ。御手洗の書斎を訪れた時だ。ワインレッドの布で装丁された小さな本が彼の書棚にあったので、手にとってぱらぱらとめくってみた。愛らしい何篇かの詩の最後に、この童話も挿入されていた。どことなく漂う暗い雰囲気に惹かれ、そのまま記憶の片隅に遺っていた。特に、揺らめく水の中で輝いているゴールドの指輪は、そのまま私の脳裏に深く刻まれてもいたのだった。

それにしてもあれがレオナの詩集だとは、その時は想像もしなかった。キヨシは「ロスアンジェルスでアル中の詩集売りから買った」と説明していたような気がするのだが、ひょっとすると私の記憶違いだったかもしれない。

『あれはレオナの書いた童話だったのか』

あのダイナミックな野性の女性に、こんな少女のような空想を胸に秘めていた時期があったなんて、微笑ましくも愉快でもある。

しかしこの童話の舞台となった、森の凍てついた冬の情景は、レオナの父の故郷を、なんとなく連想させる。そう考えれば、やはり彼女らしい作品ともいえた。レオナと直接会ったのはまだ二回だけだが、彼女がかなり多面的な性格の持ち主であることは、すでに私なりに察しがついている。

いずれにしても、この愛らしい童話が映画になるのは楽しいニュースだった。さっそくキヨシにも報せてやろうと思い、受話器に手を伸ばしかけた。と、まさにその時だった。電話のベルが鳴った。出ると、なんと電話はレオナからだった。

「驚いたな、なんてすごいタイミングだ。たった今君の手紙が届いたところだ」

私は言った。

「手紙読んでくれたの？」

「もちろんさ、童話もね。映画を楽しみにしてるよ」

「取材の方は？　一度ハリウッドに来ていただけると嬉しいのだけれど」

「喜んで行かせていただくよ。君の仲間たちのことも、大々的にとりあげよう」

「きゃあ、すごい！　あなたにそう言っていただければ、みんなますます張りきっちゃうわ。もう大ヒット間違いなしね」

　そう言ってレオナは、はるか大西洋の彼方で無邪気な明るさを爆発させる。まったく喜んでいる時の彼女は、それだけで一種の魔法だ。輝くような声の響きが、こちらの心も共振させるのだ。

「レオナ、君自身がかかわっているというだけで、すでに大ヒットは約束されているよ。それでいつ頃がいいだろうか。幸いこちらは今、比較的時間がとりやすい。夏至祭が始まると、みなバカンスをとりはじめるから、当面の取材が減るんだ」

「すてき！　実はそのついでに、お願いを聞いてくださらない」

「さあ何なりと！」

　実際レオナの願いを断れる人間が、世界中にどれだけいるだろうか。レオナは言った。

「指輪のことなの」

「指輪？　童話のなかに出てくる金の指輪かい」

「ええ、実は……」

　彼女の話によると、レオナ愛用の指輪を映画に使いたいという申し出が、スタッフからあったのだ。そこでレオナは「水晶のピラミッド」事件の時にエジプトで拾った古い指輪を渡した。その指輪は傷んでいたので、スタッフの一人が磨いてみた。すると、純度の高い金でできていることが解った。青い石もかなり傷が入っていたが、こちらはガラスでできていた。古い技術を使ったものらしい。試しに映画の一シーンのようにそれを水槽の中に沈めてみた。と、ガラス玉が外れてしまった。よく見ると、玉が填めてあった部分には、何か細かい絵模様が刻まれていた……。

「あまり鮮明ではないのだけれど、たぶん象形文字で、持ち主の名前が刻まれているんじゃないかって、みなで騒ぎになったの。ところが象形文字の専門家に見せたら、こんな文字は見たことないっていうの」

「ふむ、エジプトのどの地方で拾ったの」

「ギザのピラミッドの近く。その時は、正真正銘の古代のものだなんて思ってもみなかったわ」

「よっぽど時代の古いものなのかな。ぼくには見当もつかないけどね」

「それでね、確かそちらには語学の天才で、しかもこういう変わった事件が大好きな人物がいたわね。ストックホルムを発つ前に、その人のお知恵を少々拝借できないかしらって思ったわけ」

「キヨシのことかい」

　私はこっそり苦笑した。レオナが突然電話をかけてきた理由が、やっと理解できたのだ。

「解った、キヨシに尋ねてみよう。彼が役にたつといいね」

「ロスに来る日程が立ったら、ぜひ教えて頂戴。ホテルをこちらで手配するから」

「ありがとう。楽しみにしているよ」

　キヨシとは、行きつけのバー「ラーセン」で会うことができた。

「印章指輪だろう？　それなら左右対称に彫ってあるはずだ。彼らに言ってやってくれハインリッヒ、ぼくはエジプト学の専門家ではないということと、インクでも塗って紙に押しあててから、ゆっくり解読するようにと」

　ひと通りの説明を聞くと、キヨシは大儀そうに答えた。

「ぼくは脳の研究をしているんだ。彼女は本当にぼくの論文を読んでいるのかしら」

「彼女は単に君の解決能力を買っているだけじゃないのか」

「象形文字の専門家に読めない文字が、ぼくに読めるわけないだろう」

「これはぼくの推測だけどね」

私は彼の表情を読みながら、おそるおそるこうきりだした。

「もしかすると、レオナは君にも同行してもらいたがっているかもしれない」

「ああそいつは断る」

キヨシはぴしゃりと言った。

「君は知らないだろうが、今まで彼女とかかわりあって、ろくな目にあった試しはないんだ。世界中あっちこっち引きずり廻され、水の中、砂漠の中さ。運転免許は失効する。彼女はいつだって自分が犠牲者のつもりでいるが、半分以上は自分が撒いた種なんだ。巻き込まれて迷惑するのはいつもこちらの方だ」

「おいおい、今まで何があったか知らんが、今回は別に殺人事件が起きたわけじゃない。彼女たちは映画を作ろうとしているだけなんだ。罪のないファンタジー映画なんだよ」

「ファンタジーだって？　ますますごめんだ。乙女の感傷につき合っている暇はない。あいにく今のぼくは、脳のなかの事件の方に夢中なんだ。あの半狂人が自分の脳を調べて欲しいと言うならいつでも診てやろう。そう伝えといてくれ」

そう言うと、キヨシはそっぽを向いてビールを飲み干した。

レオナの依頼を断れる男が、この世に一人だけいた。やれやれ、どうやら私は多少の翻訳を加えなければならないらしい。伝書鳩の役割も、なかなか難儀なものだ。

その翌日、私はレオナに電話をかけて、簡単に説明した。指輪については一度紙にプリントしたものを調べてはどうか。それから彼にも一応ロスを行きを誘ってはみたが、あいにく研究に忙しくて時間がとれそうにないようだ……。

「ふーん、それが彼の返事なの」

レオナは、軽蔑したような声で私の話を遮った。

「印章指輪ですって。そんな程度のこと、私が思いつかないとでも思っているのかしら。もちろんとーっくに調べましたとも！　ま、大体彼とあなたとの間にどんな会話がなされたのか見当がつくわね。レオナ？　ああ、あの頭のおかしい女。彼女の目は節穴かい。おつむはちゃんと働いているのかしらん。眠っている間に誘拐されて、脳味噌を誰かに盗られてしまったんじゃないか？」

「いや、彼は決してそんな風には……」

「ＯＫハインリッヒ、彼の協力なんていらないわ。あなただけ是非来てちょうだい。指輪は本物の遺物らしいの。ある考古学研究所で鑑定してもらったの。文字はやっぱり読めなかった。ただの飾りじゃないかって、彼らは言うのだけれど」

「それも変だな。飾りの上に石を付けるなんて」

「もしかすると、長い年月の間に化学変化を起こして、文字が半分擦り減ってしまったのかもしれないわね。スタッフの話だと、水に沈めた途端、一瞬水面が金色の膜におおわれたようになったそうなの。何かの薬物が石の中に仕込まれていた可能性だってあるでしょう」

「それは不思議だね。君の童話の中の一シーンのようだ」

水面に沈めた途端、水の表面を金の輝きでおおう指輪か。

「でしょう？　少なくとも、おかげでこちらのムードは抜群よ。是非、このことも含めてニュースにしてね」

「ああ、多分なんとかなると思うね」

幸い、彼女の機嫌は治ったようだ。

L.A.滞在のめどもたち、私はティケットを手に入れ、一人支度をしていた。夏至祭の前夜だった。するとキヨシから連絡があった。夏至祭のナイト・クルージングの誘いだったが、明日にはL.A.に立つ予定だからと言って断った。
「残念だけど。それから例の指輪だが、貴重な文化遺産かもしれないぜ」

私は言って、レオナから聞いた話をひと通り伝えた。するとキヨシは、

「何も読めない？　化学変化？　水面が金色の膜に包まれたって？」

怪訝な声で聞き返してきた。

「どういうことかな。ハインリッヒ、その指輪について、もっと詳しく話してくれないか。青い石が付いていたんだったね」

「ガラスだ。青いガラス玉だよ。古代の技術で製造されたもので、きわめて粗雑な造りらしい」

御手洗はしばらく考え込んでいたが、いきなりこんなことを言いだした。

「ハインリッヒ、もう一枚ティケットを用意できないか？　ぼくもL.A.に行きたくなったよ」

私は唖然とした。

「たぶん手配できると思うが、しかし驚いたな、いったいどういう風の吹き回しだい」

冷やかし半分に私が驚いてみせると、キヨシは謎めかしてこう答えた。

「ぼくも急に映画を観たくなったのさ。色褪せた、古い映画をね」

急な展開だった。私は大急ぎで航空会社に電話

を入れ、翌日にはキヨシと二人、機上の人となった。

「長居をするつもりはないよ、用が終わったらすぐにストックホルムに帰る。レオナには、MITに用事があると伝えておいてくれないか」

キヨシは私に何度も念を押した。了解了解、と笑って応じながら、私はふと前回の旅路を思い出していた。アメリカからスウェーデンへと戻るフライトは、私には少々辛いものだった。どうして彼女の言葉に、もっと注意深く耳を傾けていなかったのか、そう何度も自分を責めた。それは私自身の生涯で、何度も繰り返した苦い問いでもあった。彼女とは、レオナばかりではない、母であり、恋人であり、妻でもあった。

機内の窓から、鉛を溶かしこんだようなバルト海の鈍い色が見下ろせる高さに降下した時、私は思ったものだ。人間には、各人に刷り込まれた神話があるのではないか。人はその神話から抜け出すことができずに、生涯もがいているのだと。さらに言うなら、私の神話には、暗く冷え切ったこの北の海が濃い影を落としているに違いない。憂鬱な気分で私は考えた。

しかし今回のフライトは、うって変わった楽しさだった。キヨシは終始闊達にしゃべていたし、海まで真夏の日差しを浴び、驚くほど純粋な蒼さを眼下に拡がらせていた。それを見て私は思う。同じ神話を繰り返し体験しているようでも、そこは昼の時と夜の時がある。たとえて言うとそれは、こっちがどんなに暗い気分を引きずっていようとも、おかまいなしに夏至の日が訪れるようなものだ。そう、この時の私は、まるで自分がサンタクロースにでもなったような心地だった。私は最上の贈り物を持って、レオナの家を訪ねようとしている。

L.A.に降り立つと、レオナの差し向けたリムジンに乗り、まっすぐに彼女の家へと向かった。
丘の上の瀟洒な家の前で車を止め、インターフォンを押した。懐かしいレオナ本人の声が聞こえた。

「どなた?」

「北の国から来たサンタクロースさ。驚かせるものがある。さあ、急いで出てきた方がいいよ」

インターフォンに返事はなかった。文字通り駈けだしたものに相違ない。しばらくたたずんでいると、庭の石畳を、勢いよく駈けてくる足音が聞こえた。

「ああ神さま! なんてこと! ハインリッヒ、黙っているなんてひどいわ。御手洗さんようこそ! でもこんなことって……」

日本語を交えながら叫ぶと、レオナは両手をいっぱいに広げ、最高の笑顔で私を抱擁した。続いてキヨシに抱きつこうとしたが、

「ああレオナ、社交の挨拶は後廻しだ。ぼくは急いでる。その指輪を早くぼくに見せてくれよ」

私は呆気にとられた。レオナ松崎は今や世界中のマドンナだ。しかしキヨシときたら、世界最高の美女の抱擁をあっさりとかわしたばかりか、さっさと芝生を横ぎり、つかつかと家の方へと向かうのだ。

「彼、ちっとも変わっていないわね」

さらに驚いたことは、レオナが少しも気分を害した様子を見せなかったことだ。すこし肩をすくめると、いそいそとキヨシの跡を追うのだ。

レセプションルームに通された。私の来訪は伝えてあったらしく、何人かのスタッフがすでに集まっていた。

「やあみなさんはじめまして。さっそくだがレオナ、現物を見せてくれたまえ」

挨拶も抜きに、キヨシは散文的な命令をくだす。

「レオナ、指輪を水槽に最初に沈めてみた人は誰かな」

「それはジェーン。彼女は象形文字にも詳しいの」

「ハイ、ジェーン、詳しく話してくれませんか」

「指輪はかなり古いものだと思いましたわ教授。ガラス玉も磨いてみたけれど、もとからいびつで、不純物も少し混ざっていたみたい」

「いいね。それでジェーン、君が指輪を水槽に沈めた時、金色の光が水槽をおおったというんだね」

「ええ、レオナの童話にもそんな場面があったから、驚いちゃった。一瞬のことだったから、気のせいだったのかもしれない。でも薬物が溶けだしたふうではなかったわ」

「解った。鎧戸とカーテンを閉めて。レオナ、スクリーンがあったらここにセットして」

「ジェントルメン、彼の言う通りにしてあげて」

集まっていたスタッフは、いきなり闖入した見知らぬ男のペースに、完全に乗せられていた。たちまち部屋中のカーテンが閉められ、壁に白いスクリーンが掲げられた。どうするのかと見ているとと、キヨシは胸のポケットから小さなペンライトと、ネームカードを取り出した。それからカードの真ん中に、ペンの先で小さな穴をあけた。

「これで準備は整った。さあジェントルメン、用意はいいかい？　五千年間隠されていた古代の映像を、映画世界のメッカで、今お観せしよう」

口上を述べると、キヨシは電気を消させ、ネームカードの穴に、ペンライトの光を押しつけた。カードを抜けた細い光は指輪にあたり、ガラス玉の中で反射しながら壁のスクリーンに届いた。ぼんやりとした光の模様が、スクリーンでちらちらと踊った。それを見つめながらキヨシは、指輪を手に、器用に角度を調整した。ピントを合わせようとしているのだ。

まったく不思議なことが起こった。それは突然だった。白いスクリーンに、金色の映像が鮮明に浮かんだのだ。それは、ブルーとゴールドの二色でできていた。ガラスの蒼い色が影の部分にあたり、全体にブルーの色調の中で、かすかに金色を帯びた輝くような像が際立っていた。

それは蓮の花の上で踊る童子神の姿だった。その花は、蒼い水の上にたった今咲きいでたように見えた。童子神のかたわらには女神が二人立っていて、手には楽器を持ち、童子の誕生を祝っているようだった。

一同は、息を飲んでその画像を見つめた。

ジェーンが小さく「ああっ」と声をあげた。

「私、これ知ってるわ！　エジプト神話のホルスよ。古い神話だと、ホルスは明け方に蓮の中から生まれて、空に昇ったのでしょう？」

「その通り、よく知っているね」

キヨシは応えた。

「一説によるとホルスの語源はヘルカ、本来は『蓮から生まれた者』という意味を持つんだ。蓮の花は原初の創造を象徴し、つまりホルスは世界の始まりから存在することを意味する。と同時に、明け方の太陽にもたとえられる。永遠のシンボルであると同時に、沈んでも再び甦る再生のシンボルでもあるんだ。古代の人々は、朝になると昇りはじめる太陽に、死を超越した神的な力を認めていたんだ。そのホルスはファラオと同一視されていたそうだから、たぶんこれはファラオの指輪だね。貴重な発見だよ」

私たちは声もなく、映像を見つめていた。

「……象形文字じゃなかったのね」

レオナがつぶやいた。

「このガラス玉は実によく計算されて造られている。歪みも、一見ゴミに見える不純物も、この映像のために加工されているんだよ。古代の技術だと思って、馬鹿にしちゃいけない」

「私が見たのはこれだったのね」

ジェーンが納得したようにうなずいた。

「光の加減で、一瞬だけ像が結ばれたのだろう。古代のエジプト人は、光線に対してすぐれた感受性を持っていた。ある意味で、君たち映画製作者に似ているかな」

「だけど、どうしてこんな凝った仕掛けの指輪を考えだしたのかしら。この持ち主がファラオなら、まるでファラオの印を隠しているみたいよ」

「さあね。古代人には古代人なりの事情があったのだろう。われわれ現代人には想像もつかないことだけどね」

キヨシはレオナに指輪を手渡しながら、そっと言い添えた。レオナはしばらくその指輪を光にかざしながらじっと見つめていた。青いガラス玉の底に、秘められた理由を尋ねようとでもするように。

「さて、これでショウはおしまい。ぼくはこのへんで退散するよ。急いで空港に戻らなくちゃね」

キヨシの言葉で、オゥと一同は失望の声をあげた。みな古代の夢から現実にと引き戻されたのだ。

「もう⁉　せっかくだから食事でも」

「悪いねレオナ、表にリムジンを待たせてあるんだ、時間がない」

キヨシはせかせかと腕時計を見た。

「用事があるんだ。明日までにＭＩＴへ行かなくっちゃ。じゃ諸君、これでさようなら」

映像関係者は、感謝の拍手でキヨシを送り出した。

「いつもこんな平和的な事件であって欲しいね、レオナ」

「相変わらず皮肉がおじょうず、御手洗さん」

肩をすくめ、レオナはキヨシのためにドアを開けた。私も一緒に部屋を出た。

「じゃレオナ、ぼくもここでいったん失礼する。取材には明日から入るよ」

「わかったわ、明日からね、楽しみにしているわ」

にっこりと笑いながら、レオナはわれわれを見送っていた。私たちはレオナの家をあとにし、広々とした前庭を横ぎる大理石の石畳を歩いていった。

「御手洗さん！」

われわれの歩みが門に辿り着いた時、背後からレオナの声が高らかに響いた。

「名刺をありがとう！　また事件が起きたら、ここに連絡すればいいのね！」

振り向くと、レオナは右手を高く掲げ、小さな白いカードをひらひらとさせていた。それは、さっきキヨシが実験に使ったネームカードだった。キヨシは胸のポケットにさっと手をあて、生涯最大の失敗に気づいたように顔色を変えた。
二、三歩キヨシはレオナの方へ戻りだし、何ごとかを言おうとした。遮るのは私の役目だった。すかさずキヨシの腕を掴み、こう言った。
「MITに行くんだろうキヨシ、飛行機に乗り遅れるぜ」

リムジンのドアが閉まると、キヨシはまったく憮然としていた。私は何度も笑いがこみあげ、吹き出しそうになるのをこらえていた。

「たった今のぼくの失策がどんなに危険なこと

か、君には解らないだろうね」

キヨシはうらめしそうに言う。

「ああそうだね」

私は言い、そしてこう続けた。

「でもそれは、君の運命さ」


〈了〉

第二章 3

沈みゆく男

青田歳三

スマという言葉は「生き返る」を意味する。そういえば「クレオパトラがスマ」というストリートがあった。えらく昔に話題になった事件なので、記憶違いもあるかと思う。話題といっても、オカルト専門の豆本の類いでしか見たことのない話だ。若くて美しい女性が、この通りで、立て続けに6人も行方不明になっているらしい。といっても、誰かに誘拐されたのとは、ちょっとちがう。道路が突如陥没し、美女がその穴に飲み込まれてしまったのだそうだ。

場所はエジプトのアレキサンドリア。最初の事件は一九七三年三月で、このストリートには最初は「ホレアストリート」と「ダニアストリート」というれっきとした名前があった。しかしこの奇妙な事件が相次いでから、現地の人々が畏怖の感情を込めて、こういう名前で呼ぶようになったという。

真実はただの偶然の事故かも知れない。だが本には「現地の人々は『これはクレオパトラの霊が、若くて美しい女性に嫉妬しているのだ』と信じている」と、書かれていた。莫迦莫迦《ばかばか》しい。それで「クレオパトラがスマ」ストリートなのだそうだ。もう一度いわせてもらうが、莫迦莫迦しい。なんでクレオパトラでなければならないのだろう。もし呪いの主がクレオパトラなら、なんで絶世の美女といわれた彼女が、今更嫉妬などせねばならないのだろう。従者に似つかわしい屈強な男たちが行方不明になったとでもいうほうが、まだ頷けようというものではないか。

これは偶然の出来事が重なったのかとも思う。たまたま道路陥没が続発して、そこへたまたま美女たちが飲み込まれてしまったのだ。もし、これが小説ならば「現実味がない」という攻撃の、格好な標的にされるのかもしれない。「事実は小説より奇なり」だ。まさか、飲み込まれたその美女たちの体重が、揃いも揃って十トンぐらいあったわけではないだろうし。

日没とともに降りはじめた雨に、ちょいと恨めしそうな一瞥をくれて、石岡和己は皿洗いに専念していた。この季節、本来なら気温も湿度も適当で、快適だったはずの土曜日の夜。御手洗潔も、別段鬱でもなければ難事件を抱え込んでいる風でもなかった。彼の気分が良ければ、散歩に誘ってもらえたかもしれないのに、と考えているのかもしれない。かちゃかちゃとソーサーが音を立てて石岡を囃《はや》し立てていた。尤《もっと》も、御手洗は雨といっても一向に気にならないらしく、傘もささずに濡れながら歩く男なのだが。

不意に外の、見慣れたはずの風景に、ひとりの人物が飛び込んできた。

男性らしい。といっても、街灯とビルの窓明かりのなか、ようやく見える程度だし、決して間近に見ている訳でもないので、人相や風体まではよく判らない。

彼はしょんぼりと俯いて佇んでいた。単にそれだけならば、観察眼たくましくない我らが石岡のことなので、すぐに視線をもとに戻したであろう。だが、その人物の動きは少しばかり奇異であった。

最初は彼は、あるビルの前に佇んでいた。そして軽く足踏みをしている。しばらくそんなことをしていたと思うと、歩きだした。そしてまた他のビルの前で同じことを繰り返す。再び歩きだし、こんどは通りの反対側の電信柱のすぐ脇で、またも同じことを繰り返す。そしてやはりまた歩きだすと、次の電信柱で足踏みをする。結局彼は、石岡の視界から完全に消えるまで、しょんぼりと俯いて、足踏みをするという行為を、オート・マタ(機械仕掛けの人形)のように繰り返していた。

さすがに石岡も、その怪人物の行動に不可解なものを感じとっていたが、それで済んでしまえばいつしか忘れてしまっていたに違いない。事実彼は、その直後の親友との、ふたりきりのささやかな茶会にも、そんなことはおくびにも出さなかったからだ。

翌日。気持ち良い風が頬を撫でる好天のなか、御手洗が石岡を散歩に誘った。横浜ベイブリッジのほうへ足を延ばし、歩きつつ石岡は、チッポケな幸せを噛み締めていた。帰宅途中、石岡はふと、昨夜の怪人物が足を止めた最初のビルの前で、妙なものを発見する。そこの場所だけ、アスファルトが奇妙に歪んでいたのだ。率直ないいかたをするのなら、凹んでいたのだ。ぽっかりと。

たちまち先日のことを思い出した石岡は、怪人物が次に立ち止まった前方のビルの前にも目を走らせた。やはりそこもくぼんでいた。大穴というほどでもないが、僅かでも注意していれば、はっきりそれと判るほどに。その次の電信柱も、さらに次の場所も同じだった。不自然に、アスファルトに穴があいている。

「どうしたんだい？　石岡くん」

御手洗が話かけてきた。

「…いや、なんでもない」

石岡がそう答えたのは、別に見栄でも意地からでもない。親友に笑われるのが怖かったというのが、強いていえば一番近いだろうか。

（…たとえば…昨日、僕の知らないうちに道路工事が行われていて、アスファルトはまだとんでもなく柔らかかった、というのは？　そして工事が終わったばかりのそこに、大人気ない男がやってきて、アスファルトをぼこぼこにして遊んだ…。いやちがう、このアスファルトは、昨日今日工事をしたようには見えない。それに踏まれて穴があく路面をほったらかしたまま、工事が終わるとは考えられない。そうだ！　あの男は実は体重が10トンくらいあって…。なにを考えているんだ僕は？　じゃあ、一体なぜ…）

「大丈夫かい？　石岡くん。なにをぶつぶついっているんだ。もしかしてとうとう…」

とうとう一番いわれたくない人間にいわれてしまった。

嘆きながら石岡は、随分前にテレビで見た『少林寺』という映画のことを思い出した。少林寺の修行僧たちは、練習場の、自分の足元の床がぽっかりとへこむまで、毎日鍛練を積むのだ。

「もしやあの男も！」

いいながら石岡は、すでにがっくりときていた。

　しかし、本当に不可解な出来事である。信じられないが、あの男は、アスファルトに沈みゆく男なのだ。長く一カ所に留まると完全に埋まってしまうので、だからちょこちょこと場所を換えながら、歩いていたとしか思えないのである。

　部屋のなかでも石岡は唸り続けた。

「本当にどうしたんだ？　いくら聞いても、唸るばっかりで、ちっとも要領を得ないじゃないか。いつもの君らしくないぜ」

　さすがに御手洗が、心配そうに石岡の顔をのぞきこんだ。

「そうか、君は僕のことを、悩みのない奴だと考えていたんだな」とは石岡はもちろん口にせず、とうとうギブアップして親友に助けを求めることにした。

　事情を語り終えるまでには、十分を要さなかった。

「なんだ、そんなことか。この街に生きるもの、すべて見えざる病魔に冒されているんだ。気休め程度にもならないそんな行為を、長々と繰り返すとは、まことにもって神経質な男だね。よし、そろそろ食事にしようぜ。僕がオムレツを作ってあげよう」

　石岡はあんぐりと口を開けた。

「それだけかい？　御手洗。あんまり冷たいじゃないか。僕はこんなに悩んでいるというのに。そうだろうよ。君にはどうせなにもかも判りきったことなんだよな。それでどうするんだい？　またなにも教えてくれないまま僕を苦しめるのか？　オムレツだって？　どうせケチャップ入りのタマゴチャーハンにでもなっちまうんだろう？　ねえ御手洗。たのむから教えてくれないか？　え？　なんだって？　さっき君は『神経質な男』といったのか？　それはどういうことだ」

「あんまり気にするのはやめたまえ。石岡くん。大丈夫さ。そんなことは事件でもなんでもないよ。放っておいたからって、誰も傷つきはしない。いたって無害な日常の一幕だ。ヒントをあげよう。昨日は何曜日だった？　昨夜はどんな夜だった？」

悲しいかな、そんなヒントでは、石岡にはさっぱりだった。

「すまない…、僕はこんなに無力な男さ。君から見れば呆れるくらいにね。ヨーゼフやミクロやハイディたち、君と仲のいい犬たちの爪のアカでも煎じて飲むよ…」

御手洗は腰に手を当て、ふうと一息、軽い溜め息をついた。しかし口には微笑を浮かべ、その様はまるで、可愛くも我が儘な生徒に手を焼く教師のようである。

「だからそんなに悩まないことさ。石岡くん。いいかい？　日本にもマゾヒズムあふれた変人ビジネスマンが多い。あの人種はどうしようもなく前後不覚に陥るまで酒を飲み続けるのさ。大した理由もないのにね。翌日苦しむのを覚悟で吐瀉《としゃ》するまで飲むんだぜ。酒がなければやりきれない夜に飲むなのら、それはいたって自然といえるかもしれない。しかし彼らは明日が休日でさえあれば、悩みなんかなくったって、酒を浴びるように飲むんだよ。飲まれる酒も気の毒なくらいにね。

さて、そうなると当然バーだの飲み屋だのを出て1歩も歩かないうちに、道端に吐瀉物をぶちまける輩だって多くなる。昨夜はそんな夜じゃなかったかい？　土曜日の晩だ」

「ああ…」

石岡はたしかにそうだと思った。しかしそれとあの男の行動と、どういう関係が…。

「ひとりの男の存在を仮定しよう。彼は素面《しらふ》だった。そうでなくてもたいして酔ってはいなかった。そんなひとりの男が、まことに運の悪いことに、足元をよく見ずに歩いていたため、誰かの吐瀉物をあやまって踏みつけてしまったんだ。気の毒に！

しょんぼりと彼は項垂《うなだ》れて、歩いているうちに、水たまりを見つけたんだ。日本の道路は、理由を見つけては、しょっちゅう掘り返されるからね。いたるところ凸凹なんだ。昨夜は雨が降っていただろう？　どうしてもあちらこちらに水たまりができるのさ。

彼は他人の吐瀉物で汚れたクツ底をじゃぶじゃぶと足踏みをして洗ったんだよ。しかし一か所だけでそれをやっても気が済まなかったのさ。だから、次から次へと場所を換え、移動しつつ、汚物を洗い流していったんだよ。彼がいたから穴があいたんじゃなくて、穴があったから、彼はそこにいたのさ。ああ、どうしよう、オムレツなんか食べたくなくなってしまった。悪いが、石岡くん。君がなにか作ってくれたまえ。失せた食欲を、呼び戻せそうな食べ物をね」

第二章　4

ベートーベン幽霊騒動

角田妃呂美

鈴木えり子から、鈴蘭事件の真相を聞かされた次の日、犬坊里美が例の調子で電話をかけてきた。

「先生、元気でしたかー？」

普通、こういう言葉は、滅多に会わないもの同士が使う言葉だと思うが、里美の場合電話をかけてきて、最初に口にする言葉は、大抵これである。たとえ昨日会っていたとしてもだ。

「うん、元気だよ」

「ホントですかー？　先生、えり子さんから御手洗さんの事聞いてからその後、無口だったから…、もしかして落ち込んでるのかと思って」

確かに私は里美の言う通り、帰り道、里美に話し掛けられても終始上の空だった。

「落ち込んでなんかいないよ、小さい頃の御手洗を知って、ちょっとビックリしただけ」

「そうですかー、それならいいんですけど。今ね、大学の門の前に居るんですー」

「うん。…それで?」

「見たくないですか? 御手洗さんが育った所。私、案内しますよー」

また、里美が突拍子もない事を言い出した。英会話教室の時もそうだったが、里美は思い立ったら、即行動といった性質がどうやらあるらしい。おかげで迷惑を被る事もあるが、そんな彼女が羨ましくも思う。

「えっ! そんな、だってそこ、女子大じゃない! やだよっ恥ずかしいもん」

「えー、だって、先生、幼稚園児時代の御手洗さんが解決した事件、本にするなら、私から大学の要図受け取るだけより、見た方がずっといいですよー。想像力も広がりますよ、多分」

「そうかもしれないけど…、でも大丈夫かなぁ?」

「大丈夫、大丈夫。講師の振りとかしていれば、いいんですから、それにね、またいい物見つけちゃったんですー」

そうもったいぶらされると、それがなんだか知りたくなる。

「だから、早く来て下さいね。私ここで待ってますから」

と里美は電話を切った。

私は急いで着替えて、セリトス大に向かった。正門が見え、里美の姿が確認できた。里美も私に気づいて、待っていればいいのに私の元に駆け寄ってきた。

「先生、予想してたより着くの速いー」

「待たせちゃ悪いと思ってさ」

門をくぐる時、やはり緊張した。ここは女子大なのだから当たり前なのだが、里美と同じで溌剌とした女の子が沢山歩いている。みんな今が盛りのように楽しそうに見え、歩き方はまるで弾んでいるかのようで、へたするとここは天使か何かの憩いの場なのか、と錯覚してしまう。それくらい若い女の子達は、老人一歩手前の私には輝いて見えた。里美一人にでも当初ドキマギしていたのに、こんな所で講演などしたら心臓麻痺で死んでしまう。小名木先生があまりしつこい方でなくて良かったと思う。

「ほら先生、噴水。その向こうが大講堂。ね、写真と一緒で同じでしょ」

と里美が前方を指差しながら私の腕を掴み、ズンズン歩いて行く。

そして礼拝堂の横の小道を抜け資料館、つまり御手洗が育った家に辿り着いた。

私は、その建物を感慨深げに見上げた。これがあの、御手洗の家か…。

「中、入れるの？」

「はい」

里美が扉を開けた。私はおずおずと中に入っていった。正面の階段まで歩み寄り、その手すりに手を置いた。この階段を御手洗は小さい頃いつも、上り下りしていた訳だ。階段の上をゆるりと見回す、里美から聞いた通り回廊になっていた。脳裏に幼い御手洗が階段を上り回廊を歩く姿が浮かんだ。

後ろを振り返る。そこに、今はないが当時、ピアノが置かれていたと馬夜川が話してくれた。そこで御手洗はモーツァルトを練習をしていたと。また、私の脳裏にその姿が浮かんできた。

私は涙が溢れてくるのが分かり、慌ててハンカチを取り出し、目頭に当てた。

懐かしさが沸いた。無性に御手洗に会いたかった。

御手洗と暮らした時の思い出は殆どが楽しいものだった。時には辛い事件もあったが、それもそれで良い経験ではないかとも思えてくる。偶然とはいえ、私は御手洗の過去を知った。彼の伯母の件で小さい御手洗がどれほど傷ついたか、苦しかったかは分からないがまさかそんな過去があったなど想像できなかった。

私は御手洗と出会ってからずっと、頼りきっていた。えり子と同じで私もずっと一緒に居て何もしてやれなかったと思う、それがとても悔しい。いつまでも成長しない私を見て、御手洗も辛かったろうと思う。それを気づいた今、私は何をするべきか、今後考え、前進していかなければならない。

「先生、私…」

「んっ、なんだい里美ちゃん」

里美は下を向いて言いにくそうにモジモジしていたが、私を真っ直ぐ見つめ話し出した。

「先生をここに来させた理由、本のためって言ったけど…勿論それもそーなんですけど、昨日えり子さんから、御手洗さんの話聞いてー先生、もしかしたら悲しんだんじゃないかと思ったんですー。それで私、御手洗さんの育った家を先生に見てもらったら、少しは元気になるかなーと思ったんです。アルバムもう一回見て、ここはあそこで撮った写真、これはここでとった写真て、楽しく会話できるかなーって。ここでは楽しい思い出も御手洗さんあっただろうし、そういうことも先生考えてくれるかなーって。…でも逆療法だったみたい、ごめんなさい先生」

最後は俯いて、小さな声でそう言った。

「いいんだよ、そんなことないよ、ありがとう。来れるんだから来ておいた方がいいもの」

私は里美に微笑んだ。

「ああ、良かったー！　私、もっと先生暗くさせちゃったんじゃないかと思って」

悲しむというよりも、むしろ私はこの子に感謝しなければならない立場だ。

「それより、里美ちゃん、いいものって何なんだい？」

「あっ、そうだー！　それ、二階にあるんですー」

里美と私は二階に上がり、一つの部屋へ入った。本棚が沢山並んでおり、真ん中には本を読むための机があって、ちょっとした図書室だった。ここにこの大学の資料があるのだろう。座って待っててと里美が何かを探しに行った。私は座って大講堂が望める窓の方へ目をやった。そこに木が一本立ってるのが見える。大講堂とこの建物の間にポツンと一本だけある訳だ。

里美が前に見せてくれたアルバムともう一冊ハードカバーの本を持って戻ってきた。そしてアルバムを開き、写真を一つ一つ指差して、噴水と礼拝堂、今と変らないでしょと言った。

「もう一冊の本は何だい？」

「ああ、これですかー」

里美は本を胸に抱えて、意味ありげに笑い、

「これこれ、この本にいいものがあるんですー。私ー、もしかしてまだ御手洗さんに関して何か情報みたいなものが残ってないかと探してみたんですー、日記みたいなものとか。それで、日記みたいなものはなかったんですけど、また写真見つけたんですよー、しかもこれえり子さんじゃないかと思うんですー」

と里美が本の表紙カバーを外し、裏返した。そこには大きな木を背後に二人の子供が手をつないで写っている写真が貼ってあった。男の子と女の子だ。男の子は御手洗だった、ちょっと笑顔がこ

わばって見える。女の子は御手洗と同じくらいの年に見え、髪の毛を二つに両耳の所で束ねている。

「この女の子がえり子さん」

「だって、そうじゃないかなー。他に御手洗さんに、同じぐらいの女の子の友達が居たなんて聞いてないですしー、よく見るとほら面影がありますよ」

「んん、本当だ。でもこれ一枚だけ?」

「はい、あったのこれ一枚」

「でも、なんでこんなカバーの裏なんかに貼ってあったんだろう…、隠してたってことかな?」

「多分そうだと思います。えり子さん、御手洗さんの伯母さんに嫌われていたから、一緒に撮った写真なんか見つかったら、捨てられちゃうかも知れないしー」

私はため息をついた。

「そんなとこだろうな。ウィルキンスさんが気をきかせてくれたのかも知れないね」

「えり子さん、やっぱり小さい時から可愛かったんですねー、リボンつけて。大好きな御手洗さんと一緒に写真撮られて、すっごく嬉しそう!」

里美がニコニコしながら喋る。

「でも、よくこんな見つけづらい所のやつ見つけたね」

すると、里美から笑みが消え、ガクッと頭が下に垂れた。

「霊感があるんです私…」

「えっうそ⁉ そんな話聞いてない!」

「だから、こういう事にカンが働くんです。それに、たまに見えたりするんですよ…無念を残して死んだ人の…霊が!」

里美の声が低くなり、顔つきが険しくなる。私は縮み上がった、幽霊だの怪談だの、そういった話は世界で一番怖いのだ。

「今もね、見えてるんです私。先生の後ろに、水子の霊が恨めしい顔で…先生の肩に手を…」

「わーっ、嘘だよそんなの！　僕、覚えないもの！」

私は目をつぶって頭を抱え、突っ伏した。声は殆ど悲鳴だった。

すると、里美がプッと吹き出し
「アハハハハハッ、先生ってやっぱり面白いっ霊感なんてある訳ないじゃないですかー、キャハハハハハッ」

としばらく笑い転げてた。

「ひどいよー、いくらなんでもあんまりだ！」

「ごめんなさい、先生。私結構真に迫ってましたか？　ホントはね、この本の表紙触わったら少しボコッとするんで、裏返してそれで見つけたんですー。いわゆるラッキーですね。この写真の事まだ誰にも、ミス研にも内緒なんですよ。先生に一番に教えてあげようと思って、黙ってたんです」

里美は笑いすぎで流した涙をハンカチで拭きながら
「その写真に写ってる大きな木が、あの木ですよ」

と窓を指差した。さっき私が見ていた木だ。

「あの木のすぐ隣に池があるんですー。ほら、写真にも、御手洗さんたちの足下の後ろに池があるのが見えるでしょう」

「へー」

と、私と里美は窓に寄っていった。

その木の高さはこの二階の窓と同じくらいだ、結構高い。枝がかなり広がって伸び、この窓から上半身を少し出して、手を伸ばせば葉に触れられそうだ。下を覗くと木から二メートルぐらい離れて池があった。あそこでいつも御手洗はアヒルや猫などと遊んでいたのか。

私は窓を開け、頭を出した。もう少し、下の池周辺をぐるりと見渡したかったからだ。冷気が入ってきて、里美がブルッと震えた。

突然、強い風が吹き、私が持っていた、写真付きの本のカバーが飛ばされ、前方の木の枝に引っ掛かってしまった。

「ああーっしまった！」

でも、なんとか手を伸ばせば取れそうだ。私は体をせり出してカバーを取ろうとした。

「先生、危ないですよー」

「だってこれ、まだミス研のみんなにも見せてないんだろう。このままにして無くしたら怒られちゃうよ」

「だからって、棒か何かで叩き落せばいいんですよー」

「でもまたさっきみたいに風が突然吹いたら、飛んでっちゃうよ。大丈夫、もうちょっとで届きそうだ」

私は更に右足を窓枠に掛け、体を前に出す。里美は私が落っこちそうになったら、すぐ捕まえられるため横に立っていた。

「もうちょい、もうちょい…、よしっ取れた！」

カバーが右手の、人差し指と中指に挟まった、そしてこちらに引き寄せようとした時、安堵して気が緩んだのか、支えにした左手が窓枠から滑って、体がガクンと揺れた。そして天と地が逆に目に映り、空気の速い流れを体に感じた。落ちたっと気がついた、里美の補助が間に合わなかった。

私は落ちていく中で、里美の悲鳴が遠のいて行くのを聞いていた。

　バシャーンと派手な音がして、舞い上がった水飛沫が頭に降ってきた。私は運良く池に落ちたのだった。

「た、助かった…」

「あー、誰か池に落ちたよー」

　小さい女の子が例の木の陰から顔をこちらに覗かせて言った。反対側から男の子が訝しげに私を見やってこっちにやって来た。女の子も後からついてきた。

　私は自分が落ちた窓を見上げた。そこに里美の姿がない、窓も閉まっていた。里美は下に降りている途中なのだろうか。

「ねー、君どうしたのー？　どうしてここにいるのー？」

　女の子の方が大人の私に気安く話し掛けた。私も聞きたかった。どうして子供が二人も女子大構内にいるのか？　先ほどは見かけなかったはずだが、講師が預ける所がなくて連れてきてしまったんだろうか？

「君、水泳するにはまだ季節が早いんじゃないか？　それに服のまま泳ごうとするなんて、君も変っているね」

　男の子がニヤニヤしながら私に、やはり気安く声をかけた。大人に向かって「君」とはなんだ！　まったく今の子はちゃんと躾を受けていない、私は腹が立ってきた。

「違うよー、この子単に池に落ちただけだよ、潔ちゃーん」

　潔ちゃんだって⁉

　潔と呼ばれた男の子は女の子に制するように片手を挙げて、勿論分かってるんだというように大きく二回頷いた。

　私は潔ちゃんの顔をじーっと見詰めた。…似ている、あの子供の頃の御手洗に瓜二つだ！　次に女の子の方を見る。彼女はカバーの写真の女の子にそっくりである。そういえば本のカバーは？無い！　池の中を見たが落ちていない、落ちてる途中また風で飛んでいってしまったんだろうか？

「ねぇ、君たち。本のカバーを知らないかい？」

私は二人に声をかけた時、妙な気分が沸いた。

「知らないよ」

男の子が答えた。

「とにかく、そこから早く上がりなよ、鯉とアヒルの遊泳の邪魔になるからね」

と男の子が私に手を差し伸べてきた。どうにも生意気な口振りである。

アヒルが私の背中を邪魔物をどかそうとするように突つき、鯉が足を擦れ擦れに泳いでいく。

「そんな必要無いよ、自分一人で上がれるよ」

私は男の子の手を退け池から上がった。周りを見回すと、猫や鶏の姿も見える、おかしい…いなかったはずなのに、周りの景色も何か違う気がする。それに、十一月に池に落ちたのいうのに寒くないのだ。二人の格好も冬にしては薄着で、太陽がやたら明るい。これはどういう事なんだろう…。

「ねー、なんて名前なのー」

女の子が、私に聞いた。

「石岡…和己っていうんだ…」

「ふーん、和己ちゃんかぁ。私、えり子。ねぇ大丈夫？」

「えり子ぉっ⁉」

私は思わず大声になった。

私はその時、気がついた。私は目の前の二人と目線の高さが同じなのだ。私はかかんでいない、膝を伸ばし立っているのだ。私は自分の姿を見ようと池へと視線をおそるおそる向けた。まさかと思ったが、そこには子供の姿が映っていた、正確には私が子供にまで若返った姿だ。だから、さっき自分が喋った時妙な気分がしたのだ、声が高い。私は呆然とした。そんな馬鹿な！

「ねえ、君たちは、御手洗潔君に、鈴木えり子ちゃんなの？」

私は聞いた。二人は顔を見合わせ、その次に不思議そうに私を見つめて、

「そうだよ。和己ちゃんは私達と同じ学校の子なの？」

とえり子が答えた。

「今って何年の何月になるの？」

「昭和三十年の五月だよ。大丈夫かい？　月まで忘れちゃうなんて。頭打ってるんじゃないだろうね」

御手洗が答えた。

これは夢だ！　悪い夢だ！　私は御手洗達の写真を見て、懐かしさでこんな夢を見てしまっているに違いない。しかも私も彼らと同じぐらいの子供に戻っている！

私が放心している間、御手洗とえり子が何やら私に質問していたが答えられずにいた。

そうだ夢ならば、頬を抓ってみればいいのだ！　夢ならば痛くはない。私が抓ろうとすると、脹脛に刺さるような痛みが走った。

「いてててて っ」

鶏が散らばった餌を食べていて、その餌を私が踏んづけていたので足をどかそうとして、つついたのだ。

それは痛かった、ということは夢ではない…、私は窓から落ちた瞬間、子供の姿に戻って、四十年も昔にタイムスリップしてしまったのか！…帰れる方法など私は知らない。私は絶望的になって、子供の姿に戻ったせいもあるのか、大きな声で泣き出してしまった。

「あー、腕怪我してるぅ。血も出てるよー」

えり子が私の右腕を指差した。落ちていく時に枝にでも引っかけたのだろうか、私は腕に傷をつくり、血が流れていた。その傷口を見たとたん、それまで感じていなかったのに痛みが沸いてきた。

「あー、しょうがないな。傷の手当てをしてあげよう。濡れた服も脱いだ方がいいしね。僕の服を貸してあげる。さあ、こっちへおいで石岡君」

小さい御手洗はべそをかいている小さい私の腕を引っ張って家の中に連れていった。今は伯母がいないのか、えり子もついてきた。玄関を入って正面にグランドピアノが現れた。舞台装置のような階段を上って二階へ行き、御手洗の部屋らしき一室に通された。

「椅子に座って待っていて、救急箱持ってくるから」

と御手洗は出ていった。

私はぐずりながら、部屋を見回した。本棚には参考書、専門書のたぐいがズラリと並び、とても子供が読むものとは思えないが、御手洗はもうこの頃から中学生レベルの勉強をしていたので、そう考えると不思議ではない。勉強机にはプラモデルの飛行機が二機並んでいた。そういえば子供の頃好きでよく作ってたなんて話を聞いた事があったっけ。御手洗もこういう所は普通の男の子と同じものに興味を持ったようだ。

「和己ちゃん、すごく痛いー?」

えり子が怖いものを見るように私の傷口を見て聞いた。

「い、痛いよ…」

ドアが開き御手洗が救急箱を持って帰ってきた。消毒をしてもらいガーゼを貼って包帯を巻いてくれた。中々手際がよかった。

「だいぶ血がでてたけど、そんなに酷くない。軽い擦り傷だよ。さ、今度は服を着替えよう」

御手洗は箪笥から一着自分の服を取り出し、私に着替えさせた。御手洗の服は少し私には大きかった。ちょっとの間それで我慢してと言い、御手洗は濡れた服を干しに行った。戻ってきた時御手洗は、暖めたミルクの入ったカップが3つ乗っているお盆を持ち、それを私とえり子にくれた。御手洗はミルクを一口飲んで私に一番聞かれて困る事を聞いてきた。

「君、家はどこなの？　この辺の子じゃないよね」

私は、どう答えていいやら迷った。この時代、私は帰る家がない。私がタイムトラベルしてきたのなら、田舎の実家には当然私が居る訳である。平成の世に帰れる方法が分からない限り、私はどうこの時代を、しかも子供の姿で生きていくのか…、施設に行くのか、そう考えると憂鬱になる。とにかくここは、何とか取り繕わねば。

「い、家はここから遠い所、お使い頼まれて」

「おつかい⁉　一人で？」

「…うん、親戚の家に届け物したんだ」

「ふーん」

御手洗はそう相づちしたものの、不信そうに私を見ていた。

「それで僕の家の前まで迷って来ちゃった訳？」

「う、うん。そんなところ…」

もう私への追求はそこまでにして欲しい。この先を思うと気持ちが暗くなる一方だ。

「まあ、一人でここまで来たんだから、帰りも一人で帰れるよね。服が乾くまで僕の家に居なよ。夕方には渇くと思うよ」

とりあえず、誤魔化せたようでホッとした。

「あっ、そうださっきの話の続き、潔ちゃん！」

突然えり子が発言した。とたん御手洗の顔がウンザリするようにしかめっ面になった。

「ベートーベン、本当だと思う？」

「石岡君の学校の話でも聞こうか」

御手洗が話題を逸らそうとしたがえり子がそれを遮る。

「もうっ、潔ちゃん真剣に聞いてくれないんだから。じゃあ、和己ちゃんにも話して、それで、信じるかどうか聞いてみましょ」

御手洗はため息を吐いて、肩をすぼめてそっぽを向いてしまった。

小さいえり子は、イメージと違ってやや強引な所がある。えり子はあさっての方向を向いた御手洗をほっといて私に話し掛けた。

「あのね、昨日うちのクラスの男の子のお兄ちゃんが見たんだけどね」

「見たんじゃなくて、聞いただけだろ」

御手洗が、横から口出しした。

「うるさいな～っ、今は潔ちゃんに話してるんじゃないの！」

御手洗がまた、そっぽを向いた。

「その子のお兄ちゃん、中学生なんだけどうちの小学校と中学校隣同士だから、行き来ができるの。でそのお兄ちゃん、クラス委員してて遅くまで一人で学校、残ってたんだって。

気がついたらもう七時前で帰ろうとしたんだけど、弟から借りた色鉛筆を小学校の教室に返しておけって弟に言われていたから、帰り際に小学校の校舎に返しに行ったんだって。色鉛筆を戻して出ようとしたら、ピアノの音が聞こえてきて、えっとね、暗い感じの曲で、ベートーベンのつき…」

「月光」

御手洗がさりげなくフォローする。

「そう、その曲が流れてきて！　でもその時は音楽の先生が残っているのかな〜ぐらいにしか思わなかったんだけど、気になって音楽室に行ったら…、廊下から見ると音楽室、電気ついてなくて、それでもピアノの音は聞こえてるの」

だんだん、私の嫌いな話になってきた。

「そのお兄ちゃん、音楽室の前まで行ってノックしたんだって、そしたら、バタバタ、ガタンって音がしただけでその後シーンとしたから、思い切って教室のドア明けて電気つけたら誰も居なくて、音楽室に飾ってある音楽家達の肖像画、右端にあるベートーベンの絵がずれてグラグラ揺れていたんだって。お兄ちゃん怖くなって大急ぎで学校から出て、ふと校庭からその音楽室の所見たら、窓から光が二つユラユラあっちいったり、こっちいったりしてたんだってー！　お兄ちゃんはあれはベートーベンの幽霊だ！　ノックした時に聞こえた音はきっとベートーベンが絵に急いで戻った音じゃないかって、弟に話したそうよ」

話しているえり子は目が爛々としている。女の子はなぜか幽霊話が大好きな子が多い、しかも私みたいに苦手な子に話したがる。この時代に来る前の里美もそうだ。それとも里美のはある意味、こんな話を私が聞かされることの暗示だったのだろうか。

「今日ね、学校でそのお兄ちゃんの弟がクラスのみんなに話してくれたの。潔ちゃんとはクラス違うから、きっと潔ちゃん面白がると思って話に来てあげたのに、相手にしてくれないのよ、えり子はピアノを弾きたくて現れたベートーベンの幽霊かもしれないな〜と思うんだけど。ね、和己ちゃんはどう思う？　幽霊だと思う？」

えり子は私の答が自分の意見と添うようにと期待した目で、ずいっと目の前に詰め寄った。

きっとこの時の私は非常に情けない顔になって

いたと思う。よりによって、私の大嫌いな話だったからである。どうだ？　と聞かれてもえり子はいわば幽霊だと言え、と脅迫するような剣幕だったが、私もミステリーを愛好する端くれ、疑問があるのにそうだと簡単に言えない。

「不思議だけど、幽霊の姿は見てないんでしょ、ピアノの音だけで。すぐ幽霊だと決め付ける訳には」

「ほらっ石岡君も、こう言ってる」

「だから、すぐ逃げちゃったんだってば、それに曲はベートーベンのものだし、肖像画が揺れてたしー」

えり子が反論する。

「だからってベートーベンの幽霊なのかい？　あそこには何枚も肖像画が飾られているよ。もしかしたら隣にあるバッハかもしれないよ」

御手洗がからかうように言った。するとえり子が顎に手を当てて上を見上げた。

「そう言えばねー、「月光」なんだけど。なぁんかヘタクソだったたって。音が外れた感じもしたし、それでもそのままピアノ弾いてたみたいだったって」

「失礼な！　それは暗かったからだよ。…それにベートーベンは耳が悪かったんだ、間違いに気づかないことだって…」

「それなら余計、ベートーベンが弾いてる可能性が強いってことだね、潔ちゃん。他の音楽家もみんな天才的なんだから、間違えないもんね、それに他人の曲弾かないよねー」

御手洗はうーっと唸りその後何も言い返さなかった。これは面白い一場面である。あの御手洗が子供同士とはいえ、女の子に一本とられた格好だからである。私は愉快な気持ちになった。

「あー、もうっこんなくだらない話はやめよう。

そのお兄さんも危害加えられてないんだから、いいじゃないか。ベートーベンならベートーベンでほっといてやれば」

御手洗は吐き捨てるように腰に手を当てて言った。

「じゃあ、御手洗君は幽霊だと言うの？」

「そうは言ってない。ただ、こんな討論するのが馬鹿馬鹿しいだけだよ」

私はもう一つ気になった事を呟いた。

「窓から見えた、二つの光はなんだろうね？」

「きっと、人魂よー！」

えり子がはしゃいで叫んだ。御手洗がいい加減にしろというようにキッと私達を睨み、ベートーベンの幽霊話はそれでお終いになった。

夕方になり、えり子は自分の家に帰った。私は水に濡れた服も乾き、それに着替え、これからどうしようかと思案してたら御手洗が、どうせなら夕食食べていけばと私に言った。

これはありがたい事だが、見知らぬ子供を食事に招待し、御手洗の伯母が嫌がり追い出されるのではと心配したが、運のいい事に伯母は祖父と一緒に旅行に出てるという事だった。だから寂しいので是非食べていってくれ、どうせなら明日、日曜だし泊っていってもいいよ、と御手洗は言った。とりあえず私は今日の寝床は確保できた。

御手洗家で出された夕食は、まるでクリスマスディナーのように豪華で私は圧倒され、少し緊張してしまった。

御手洗は料理が運ばれてくる合間に色々話をしてくれた。日本の未来はどうだとか、これからの子供は勉強を押し付けられ記憶されるだけさせられてロボットのようになる、小さいうちから受験戦争を強いられるなどと、とても小学校一年生のする話じゃないが、私は御手洗らしいと思い、興味深く聞いていた。

食事が終わると御手洗は僕はこれから勉強するから、君はここで本でもレコードでも好きな事して過ごしてていいよと言った。その変わり、絶対勉強が終わるまで邪魔しないでくれ、部屋のドアをノックして声をかけるのも止めてくれと言って、私を一人洋間に置いて出ていった。まるで昔話の鶴である。

一緒に暮らしていた頃も、御手洗は部屋にこもりっきりになる事は多く、ちょっとでも私が声をかけて、仕事を中断されると不機嫌になるので、御手洗が鶴のようになる時は一切声をかけないようにしていた。御手洗は子供の時からこんな癖があったのだなと、しみじみ思った。

私は本でも読もうかと部屋にあったガラス扉のある本棚に近づき、どれにするか物色してると窓をコンコンと叩く音がし、そちらを見た。えり子である。私は窓を開きえり子に何の用かと聞いた。

「月曜に、笛の発表があるの。練習しなきゃならないんだけど、笛を学校に忘れてきちゃって…和己ちゃん、一緒に行ってくれない？　えり子一人じゃ怖くって」

「えっ僕が？　お母さんが居るじゃない」

「だって、お母さんお店あるもの」

そうか、この頃まだえり子の母親は一人で店を営んでいたのである。

「潔ちゃん、と思ったけど勉強しているでしょ。邪魔すると怒るから。窓見たら和己ちゃんが居たから、和己ちゃんに一緒について来てもらおうと思って」

「でも…明日じゃ駄目なの？」

「明日じゃ駄目なの！　夜じゃないと」

「はっ？」

「ううん、今日の夜と明日でみっちり練習して完璧にするの。えり子にはそれぐらい時間が必要なの。お願い一緒についてきてー」

えり子が手を合わせて私にお願いした。仕方が無い、えり子の成績のためについていく事にした。一応御手洗に声でもと思ったが、さっきの約束を思い出し、声をかけて不機嫌になり追い出される羽目になったら困るので、御手洗の勉強中には戻ってこれるからと思い、何も告げぬことにして、えり子と一緒に和田山小学校に向かった。

向かう途中、突然雷が鳴り雨に濡れた。せっかく渇いた服がまたびしょ濡れになってしまった。私達は走って学校に行き、宿直室へ私が向かおうとしたら、えり子がこっちと手招きした。学校の裏に回り、女子トイレの窓の下でえり子が、

「ここから入れるの」

と言った。

「えっここ！」

「うん！　宿直室の先生に断るなんて、面倒くさいよ。それに名前とか聞かれたりうるさいし。この窓の鍵壊れててまだ修理してないの。鍵かけてなくてもこの窓やっと子供が通れるくらいの大きさでしょう。泥棒とか入れないから安心して、板打ち付けることもしてないの」

と、えり子はよじ登って窓から中に侵入してしまった。強気だけでなくおてんば娘でもある。私もその後に続いた。

懐中電灯一つ持って、暗い廊下を歩く。夜の学校はとても不気味だ。私は怖くてえり子にしがみつくようにして歩く。昼間は子供たちの活気で賑やかな楽しい学校が、夜になると一変して陰気な建物になる。暗さが不安を煽るのか、普段何気ない音がやたら耳につく。

歩む度に軋む廊下の板の音など、踏みしめる重みから悲鳴をあげているように聞こえ、物陰には人間とは別の者が息を潜めているのでは…と、私が怖がりな性でもあるからだろうが、そんな想像を掻き立てられる。えり子も少しは怖いのか、さっきまでの元気はなく、一言も喋らない。

やっとえり子の教室にたどり着き、笛を手に取り、また廊下に出た時、えり子が思いがけない事を言い出した。

「ね、折角だから音楽室行ってみない？　確かめてみようよ、ベートーベンの幽霊」

冗談ではない。私は顔を青ざめて、激しく首を横に振った。

「あそ。じゃあ、えり子一人で行ってくる。和己ちゃんはさき帰ってて！」

「えーっ、ずるいよそんなの。僕、懐中電灯もってないもん！　やだよ暗い中一人で帰るの」

「なら、ここで暗い中一人で、待ってる？」

「それも、やだっ！」

「だったら、ついてきて」

「……」

私はなかば半べそになりながら、えり子に手を引かれ、結局ついていくことになった。

音楽室は、三階の一番東側にある。えり子の教室は、一年一組、一階の一番西側だったので、三階に上がるため階段に向かって歩き出した。雨はまだ降っており、雷雲も停滞しているようで、ゴロゴロと唸っていた。まったく女の子は、どうしてこうも怖いものに対して好奇心旺盛なのだろう、理解できない。えり子はきっと笛の事などその次で、これが一番の目的だったに違いない。御手洗だとついてきてくれそうにない、だが、一人では心細い、そこへ上手い具合に私がまだ御手洗邸に居たから、誘いだしたのだろう。

突然、えり子が立ち止まった。

「どうしたの？」

えり子が人差し指を口に当てた。しばしの沈黙、シーンとした中でピアノの音が微かに聞こえてきた。聞いた事のある曲、この旋律…ベートーベンの「月光」だ！

「え、えり子ちゃん」

私の唇がわなわなと震え出した。

「やっぱり、出たみたいね」

えり子は勇敢に歩を進めだした。私は体も震えだし、本当は行きたくないのだが、一人で待たされるのはもっと嫌だったので、えり子にしっかりしがみついて、ついていく。

階段に差し掛かった時、後ろからビシャッ、ビシャッと音がした。その音はこちらに近づいているようだ。

なんだろう？

私とえり子は、おそるおそる振り返った。その時落雷が響き、窓から差し込んだ雷の光で音を出している主を照らした。全身がヌメッて輝き、水滴がしたたり、手には先端が尖った、棒を二本持っている。

私とえり子は悲鳴を上げ、全速で階段を駆け上がった。あれはなんだ？　ベートーベン以外にも幽霊が居たのか⁉　やはり暗闇の影に何かが潜んでいたのだ！

その者も、私達を追ってきた。えり子は二階に駆け上がると、手近の教室の扉をあけ、中に入った。私も後に続こうとしたら、目の前で扉がピシャリと素早く閉まり、私は顔面を強打した。

「わ〜んっ、えり子ちゃんの馬鹿、馬鹿！　開けてよー」

私は中に入れてもらいたく、扉をドンドンと叩いた。

いきなり肩を掴まれた。もうだめだ！　捕まった！　と思ったら、

「僕だよ、石岡君」

と聞いた事ある声が私の名を呼んだ。

「みっ、御手洗君」

全身びしょ濡れの得体の知れないものは御手洗だった。いきなり扉が開いて、潔ちゃんっと叫びながら私を押しのけ、えり子が御手洗に抱きついた。

「うわぁっ！」

御手洗が抱き付かれ、声を上げる。そして即座にえり子を自分から引っぺがす。

「何気なく窓の外を見たら、君たち二人が見えたので、こりゃ、学校に行って幽霊のこと確かめに行ったんだなと検討つけたんだよ。雨も降ってきちゃって、傘持ってなかったから、こうしてやって来たんだよ」

と御手洗は言い、手に持っていた傘を二本こちらによこした。御手洗は雨合羽姿だった。だからさっき、全身濡れて光って見えたのだ。こっちの方が急いで二人に追いつくのに動きやすいから着てきたと御手洗は言った。

「そ、それよりね御手洗君」

「うん、分かっている、ピアノだろう。僕にも聞こえている。仕方が無い、僕も付き合うことにするよ」

私達三人は、再び音楽室に向かった。まだ「月光」の曲は弾かれ続けている。その曲はどうも私の記憶にある「月光」のテンポよりも遅く、さらに止まっては奏で、また最初から弾き出したりと、なんだか緊張感が抜けてくる。やはり、ベートーベンの耳が悪いせいなのか。

音楽室のドアの前にたどり着いた。

「誰かいるの？」

御手洗がドアに向かって訪ねる。何も返答はない。

私達三人は顔を見合わせうなづくと、音楽室のドアを開け、御手洗が先頭で入っていった。

懐中電灯の光を暗い部屋に巡らす。

「誰も居ないみたいだね」

御手洗がピアノに向かって歩き出す、そしてあっと小さく声を出した。

「どうしたの？」

えり子が聞いた。懐中電灯に照らされた御手洗の顔がピアノの方ではなく、違う方向を向いていた。私とえり子もつられてその方へ視線を向ける。そこには教壇があり、壁には数枚、有名音楽家の肖像画が飾られている。その一番右端、ベートーベンの肖像画の目が黄緑色に輝いていた！

私とえり子は驚きで声が出せず、互いに身を寄せ合った。そしてブルブル震えていると、今度はピアノの方からカタッと音がした。

私達がゆっくり顔を向けるとピアノの影から、むっくりと白い物が起き上がってきた。ピアノを回り、こちらに来ようとする。私はもう恐怖が限界に達していた、思い切り悲鳴を上げると一目散にドアめがけ走り出した。えり子、御手洗も叫び声をあげ、音楽室を出て、一気に一階まで駆け下りた。三人とも中腰になって喘ぎ、そして階段を見上げた。白い幽霊は追いかけては来ないようだ。助かった。

「これでいいだろう、気が済んだ？」

御手洗が言った。

「やっぱり、幽霊だったんだ…」

えり子がハァハァ言いながら呟く。

「驚いた、心臓止まるかと思った。恐かったよ～」

こういう情けない事を言うのは私である。

「きっと邪魔されたくないんだよ。さっもう帰ろう」

御手洗が促した。私とえり子は頷き、学校の外に出ようとした時、えり子がやだっと叫んだ。

「笛がないっ！　落してきちゃった」

「どこに？」

「潔ちゃんと会った時には持ってたから、多分音楽室に」

「あ、明日取りにくればいいじゃん」

私は早く帰りたい一心で、そうえり子に言った。

「駄目だよう。本当に練習しなきゃならないんだもん、どうしよう」

「たくっしょうがないな、僕が取りに行ってあげるよ。だから、君たち二人は先帰ってて」

御手洗がなんの躊躇も無しに言ったので私とえり子はビックリした。

「そんな、潔ちゃん一人じゃ心配だよう、私が悪いんだもん、私も行く」

「駄目っ！　君たちも一緒にきてまた騒いだら、今度は本当に幽霊に襲われるかもしれないだろ。ここは一番冷静な僕一人の方がいいよ」

「静かにするから」

「保証できないから、絶対駄目！　大丈夫、ちゃんとえり子ちゃんの家に笛を届けるから」

確かにまたバタバタされるのはベートーベンも愉快じゃないだろう。御手洗の言う事には一理あるのでえり子は頷き、御手洗は再び音楽室に向かって階段を上り始めた。

私とえり子は例のトイレから外へ出ようとしたが、なにか私の中に憤りに似た思いが蠢いていた。御手洗一人で行かせて本当に良かったのか？　また邪魔しに来たと幽霊も今度は脅しじゃすまないのではないのか？　いくら御手洗でもまだ子供だ。頼ってばかりでは、いけない。それにこれは私達二人が、御手洗を巻き込んだ形だ！　御手洗は最初から幽霊の事などどうでもよかったのだ。やはり一人では心配だ、もし御手洗に何かあったら、私達の責任である。

「僕も、音楽室に行く」

「えっでも、約束破ったら潔ちゃんに怒られちゃうよ」

「いいよ、怒られたって。だって心配だもの！」

　私はUターンして走り出した。私はもう御手洗にまかせっきりしないようにと決めたのだ。

　互いに関わった出来事なら、どんな些細な事でも、それが私では解決できそうもない事でも、少しは御手洗の役に立つ事ぐらい出来るはずだ。そうしていこうと思ったのだ。今後もし、また御手洗と過ごせる事があるならば私は、今まで金魚の糞のような存在ではなく、他人に言われるのではなく、自分の意志で行動、主張していく、自信をもって生きていこうと決めたのだ。消極的な性格のままでは、何もおこせない。

　今自分は、御手洗が心配なら、言われた通りじっと待ってるだけでなく、一緒にその場に居合わせ、何かあったら手助けしたい、ただそれだけだ。


　三階まで駆け上がった。辺りはシーンとしている。私は音楽室に向かって歩き出した。

　えり子も結局ついてきた。

　御手洗はどうしたのだろう？　まだ中に居るのだろうか？　それとも何かあったのだろうか？

　ピアノの音は止んでいる。前方に見える音楽室のドアは、さっき逃げ出した時、開けっ放しで出てきたと思った、今は閉まっている。ドアの前に着き、取っ手に手をかけた時、中からぼそぼそ話し声が聞こえてきた。よく聞き取れないが、口論でもないし、緊迫した様子でもない。ただ会話をしているといった感じだった。御手洗が幽霊と会話しているのだろうか？　まさかお友達になってしまったのか？

私はすぐ声をかけるのをやめて、ちょっと様子を見てみようと考えた。ドアを、音を立てずにそうっと隙間を開け、覗いてみた。

暗闇に目が馴れていたので、ピアノの前に御手洗が居るのか分かる。無事なようだ、だか御手洗の前にあの白い幽霊らしき者が立っている。御手洗は懐中電灯を下に下げているので、幽霊がぼんやり白く見えることしか分からない。えり子もかがんだ私の頭の上から覗き込んでいた。

「随分演出が凝ってたね、上手くはいったと思うけど」

「信じ込ませるには、あそこで現れた方がいいと思ってな」

「知らなかったから、僕もビックリしちゃった」

「幽霊で脅かして、追い払おうと言い出したのは君じゃないか」

「そうだけど、でもわざわざ白いカーテンまで用意して」

「しかし、横山さんて人はさすがプロだね～、これだけの為にサササッと絵を描いちゃうなんて」

「練習が済んだら、記念に貰って帰ったらどうですか？」

私はドアを勢い良く開けて、部屋の電気のスイッチを入れた。

「御手洗！」

御手洗がビックリしてこちらに振り向いた。御手洗が話していた相手はベートーベンの幽霊でもなんでもなく、六十歳ぐらいの白髪のおじさんだった。おでこに、でかいバンソウコウを貼っている。肩からは白い、先ほどの会話からカーテンだろう、それを掛けていた。

「あ～、君たち来ちゃったの。帰っててと言ったのに」

御手洗が頭を掻いて苦笑いした。

「来ちゃったのじゃないよ、どういうことこれ？御手洗君は幽霊の正体知ってたの？」

「校長先生だ」

後から入ってきたえり子が声を上げた。

「ああ、失敗に終わっちゃったな。はいえり子ちゃん、笛」

と、御手洗が笛を渡した。

「早く説明してよ」

私が詰め寄ると、わかった、わかったと御手洗が私を制した。

「実はね、僕が校長先生のピアノの個人教授してたんだ。先生は僕の家に来て練習したいと言ったんだけど、それは断ったの。だって夜に、しかもヘタクソなピアノなんて近所迷惑だからね。学校ならいいよって事にしたの。でも伯母さんが旅行に行ってる一週間の期限付きだけどね」

「ヘタクソはないだろう。若い頃は弾けたんだ。だがな、年取って指が忘れちまってなぁ」

校長が深いため息をつく。

「それでどうして僕たちを幽霊に化けて脅かしたの？」

「それは、君たちが面白半分に、昼間ベートーベンの幽霊だー、なんて話するからさ。お望み通りにしてあげたの。それに早くおっぱらって練習させたかったんだ。石岡君に勉強するから声をかけるなって言ったのも嘘、ここに来るためだったんだ。部屋戻って支度して、雨が降りそうだな～と窓見たら、君たちが見えたんで、こりゃまずいと思って車出してもらって先回りして、校長先生と打ち合わせしたんだよ。大慌てしてたんで傘二本しか持ってこなかったんで、雨の中追いかけてきたことにするために、教室に置いてある合羽着て一旦外にでて雨に濡れ、君たちの前に現れたのさ」

ふ～んっと私とえり子は憮然として御手洗と校長を見つめた。私は心臓の止まる思いをしたのだ。それに御手洗を心底心配したのに、騙されていたなんて心配して損した。

御手洗と校長が、ベートーベンの幽霊などと勘違いされることを引き起こした張本人だった。だから昼間あんなに、えり子と私が…、と言って主に話したがっていたのはえり子だか、幽霊なのか？　と話をした時、しきりに話題を変えようとしたりしたのだ。

「僕たちの場合はまぁ置いといて、昨日の中学生の時はどこに、なんで隠れたんです。わざわざ電気まで消して、そのせいで幽霊が出たーなんて話になっちゃったんですよ」

私は校長に問いた。御手洗も校長に視線を向け、ふくみのある笑みを浮かべた。

「大人には、子供と違って複雑な事情が色々とあってな」

校長は言葉を濁した。

「私達、すっごく恐い思いしたんだから、話してよー」

当然えり子も反発する。

しばらく、校長はブツブツ言ってたが、御手洗が観念したらと促したので校長もやっと話し出した。

「この間だな、先生の昔の友人達と集まって、つまり同窓会をやったんだ。その時になわしがみんなに、ピアノが得意だって話した訳だ。プロになれるぐらいの腕前だったといい気になって話したのだが、誰も笑って信じてくれなかったんだよ。それでわしもついムキになって、ベートーベンでもシューベルトでも弾けるぞ！　ってでかい事言ってしまってなぁ。だったら、また集まるから弾いてみろ、と言われて、酒の勢いもあって調子にのって、安請け合いしてしまって。おまけに曲も決められてしまって、「月光」だと。そりゃホントに私はピアノが若い頃は上手だったんだ。けど、「月光」は弾いた事がなかったんだよ。指も年取ったせいかうまく動かなくてね、それで御手洗君はモーツァルトを弾けるって聞いたんで内密で指導をお願いしたんだよ。音楽の先生より、御手洗君の方が上手いしね、それに先生にそんな事情で弾く事になったなんて恥ずかしくて言えやしない。御手洗君は教師の評判から口も堅く、子供にしては責任感が強いと聞いたので打ってつけだと思ってお願いしたんだよ」

「どうしてそんな、出来もしない事を約束したんですか？　やっぱり無理だって謝ればいいのに」

校長は胸を張って、

「男子たるもの、一度口にした事は守らなきゃいかん！」

と偉そうに言った。

「校長先生に土下座までされたら、教えない訳にはいけないからね。だから、こっそり練習してたのさ。おおっぴらに練習してたら、やっぱり弾けないんだなんて言われるからね。それでみんなが帰った後、また戻って練習する訳。電気を点けなかったのは、外から近所の人に見られた時、人が居る事が分かってしまうからさ、夜になると音楽室に人が居るなんて話が伝わっちゃって、もし校長先生の友達の耳に入ったりしたら、やっぱ、弾けないから練習してやがるんだなって、思われるのが嫌なんだって、事実なのにね。音は窓閉めておけば、響かないけど灯りはそうはいかないからね。懐中電灯頼りに鍵盤みて、弾いてたんだよ。とにかく内緒にしたかったんだってさ」

校庭から音楽室の窓を見た時、動いていた二つの光というのは、懐中電灯のことだったのか。

「昨日、僕がお手本で最初弾いてたら、例の中学生が覗きに来たんで慌てて隠れたんだそこに」

と御手洗が指差した方向に、レコードや楽器などを保管する部屋へ通じるドアがあった。その横にベートーベンの肖像画があった。

「その子が、最初ノックしてくれたおかげで、ばれなくてよかったよ」

そう言って校長が笑う。

「隠れようとしたその時、急いでたもんだから校長先生の頭に、偶然にもベートーベンの絵がぶつかっちゃったんだ。それで揺れてたんだよ。聞こえた曲がベートーベン、揺れ動いた絵もベートーベンじゃ、幽霊？　なんて思ってもしかたないかと思うけどね、暗い学校ってそういう雰囲気あるし、子供だったら余計そういう想像力あるしね」

とさらに子供の御手洗が言った。

「ふ〜ん、じゃあ、あのベートーベンの絵の目が光ったのは？　あれも御手洗君の仕業？」

「ああ、あれは大急ぎで紙芝居屋さんの横山のおじさんに描いてもらったんだ。ほら、元ある絵よりずっと雑でしょ」

と、御手洗は二枚の肖像画を並べて見せた。

「暗いから分かりゃしないし、目の所だけ蛍光塗料で塗ってあるんだ。今後またえり子ちゃんみたいな好奇心旺盛な子が来た時の撃退に使おうと考えてね。こんなに早く、用いる事になるなんてね。正体が校長先生だと知られなきゃいいんだから、とりあえず一週間、幽霊の仕業にしておけばいいやと思って放課後こっそり交換しておこうと考えたんだ。噂なんてすぐ途切れるし」

「宿直の先生にはどう説明したの？」

「そんなのは簡単だ、わしが一週間宿直当番代ればよい」

「なぜ、代るのか。他の教師からは不思議に思われて、ばれるとか思わなかったんですか？」

「うむ。家の改装工事して女房の実家に厄介になるのはおっくうだから代ってくれと言ってあるんだよ。まあ、それで大丈夫だろうと思ってね」

「だけど、結局ばれちゃったね、あ〜あ。それにやっぱ一週間で昔みたいに上手くなろうなんて無理だよ」

御手洗が諦めたようにそう言う。

「何言うんだよ、御手洗君がそんな事言わんでくれ。それにちょっとずつだが上達してるだろう、見捨てないでくれよ」

「うん、まあね。どうして大人って見栄張りたがるのかなぁ」

御手洗が呆れたようにため息を吐いた。

結局、御手洗が一枚噛んだ大人のプライドから始まった騒動だった訳だ。その後少し私とえり子も校長のピアノの練習に付き合った後、（えり子は笛の練習もしてたが）御手洗が今日はもう疲れたからと、校長一人残して私達三人は帰路についた。雨はもう上がっていた。校長のピアノの腕前を見た所どうもスラスラ弾けるようになるには無理があるように思えた。まあ友人達の前で出来ない約束などした本人が悪いのだから、苦労するのは当たり前だか、あの分じゃ駄目だねぇ、と帰り道に御手洗が呟いた。私達も驚かされた訳だし、弾けなかったとしても、それは身から出た錆である。

えり子を家まで送り、私と御手洗が家に着いたのはもう十時近くだった。御手洗が階段を上る途中で私の方へ向き直り、

「石岡君、明日お巡りさんの所へ行こう」

と言った。

「なんで?」

「君、お使いなんて嘘でしょう」

やっぱり、御手洗に間に合わせの嘘など通用してなかった。だが時代を遡ってきたなどと言っても信用するだろうか? 私は警察に行って施設に送られ、これから過酷な運命を、また子供に帰った姿で生きていくのかと思うと、本当に頭にぐらっと眩暈が起きた。

「家出してきちゃったんだよね、ちゃんと自分の家に帰らなきゃ。お巡りさん、僕の知ってる人だから、恐くないよ。優しくしてくれるから」

と御手洗は階段を上り始めた。


やはり、その程度しか考え付かないか、御手洗なら未来から来たと気づいてくれるかと、微かに期待したが、でもそんなほのめかす会話もしてない、無理もないか。

私は体が大きく揺れ、前に倒れそうになって手すりにかろうじて掴まった。突然この世界に飛ばされ、すぐさま幽霊騒動に巻き込まれたせいで疲れたのだろうか、気分が悪い。御手洗が、私の様子に気づき、隣に来て顔を覗き込んだ。そして自分の額を私のそれに当てた。

「熱がある! 池に落ちて、雨に打たれたから、風邪ひいたんだ。さぁ僕の肩に掴まって」

私は御手洗の助けを借りて、御手洗の隣の部屋に運ばれた。ベットに横にさせてもらい、パジャマに着替えさせられた。一旦御手洗が部屋を出て、薬と水、氷枕を持ってきて私に与えてくれた。

「薬飲んだから、一晩ぐっすり寝れば大丈夫だよ」

御手洗はとても優しく微笑んで私の額に手を当てた。私はもうこの時、熱でしんどく、薄目でぼんやりとしか御手洗が見えてなかったが、それぐらいは声の調子、手のぬくもりから分かる。

私は、自分の手をどうにか動かし、額にある御手洗の手を握った。

「御手洗君、僕たちずっと、友達だよね…、僕、もう君に頼ってばかりなんてしないから」

御手洗はじっとしていた。

「僕、変るから…英語もちゃんと続けてるし、簡単な会話ならあがらず、出来るようになったんだよ」

御手洗は訳が分からないというように、首をかしげていた。熱でうなされた私は目の前に居る御手洗が子供の姿か大人の姿か、朦朧としてて分からなくなっていたのかもしれない。本当は大人の姿で大人の御手洗に言いたい事なのに。この時代に流されてきて、出来なくなってしまったせいだろうか。御手洗は子供だが、今言っておかないともう会えないかもしれない、そう思ったのだろう。

「だから、友達で居てくれるよね。僕にとって御手洗君は大事な…とても失いたくない友達…」

そこまで言って頬に何かが伝った。自分の目から流れた涙だ。

「うん、友達だよ。また元気になったら、僕と遊ぼう」

御手洗はそう言ってニッコリ笑い、私の手を握り返し、布団の中に入れた。

御手洗が立ち上がったので、私は、ずっと側に居てくれと言った。こんな事、普通言わないが、どうもこの時寂しくて仕方が無かった。

「分かった、熱があるから不安なんだね。僕も熱出るとそうだから。今夜は僕もここで寝るよ。毛布持ってくるからね」

と御手洗は、私の目に手をかざして、

「だから安心して、もうお休みよ」と言った。

私は大きく頷いて、まるで暗示にかかったように急に深い眠りに落ちていった。


「…みた…ら…」

「先生!」

若い、女の子の声がした。私は誰かと思い瞼をゆっくり開けた、段々焦点が合ってくる、里美が私の顔を覗き込んでいた。

「あっ、里美ちゃん」

「よかったー、先生気づいた。もう、心配しましたよ」

「里美ちゃんが居るって事は、今平成九年?」

「そうですー、先生、惚けちゃうにはまだ早いですよー」

私は歓喜の声を上げそうになった、帰って来れたのだ! 未来に。しかし、どうやって?

私は、自分が今寝ていた部屋をぐるりと見回す。病室のようだった。

「僕、どうして病院なんかに? どうやって戻ってこれたのかな?」

「先生、何言ってんですか! 資料館の二階の窓から落っこちたんですよ、本のカバー取ろうとして。運良く、下の池に落ちたので大怪我しなかったんですー」

「そうだ、カバーは! 写真は無事?」

「はい、無事ですー、ちゃんと戻しておきました。先生が落ちた時、ちょうど小名木先生が通りかかったんで二人で池から先生、引き上げたんですー。それで救急車呼んで、大変でしたよー。もうあんな危険な事しないで下さいね」

　では、やはりあれは夢だったのか？　懐かしさが見せた夢、なんて騒々しかった夢であろう。

「うん。…でも脹脛が痛かったんだ…鶏につつかれて…夢の中だと痛さ感じないって言うけどなあ」

　と独り言を言ったら、里美が口を手で押えて、

「あっ、ごめんなさい。先生が落ちた時に大丈夫かなぁと思って、棒で脚を突ついたんですー」

　なるほど、そういう事か。

「でも先生、うなされてましたよー、恐い夢でも見たんですかー？」

「恐かったけど、楽しかった夢を見たよ」

　私は、里美にその内容を聞かせた。里美は小さい頃の御手洗と夢の中でいいから、私も会って、なんか事件に遭遇したい、先生いいなぁ、と羨ましそうに言った。


　ドアがノックされ、看護婦が入ってきた。

「気がつかれましたか。どこも骨折してないし、頭も打ってないので気分が良ければ帰られて良いそうですよ」

「そうですか、お世話になりましたー」

　と里美が私に変って看護婦に礼を言った。きっと看護婦は里美を私の娘だと勘違いしたに違いない。

　帰る支度をしようと体を起きあげた時、腕がズキッと痛んだ。見ると夢の中で御手洗に手当てを受けた時の包帯が巻かれていた。

「里美ちゃん、見て。夢と同じ！　やっぱり僕は！」

　里美は大笑いしながら、

「もうっ先生、面白いんだからー、落ちる途中に枝に掠って傷つけたんですよー。タイムスリップなんてする訳ないじゃないですかー、先生はちゃ

あんとずっとここに居ました」

私は今でもそんな事言ってる自分が恥ずかしくて、頭を掻いた。

タクシーを呼び、里美と一緒に病院を後にした。

タクシーの中で、私は夢の中の出来事を考えていた。もし、あれが現実だったらあの時代、御手洗と一緒に過ごせていけたのなら、私は生きていけたかもしれない。夢の中で私は積極的だった、あの心意気を夢が覚めた今でも持ち続けよう、いつまでも自分を惨めに思い続けるのは止めにするのだ。

アパートに着いたら、御手洗にＦＡＸでなく、電話をしてみよう。久しぶりに彼の声が聞きたくなった。

「先生、御手洗さんのこと考えてるでしょう」

里美がニヤニヤして話し掛けた。

「うん…ねぇ里美ちゃん、また今度あの資料館、案内してくれないかい？　今日じっくり見れなかったからさ」

「もっちろん！　オッケーですよー」

と、里美は満面の笑みを浮かべ、私も微笑み返した。

完

僕は、友人が作ってくれた朝食を食べた後、殺人事件の解決にかまかけ、読みかけとなっていた本を読もうとソファーに寝転んだ。

一行も読まないうちに、その本がさっと取り上げられ、代わりに目の前に雑巾とハタキがヌッと、突き出された。

「なんだい？　石岡君、掃除を手伝えって、言うのかい？」

「何言ってんだよ、御手洗君。今日は大晦日だよ、大掃除するんだよ！」

掃除で服が汚れないためか、ファンの女の子が送ってくれた石岡君専用の可愛い小犬の絵がプリントされたエプロンを着け、友人が僕を険しい顔つきで見下ろしていた。

僕は額に手を当てて、哀れむようにため息をついて、

「どうして一年最後の日に、みんなして埃にまみれなきゃいけないんだろう。部屋をキレイにして、新年を迎える？　その為の大掃除？　年末は他にも色々やる事があって忙しいだろうに、主婦のみなさんはこれのほかに、正月のためのおせち料理まで作らなきゃならない！　誰が三十一日は大掃除だと決めたのだろう。おかげで主婦の人は余計な仕事が増えて、右へ左へ、バタバタし、忙しくて苛々している。畳あげたり、箪笥動かしたり、そんなこと一年に一回、大掃除の日にすればいいやっ、と決め付けるから大事になるのだ！　定期的に分けるという事をなぜしないのだろう？　なにも大型連休は年末だけではないはずだ！　ご近所のみなさんがやってるから、自分も他人の目を気にして同じめんどくさい、作業をしなきゃならない！　ああっ、悪しき日本人の習慣！　同調

しないと仲間はずれにされる！　これは民主主義とは違う！　なんて愚かだ！　少し意見が違う人は変人、異端児扱いされ、神経の細い人は、傷つき、悩み、結局自分の意志に反する行いをしてしまう。ああ、嘆かわしい。日本は経済は急成長しても、国民性は下がる一方だ！」

と、僕はいつのまにか立ち上がり、両手を広げ演説をしていた。

「君と一緒にいて、何度もそういった演説を聞いたよ…。その度に僕は恥ずかしい思いをしたけどね、最近じゃ免疫ついてきたよ。御手洗君の主張はよっく、分かった。でも君の場合、まったく定期的に掃除を行ってないんだから、今日は徹底的に隅から隅までキレイに掃除してもらうよ！」

そして、掃除道具と御手洗さん専用に♡とファンから送られた、石岡君と色違いのおそろいのエプロンを手渡された。

石岡君を苛々させると、癇癪起こした子供みたいに、「絶交だ！」と言い出し、手に余るので渋々、従う事にする。苦い顔してエプロンを着けていると、そんなに嫌なら君の部屋も僕がしてやるから、邪魔にならないように外に出ててよと言われたので脱兎のごとく自分の部屋へ掃除すべく飛んでいった。別に部屋を見られるのが恥ずかしいという訳ではない。以前この馬車道のアパートに引っ越す作業を石岡君に手伝わせたら、あれはいらないっ、これもいらないっと僕の物を数点処分されてしまった。そんなことがあったので、今回掃除などしてもらったら、また何か捨てられてしまう、まったく冗談じゃない！　だったら、埃にまみれた方がずっといい、そう思ったのだ。

まず、本棚の整理整頓から取り掛かる事にした。棚を水ぶきするため、本を両手一杯、抱えて取り出そうと横着したため、床に置く前にバラバラと手から崩れて落ちてしまった。やれやれと腰をかがめ、崩れた本をきちんと置いておこうと手を伸ばした時、一通の封筒が目に入った。

落ちてるどれかの本の間に挟んでおいたのか。もう何年前のことだろう？　これは僕がある人に書いて、出せずにしまっておいた手紙だった。


僕が綱島の古ぼけたアパートで占星術教室を開いており、まだ石岡君と出会っていない頃の事だ。あの日、僕の元に一通の手紙が届いた。筆跡から差出人が誰であるかすぐ検討がついた。手紙にはこう記してあった。

「私、来月、結婚することになりました」

この時の僕の気持ちをどう表現したらいいだろう。晴天の霹靂だろうか。

小学校二年の夏に僕がアメリカに行ってから、彼女はしょっちゅう手紙をくれた。たいてい内容は近況報告だが、その中に恋人が出来たなどとは記述されていなかった。考えてみればおかしな物で、彼女が僕と同じでずっと、恋人が居ないと決め込んでいたのだ。あまりにも馬鹿げた事だ。彼女は時折手紙と一緒に自分の中高の制服姿や、友達と一緒に撮った写真を同封してきた。それに写った彼女は、一般的に魅力的な女性へと成長している。そんな彼女を世の男達がほおっておく訳がない。居て当たり前で居ない方が不自然だ。性格も少々しつこい所があったが子供の頃のことなので、改善されていただろう。どちらかと言えば約束ごとを守るいい子で、あまりにもしつこい時、僕が怒って注意したら、その後は決してしなかった。性格も明るい方だったし、手紙の文面からもその明るさが失われてないことが伝わってきていた。そんな彼女ならさぞかしモテたことだろう。

あのいつも、散歩をせがむ小犬のように僕にまとわりついていた彼女が結婚か…。僕は最初の一行の次から、中々読む事が出来なかった。しばらく手紙を手に持ったまま放心していたからである。

手紙の主は、鈴木えり子。僕の幼なじみだった女の子だ。


それからの僕はまるで気が抜けて老人みたいだったそうだ。というのも僕にはその自覚がなく、占星術を習いに来る手相占いのおばちゃん、おじちゃんが僕を見て心配して何があったのか聞いてきたからだ。

「まさか、失恋でもしたんかい？」

「失恋だって⁉」

僕は腹を抱えて大笑いした。それを見ておばちゃん達も、御手洗さんに限ってそれだけは絶対にないわな〜と一緒に笑った。

部屋で一人になったとたん、また僕は鬱々としている自分に気づいた。一体何が引き金になっているのだろう？　そうだっ！　えり子ちゃんの手紙だ。前振りもなく結婚します、など知らせるから僕は驚いて、こうなってしまったんだ。そういえば、まだお祝いの言葉を伝えていない。はがきで送らなきゃ…、僕は買い置きしてあったはがきを探し出す。

また、ふっと思考が戻る。それが理由か？　幼馴染が結婚するのは喜ばしい事じゃないか、なぜ陰気になるのだ。

おばちゃんの言葉が脳裏に甦る…、失恋でもしたんかい？

「フフフッ…」

僕は自嘲した。今まで経験した事がなかったから、気づかなかった。自分が恋をしていたことさえも！　そうか僕は失恋したのか！　それで素直に喜べなかった、ずっと憂鬱だったのか！　そして、恋に気づいたとたん、その恋は終わった訳だ。

僕は、はがきではなく、便箋を取り出した。手紙を書き、これっきり彼女と手紙のやりとりを止め、子供の頃から抱いていた彼女への感情を書き連ね、きっぱり諦める為だ。

拝啓、鈴木えり子様。


手紙、拝見したよ。

結婚、するのか、驚いたな。手紙に相手の人の事あまり書かれてなかったね。年上で、優しい人ってことだけ。

僕が今、占星術師をしている事は知っているね、相手の男性の生年月日とか書いておいてくれれば、相性占ってあげられたのに。でも、もう結婚決まったのに、占ってもらって結果が最悪だったら、やっぱ、嫌だよね。このまま知らない方がいいよね。でもえり子ちゃんが選んだ男性なんだから、きっと幸せにしてくれるだろう、君は男性を見る目が確かだと、僕は思っている。

正直に言おう、僕は君が結婚すると知って、ショックを受けた。子供の頃、いつも髪を二つに縛って赤いリボンを揺らし、僕の所へ遊びに来てた女の子が、女になり、見ず知らずの男性と結婚しようとしている。

君とは小学校二年で別れて以来ずっと手紙のやり取りが続いた。僕は勉強が面白くて中々返事出さなかったけど、手紙を貰った時は、とても嬉しかったんだ、ありがとう。でも返事でそんな事書くのは照れくさくて書けなかった。

君は僕がアメリカに行く日、大泣きしたね、御手洗君と離れるのはイヤッ、寂しいって。前にも言ったが、この時、生きていればいつかは会えるから、と君を何とかなだめ、旅立ったが、今の今迄、僕が日本に帰ってきてるっていうのに、一度も会わなかったね。でも写真をもらったから、今の君の姿は容易に想像できる。君はお母さんに似て、キレイになった。


もう一つ、ショックを受けた事がある。それは僕が君の事を密かに想っていた事だ。

情けない事に僕は、「結婚」の二文字を見て、初めてその事に気づいたんだ。

子供の頃、えり子ちゃんが僕の家に遊びにくるのが疎ましく思ったこともあった。だけどあからさまに突っぱねる事はしなかった。多分、楽しかったこともあり、お父さんが亡くなってから、僕を頼ってくる君がかわいそうと思ったからかもしれない。

それに、えり子ちゃんは僕の話をいつも真剣に聞いてくれた。みんなはあきれて相手にしてくれなかったが、えり子ちゃんだけは興味深げに聞いて、そして答えてくれた。考えてみると友達と呼べたのは、あの頃、君だけだったと思う。

えり子ちゃんは、いつも、御手洗君が好き！と身体中から発散させて僕の周りをウロウロしてたから、僕はいやでも気がついた。君がずっと、ずっとそんなんだから、別れてからもずっとそうじゃないかと思い込んでいたんだ。だから僕は安心してか、アメリカの生活も寂しくなかったのかも知れない。僕はいつかは会えると信じてたから平気だったのだろうけど、君は逆に会いたくて仕方なかったんだろうね、だから手紙をあんなにくれたんだろうね。

僕が、いつから君を好きだったのか、分からない。子供の頃か？　大人になっていく君の写真を眺めながら、女性の変化の著しさに驚いた時か？制服の季節が過ぎると、とたんに女性は大人に変身してしまう。

自分の気持ちをその時に気づいていれば、今とはきっと、違っていただろうに。でも、もう遅い、気づかなかった僕が悪いんだ。

だが、これだけは偽りない本心だ。

僕は、君の幸せをずっと心から願っている。

御手洗潔

敬具

僕は書き終わって、読み返してみた。

激情にかられて書きなぐったが、冷静になるとこんなもの、彼女に送れる訳がない。

えり子ちゃんを困惑させるだけだ。万が一、彼女が結婚を取り止め僕の元に来ると言い出したら、どうするつもりだ。将来を誓った男を捨ててくる女を愛せるだろうか？　その相手を傷つけてまで、実らせたい恋だろうか？　その男より、僕の方が彼女を愛していると絶対の自信があるのか？　相手の気持ちを考えてみろ、横から結婚相手を奪われる気持ちを！……、

僕には出来ない。

それに、子供の頃一緒に居て、楽しかったからと、大人になってまでそれが変らないとは言い切れない。二人とも大人になるにつれ、考え方も価値観も違ってくる。

やはり、こんな手紙は出さない方が、お互いの

ためだ。これは僕の内にずっと秘めておいた方が良い。

僕は今まで一人で生きて来たんだ。失恋したからって、何も、そう、つらいことなんて一時的ですぐさま、以前の僕に戻れるはずだ！

そう自分に言い聞かし、この手紙は封筒に入れて、その辺に置いてあった本の間に挟んで、最初の予定通り、はがきでお祝いの旨を書いて、えり子ちゃん宛てに出した。

Dear 鈴木えり子様。
結婚、おめでとうございます。

御手洗潔

Dearは、僕の精一杯の愛情表現だった。手紙で良く使われるし、何も深く考える事はしないだろう。


この告白文は、結局捨てられず、今のままになっていた訳だ。あの時、捨てられなかったのは、恋などと縁遠かった自分に、思い出として残しておいたのかもしれない。

そうか、ずっと本に挟みっぱなしだったのか、あの頃を思い出す、こんな熱っぽい文章を便箋に何枚も書いたなんて、恥ずかしくなった。若かったんだとつくづく思った。

封筒を拾い上げ、しばらく見つめて立ち尽くしていた。

ドアがノックされ、石岡君が部屋に入ってきた。

「御手洗君、掃除機もってきたよ。僕の部屋、使い終わったから…、あー、全然掃除進んでないじゃないか！　一体何してたんだよ、もうっ」

僕は石岡君の方に向き直る。

「石岡君、大掃除もいいもんだね、思いがけない、思い出を発見できる！」

「はぁ?」

「ああ、掃除機、ありがとう。ささっ君は別の所を掃除してくれたまえ、僕は自分の部屋をこれからきちんとするから」

「ホントだね、頼むよ。嘘ついたら、お蕎麦、御手洗君の分、作ってやらないからな」

と、ドアは閉められた。石岡君は僕が女性の事を考えていたと知ったら、どんな顔をするだろうか？　だが、そんなこと言うつもりはない。

　えり子ちゃんも今ごろ大掃除の真っ最中であろうか、どう生活を営んでいるか気にならない訳ではないが、幸せであると信じたい。

　近くに住んでいるのは確かだ、いつかバッタリ会う事があるかもしれない。その時はお茶に誘って昔話でもしてみようか。

　生きていれば、いつかは会えるもの…。

完

第二章　5

巨乳鑑定士、石岡和己

優木《ゆうき》　麥《ばく》

「本当にオッパイを盗まれたんです！」

　ミルク入りアイスコーヒーに似た色の髪を揺らして、石黒尚子はくり返した。私は「オッパイ」という扇情的な単語が、周囲の客の関心をひかないものかと冷や冷やする。

　事件に巻き込まれたので相談に乗ってほしいという石黒尚子と、馬車道の喫茶店で会った。一目見た時から、なぜか初対面のはずなのにどこかで会った気がした。

「石岡先生、真面目に聞いてますか。私にとっては切実な問題なんです。ほら、ちゃんと写真見てくださいよ」

　テーブルから拾って、私の顔の前に突き出された写真を、私は身を引きながら受け取る。そこには白いビキニ姿で、悩ましげなポーズをとる尚子が写っていた。なるほど胸のボリュームは、観賞用商品となるに充分だ。

「これはいつのものですか」

「先月の雑誌の仕事の時です」

目の前にすわる尚子は女優志望者で、もっか事務所から回される水着モデルや、ドラマの端役をこなしているという。二重が印象的な目や、一本筋の通った鼻、鋭角的な顎までを含めて、たしかに水準以上の容姿である。しかし、ブラウスで覆われた上半身には、豊満と表現できる肉の隆起はなかった。写真撮影の時と較べ、目分量で二キロくらいは減っている。

「ところであの……、盗まれたということは……」

どう質問すればいいのかよく解らなかったが、確認しておかなければならない。

「はいそうです。豊胸手術をしました。その胸に入れていたシリコンを、知らない間に誰かに抜き取られたんです」

顔を伏せると、尚子はコーヒーを手にして間を取った。気まずい雰囲気を避けるため、私は次の質問を浴びせる。

「人の胸を盗む意味って、あるのでしょうか」

「先生はエイリアン・アブダクションや、キャトル・ミューティレーションてご存じですか？」

私には聞き馴れない言葉だった。

「エイリアン・アブダクションというのは、文字通り、宇宙人にさらわれるということです。多くの場合、光に包まれるなどして気を失った人が、宇宙船に運び込まれ、数時間後にどこかの場所で目を醒ます。その間の記憶はないのですが、催眠術にかけてみると、地球とは考えられない場所で体を検査されたり、異物を挿入されたことを思い出すんです。

キャトル・ミューティレーションは、家畜の性器が奪われる謎の現象のことです。今度の私のオッパイが盗まれたのも、それらと関連があるんじゃないでしょうか」

尚子は、私の目をじっと見つめて訴えた。

「ほかの人に相談すると、みんなが私の被害妄想だって相手にしてくれないんです。石岡先生は違いますよね」

宇宙人が地球人の女性の胸を強奪していった？　普段の私であれば、ただあっけにとられるだけだが、その時は違った。一笑にふせない一身上の理由があったのだ。

「はい、まあ……」

「先生は、アイドルの姫都エレンちゃんのオッパイも盗まれたと思われてるんですよね」

私は再び、大急ぎで周囲を見廻した。さいわい客が少ない時間帯のため、尚子の衝撃的な発言に気づく者はない。御手洗をはじめとして、周囲の誰も相手にしてくれないが、思えば私も彼女と同じ立場なのだ。よし、本格的に尚子の話を聞いてみよう。

「それでは石黒さんの胸が盗まれたのはいつ、どんなかたちでですか？　その時の状況を、正確に話してください」

私の目が笑っていないのを見て安心したのか、尚子は冷静に話しはじめた。

「盗まれたのは、あの時です。石岡先生が審査員をやってらした、あのコンステトの時……」

途端に、死にたいほどの気恥ずかしさが込み上げてきた。そう、私が「巨乳鑑定士」などという恐ろしい肩書きをもらったのは、つい一ケ月ほど前のことだった。

私が「巨乳鑑定士」となったきっかけは、『女性時間』という女性誌のインタヴューに応じたことに始まる。いつもこの手の取材は丁重に断ることにしているのだが、その時期はちょうど手すきだったこともあり、魔がさしてしまった。近くの喫茶店まで取材に来てくれたのは、眼鏡をかけた女性の記者だった。小説家をめざしたきっかけとか、御手洗との出会いの話、それから日常生活、お定まりの内容だが、問われるまま私は一生懸命に説明した。取材が佳境に入った時、こんな何げない質問を投げかけられた。

「石岡先生は、アイドルの姫都エレンちゃんのファンだそうですね」

尋ねるというより、確認するという口ぶりだった。ドラマや歌で活躍している姫都エレンは可愛いから、好感を抱いていたことは事実だ。その程度であったが、一言のもとに否定するのも何だと思い、「ええ、まあ…」とお茶を濁したのだった。思えばそれがいけなかった。

「エレンちゃんみたいな顔がお好みですか？」

「いやあ、顔というか……、ぼくはあまり女性の顔は見ないんです、恥ずかしくて、視線はいつも胸のあたりに落としてしまいます」

自分なりに、思うところを精一杯言葉にしてみた。

「まあ石岡先生ったら、アハハハ！」

いかにもおかしそうに女性記者が笑った理由が、私にはよく解らなかった。しかし二週間後に送られてきた掲載誌を見て判明した。

「ベストセラー作家、石岡和己は巨乳フェチ!!」

私は目の前が暗くなり、心臓が停まった。記事の内容はというと、こうだ。

「好みの女性のタイプですかー？　やっぱりそれは、オッパイが大きい子がいいですねー。姫都エレンちゃんみたいのがいいなー。女の子を見る時は、いつもムネからチェックしちゃいます」

これはいったい誰の発言なのであろうか。私の言ったことが、こんなふうに聞こえてしまったのか。写真の自分の笑顔がなんとも好色そうだ。ひと言苦情を言いたくて、記者にもらった名刺の携帯電話にコールしてみたが、すでに番号は使われていなかった。

その後、『女性時間』の影響は確実に私の生活に及んできた。

「石岡先生に、是非巨乳鑑定士をやっていただきたいんです！」

真田というイヴェント会社の人から、突然そんな電話があった。絶句している私に、真田はかまわず説明する。「二十一世紀に残そう、美の象徴」という主旨のイヴェントで、「来世紀に残す巨乳コンテスト」を開催するという。その審査員として、今や日本中に巨乳フェチとしてその名が轟いた私に、白羽の矢が立ったらしい。

「『女性時間』拝見しました。これはもう、石岡先生のためにあるような企画です！　絶対に喜んでいただけると私、確信しております！」

真田は、私が二つ返事で承諾するものと決めつけていた。

「あの……、申し上げにくいんですが、あの雑誌の記事にはいくらかの誇張がありまして、私は別に女性の大きな胸だけが好きというわけではなくてですね……」

「もちろんです先生、デカいだけではワビサビがありませんよね！　ヴォリューム・プラス・肉の質感！　あるいは肌の色合いも大事ですよね！」

「いや、そういうことじゃなくて……、あの……非常に申し上げにくい話なのですけどね、ぼく……」

私は、自分が巨乳には興味がないと伝えようと思ったのだ。

「解っておりますよ先生、みなまで言うなって！

先生もこだわりますねぇ、乳輪とのバランスが決め手ということでしょ？　ま、そういう方多いです。ま、今回は水着審査なのでねー、そのへんはご想像でお楽しみください。それでは当日の十時にハイヤーでお迎えにあがりますから、よろしくっ！」

「いや、ハイヤーなんて、そんな、とんでもない」

「あ、ご自身でいらっしゃいます？」

「えっ……ええ、まあ」

とても断ることなどできない圧力を、私はひしひしと感じたのだ。結局私は、横浜市のスタジオで、「巨乳鑑定士」を演じるはめになってしまった。


イヴェント当日、珍しいスーツ姿で馬車道の部屋を出る私を、ソファにすわった御手洗がにやにやして見ていた。出版社のお偉方との打ち合わせだと言って出てきたが、あの男は一ミリだって信じてはいないだろう。しかしいかに御手洗でも、私が巨乳鑑定に出てきたとは考えつくまい。

イヴェントの開始が午後一時で、私の集合時間は午前十一時だった。しかし、何ごとにおいても小心な私は、ひどく気が焦り、三十分も早く着いてしまった。


会場の「スタジオ　DARI」は、黒塗りの4F建てビルだった。TVの収録など、不特定多数の人間が出入りするため、関係者は裏口から入場すると聞いている。

「失礼ですが、関係者の方ですか？」

若い小太りの警備員が、不審そうな顔で私を呼びとめる。私はあわててバッグから「関係者パス」を取り出して見せた。数日前、真田から郵送してもらったのだ。警備員の表情が目に見えて柔らかいものになり、出入り口が指し示された。

その時一台のハイヤーが、まさに裏口にピッタリ密着という形で停車した。新しい関係者かと私が見ていると、車内から一人の女性が降りてきた。洗いざらしのジージャンにジーンズ姿、サングラスをかけていた。

「お早うございまーす！」

警備員の挨拶の声に、心なしか緊張感が漂った。その原因を、私はすぐに察知した。到着した関係者とは、なんと姫都エレンだったのだ！

「お早うございまーす！」

小首を傾げるようにして私にも挨拶してくれたエレンは、私が手にした関係者パスが視界に入ったのか、サングラスを外して、私に向かってあらためて頭を下げた。

なんて素敵な笑顔だろうと私は思った。陳腐な表現だが、百万ドルのスターが目の前で私に微笑みかけてくれているのだ。松崎レオナという不世出の大スターと知り合いである私だが、非日常の人物と出会うと、やはり気おくれが先に立って、あがってしまう。

「遅れてすみませーん。マネージャーの田中が先に来てると思うんですけどぉ……」

どうやらエレンは、私がイヴェントの主催者側のスタッフで、彼女の会場入りを出迎えに出ていたと勘違いしているらしい。

「いえ、私はスタッフではないんです。その……」

私は激しく緊張し、しどろもどろになった。エレンは怪訝そうな顔で私を見ている。ここは、なんとか怪しい者ではないことを証明しなければならない。

「今日のコンテストで、ですね、あの…、ぼく審査を……」

「ああ！　鑑定の役の方ですね」

疑念が解けたのか、エレンは落ちついた表情を見せた。私もホッとしたが、今度は巨乳鑑定士という大ぎょうな漢字が眼前にちらついて、穴があったら入りたくなる。

二人で裏口から会場へと入った。スタジオ内はかなり広いが、エレンは馴れた足取りで廊下を進む。並んで歩くのも気がひけて、私は彼女の少し後ろを付いていくかたちになった。

しばらく行くと、「巨乳鑑定士様」とドーンと書かれた紙の貼ってあるドアが見つかった。

「あなたの控え室、ここみたいですよ」

エレンが指し示してくれる。

「はい解りました、どうも」

ああ、もうこの至福の時間が終わっていく。私は実に残念だった。

「それではまた後で。ちゃんと私を優勝させてくださいね」

何げない挨拶だったのだろうが、私にとってはこのエレンのひと言は驚愕の一語であった。姫都エレンが巨乳コンテストに出場するというのか⁉　出場を許されるのであろうか。もちろん容姿の面では問題がない。サイズの面でも――――。あ、いやそういう問題ではなく、芸能界のステータスの面でだ。彼女は銀行のＣＭ撮影でさえ一日拘束は不可能といわれ、この夏には主演映画が大々的に公開される国民的大アイドルなのだ。

「えっ、エレンさんが出場するんですか？」

声が震え気味の私の問いに、エレンは当たり前のように応える。

「出ますよー。ではお仕事頑張ってくださいね」

手を振って立ち去るエレンを、私は呆然と見送るしかない。彼女の後ろ姿が消えた後も、しばらくぽつねんと立ち尽くしていた私を、誰かが呼ぶ声がする。

「ああ石岡先生、もういらしていたんですか！」

振り返ると、長髪の上にインカムをつけた若い男が立っていた。

「真田です。携帯にお電話を頂戴すれば、すぐお迎えに出ましたのに」

「いえいえ、私なんかを招いていただきまして……」

「先生、今日はパキューンと一発、キメてくださいねー」

両手で空気を揉むしぐさをする真田の姿が気恥ずかしくなった私は、早々に「巨乳鑑定士」の控え室に退散しようとした。しかしそういう私の裾を、真田は素早く掴むのだった。

「先生の楽屋はそこではありません！　お一人用の、デラックスなお部屋を用意させていただいております。さあ、どうぞこちらへ！」

私は首をかしげた。私はそれほどありがたがられる作家ではない。審査員の一人に加えられただけでも申し訳ないくらいだ。しかし真田は、廊下を歩きながら、相変わらず高いテンションで、いかに今回の企画が私の嗜好に合致した催しであるかを熱く語り続ける。

ADらしい人物とすれ違いざま、真田は今度は彼の裾をさっと掴んで引っ張る。

「おいジロー、おまえ、例の手紙持ってたよな」

ジローと呼ばれたADは、少し間を置いた後で、胸ポケットから便箋を一枚取り出す。

「これです」

受け取った紙を広げてちらと確認すると、真田はその紙を私に手渡してきた。

「先生、ちょっとこちらを御覧になっていただけますか。実は昨日、こんな手紙が届けられまして」

部外者の私に見せることをいぶかしみながら

も、私は紙に視線を走らせる。文面はごくシンプルなものだった。

「地球上でもっとも美しい肉体の部位を頂戴する。オッパイ星人」

一読し、私は素直な感想を真田に伝えた。

「これはあの、脅迫状ですか？」

真田は軽く頷いた後で、ささっと周囲を見廻す。

「まあ、イタズラだとは思うんですけど。先生はこういったことのご専門でしょうから、ご意見を承れればと思いまして」

意見といっても、私も人騒がせなイタズラである線が強いと思う。文面通りに解釈すれば、「美しい肉体の部位」とは「巨乳コンテスト」のことを指し、それを頂戴するとは、優勝者になんらかの危害をくわえるということか。そういった意見を伝えると、真田も真剣に頷いた。

「一応、いつもよりも警備は厳重にしてますから、問題ないとは思いますけどね」

真田は、もうそれ以上こだわる気はないらしく、脅迫状の検証は切りあげて、さっさと歩きだした。

「レディース・アーンド・ジェントルメーン、二十一世紀に残そう美の象徴っ！　いよいよメイン・イベーント、巨乳コンテストを開催いたしまーす！」

蝶ネクタイにモーニングの司会者の野太い声とともに、イヴェントの開始は告げられた。一人部屋で豪華な仕出し弁当をつつき、うとうとしていた私は、ジローに呼ばれて一時十分前にスタジオ入りした。

ステージは正面向かって左側に私たち審査員の席、中央に丸い台が用意されている。百人程度の観客が、半円状に並べられた席から熱心にステージ上を注目している。イヴェント内容から男性が多いと思っていたが、半分以上が女性客である様子を見ると、イヴェント側が外注で頼んだエキストラかもしれない。

「それでは、今回の厳正なる審査をしてくださる三人の巨乳鑑定士のみなさんをご紹介しましょう。まずは某下着メーカーのブラジャー開発担当者、Dr．ニプレスさーん！」

白衣に身を包んだ長身の男がのそっと立ちあがり、不気味な含み笑いを洩らした。

「フフフ……、我が輩が、世界を巨乳美女で埋め尽くす野望を抱く天才開発者、ドクター・ニプレスであーる。ただし、有休を使い果たしたため、本日はズル休みで参上つかまつった」

次は、私の隣の人物の番だ。

「次は『ワインとボイン』の著者であり、数々の巨乳ヴィデオを制作している巨乳ソムリエ、メイヤー安房監督ーっ！」

小太りで黒縁の眼鏡をかけ、猥雑なデザインのアロハシャツを着た男が立って、挨拶をする。

「昔はオッパイが大きい女性は頭が悪いなんて言われてました。しかし、千人以上のボインちゃんと会ってきた私が断言します。人生で巨乳以外にいったい何が必要でしょうか！」

場内は割れんばかりの歓声と拍手だったが、私には二人の挨拶など半分も耳に入らない。審査だけでなく、挨拶までさせられるとは聞いてない。だから激しく緊張してしまって、それどころではなかったのだ。

「さて最後は、『占星術殺人事件』でデビューされ、その後も御手洗潔先生の探偵談を書き飛ばし、ヒットを飛ばし続けているミステリー作家ーっ、最近マスコミに、大胆にも巨乳フェチであることを自ら告白されました、石岡和己先生でーす！　さあみんな、拍手だーっ！」

耳をつんざく大拍手の中、私はおずおずと立ちあがった。

「い、石岡です。しょ、しょ、正直に申しますと、こ、ここより観客席にすわっていたい気分です……」

観客から笑い声があがる。私は、冷や汗をかきながら席に復した。

「さて、巨乳鑑定士の諸先生方から、ユニークなご挨拶を頂戴いたしましたっ。さ、それではお待たせしましたっ。いよいよ今回のコンテストに参加した、グラマー・ギャルちゃんたちの入場でーす、さあみんなーっ、拍手だーっ！」

拍手と歓声が沸きあがる中、舞台上に設置された派手な入場口から、水着姿の女性たちが七人、次々に姿を現した。全員目のやり場に困るような大胆ビキニなのだが、顔は額に番号の入った覆面で覆われている。番号は、一番から七番まである。

「今回は、純粋にオッパイのみで鑑定していただくため、ギャルたちのお顔はお見せできませーん、あしからずーっ」

ステージにはある種、異様な雰囲気が漂っていた。七人の水着女性が、全員覆面をしているのだ。彼女たちの人格や個性をはぎ取って、肉体のみで甲乙をつけるのは、まるで動物の品評会みたいで私はいい気持ちはしない。

「どれもええ乳してまんなあー」

隣の席のメイヤー安房が、小声で私に話しかけてきた。はあ……、と私は応じた。

「さ、どうですか石岡先生！　最終審査にエントリーされたのは、ホンマ、美乳ぞろいでしょう！」

何を思ったのか、舞台上の司会者が、大声のまま私に話を振ってきたのだった。私はびっくりし、覆面は悪趣味だという正直な気持ちを述べようと決めた。

「あの、私としてはですね、人間を審査するんですから、できたらあれは、はずしてもらった方が……」

　すると会場は、途端に割れんばかりの大爆笑、大拍手であった。会場の雰囲気を壊すかと思って恐る恐る話していた私としては、いったい何が起こったのか、わけが解らない。

「いやー石岡先生、おっしゃいますなー、この、真面目そうな顔して、にくい、にくい！　そういう個人的なお楽しみは、のちほど楽屋のほうでお願いしまーす」

　な、なんのことだ？　しかしあっけにとられる私におかまいなく、審査が始まった。第一次審査は「ポージング審査」だ。参加者は、一人一人音楽に乗って舞台でポーズを取り、それを私たち巨乳鑑定士が、手もとの用紙に十点満点で採点していく。

　それにしても女性というのは不思議だ。百人からの人が見ている前で、自分の肉体を惜しげもなく披露できるのだから。彼女たちはそれぞれ、自分なりの得意のポーズでアピールをしてきた。投げキッスをする者、私の目の前まで来て身を前にかがめて胸の谷間を強調する者、その場でジャンプして、胸が弾むのを見せつける者——。

　いやはや、審査となるとここまで大胆になれるものなのか。私は何度も視線を泳がせるはめになりながらも、自分の印象だけで採点していった。こんなことなら、事前に基準を確かめておけばよかった。でも私の場合、人を審査することに馴れていないせいもあって、七人の全員が、八点か九点、どちらかに納まってしまう。

　司会者の進行によって、次のプログラムへ移る。

「それではいよいよお待ちかね、第二次審査に移りたいと思います。二次審査は、『自己パフォーマンス』。みなさん一人一人、持ち時間三分間で、自分の得意のパフォーマンスをしてください」

この自己パフォーマンスこそがクセものであった。私からすれば、審査とどう関係するのか不明の出し物が続出したからだ。英語で自己紹介をする者、ダンスを披露する者、ピザの造り方を実演する者もいた。これがオッパイとどう関係があるのか、私は首をひねった。

「エントリー・ナンバー五番。私は『銀座の恋の物語』を歌いまーす。石岡先生ー、一緒にデュエットしてください」

突然ステージから呼びかけられた私は、気が狂ったように手をうち振って逃がれようとしたが、会場のムードは絶対にそれを許さない。五番の覆面を付けた女性は、私の腕を取って、無理やりステージへと引っ張りあげてしまった。

あがるより早く勝手にイントロが流れだし、仕方なく私はマイクを手にしたのだが、私が歌うたび、会場からは爆笑があがった。私が自分のパートを歌っている最中に、しょっちゅう彼女から、「あ、まだです先生」と肩を叩かれるのだ。最後は、私が懸命に歌っているにもかかわらず、伴奏は先に終了してしまった。

「石岡先生、どうもありがとうございましたー。でも先生、これ彼女の自己パフォーマンスの時間なんですよー、あんまりオイシイところを持っていかないでくださいね」

司会者の苦笑まじりのコメントの意味が、私にはさっぱり理解できない。これでも精一杯目だたないよう気を遣ったつもりなのだ。赤面していそいそ席に戻ろうとすると、またも呼びとめられた。

「石岡先生、エントリー・ナンバー六番です。私の相手もしてください！」

どうしたわけか私は、ものごとをむげに断れない性格なのだ。今度はなんの相手をすればいいのだろう。

「それでは始めまーす」

六番の女性が右手を差しだしてくる。よろしくという意味で私が相手の手を握り返すと、彼女はその手を掴んだまま自分のほうに引っ張った。そして、そのまま私の体に密着してコブラ・ツイストをかけてきた。

「プロレス技の披露やります！」

それからの私は、もう自分の体がどんな姿勢になっているのか、何をされているのか全然解らなくなるくらいにさまざまな技を仕かけられた。六番の女性は、本格的に技を磨いているらしくて、腕や首や腰などあちこちが猛烈に痛く、苦しくて、まるきり言葉が出ない。「やめてくれ……」と叫びたくて口をパクパクさせるのだが、自分で自分の声が聞こえない。

「うるさいわね先生。これで黙らせてあげるわ！」

六番の女性の声が上空でした後、私の顔が何か柔らかいもので包まれた。息ができずにもがくうち、状況が把握できた。認識した途端、呼吸だけでなく、思考も停止してしまった。私の顔は、彼女の豊満な胸に押し潰されていたのだ。

失われていた私の感覚がやっと戻ったのは、トイレの個室の中だった。第二次審査までなんとか終わり、とにかく私はひと息入れようとして、ここに来たのである。便器の蓋の上に腰かけていると、溜め息が出る。このまま逃げてしまい、審査会場には戻りたくない気分だ。

「……大丈夫だ」

外で誰かが話している声がする。声をひそめて話すただならぬ気配に、私は聞くともなしに聞き耳をたてていた。

「まだオレたちの正体は気づかれていない、大丈夫だって」

「しかし……」

「当初の計画通り、あの女をさらえばいい」

何を言っているのだろう。「正体」、「計画」、「さらう」? これらの意味するものはずばり犯罪ではないか。誰が話しているのだろうか。ドアに耳を近づけようかと思ったが、もう二人は出ていってしまったようだ。

状況を整理して考えてみた。真田に見せられた脅迫状の件がある。あの時はみんな、単なるイタズラとかたづけていたが、やっぱり「オッパイ星人」なる人物は、この会場に身をひそめていたのだ。しかも脅迫状の文面通り、「地球上でもっとも美しい肉体の部位を頂戴する」計画らしい。

真田たちはまだこのことを知らない。私はもう一度トイレ内に誰もいないことを確かめてから、そろそろと表に出た。そしてイヴェントの会場へと戻ろうとした。しかし焦っていたためか道を間違え、人に尋ねてようやく会場へとたどり着いたのだ。

イヴェントは休憩中で、場内にはリラックスしたムードが漂っている。私はディレクターと打ち合わせをしている真田を見つけると、急いで寄っていった。

「真田さん、お話があります!」

血相を変えて近づいてきた私の様子を見て、真田は驚いている。かまわず私は、先ほどトイレで聞いた怪しい二人組の会話を真田に伝えた。そして、あやまちが起こらないうちにイヴェントを中止すべきだと提案した。

「それは無理ですよ。もうここまでプログラムは進んでいるんですから」

真田の発言はあくまでも主催者のそれだ。

「でも出場者の身に何かが起きてからでは遅いんですよ」

私は妙な胸騒ぎがしていた。いや、もう事件は起きているのかもしれない。その時、私の脳裏に稲妻のように閃いたことがある。

「真田さん、エレンちゃんは……、エレンちゃんは無事ですか?」

真田の顔色がみるみる変わった。ところがその表情と裏腹に、彼の口から出た言葉は無理に冷静を装ったものと私には見えた。

「石岡先生、それなんのことです?」

「もう隠さなくていいんですよ。私は今日、会場入りの時、エレンちゃん本人に会ってるんです。知ってますよ、あの仮面の女性たちの中に、姫都エレンちゃんもいるんですよね」

私はスツールにすわってくつろぐ七人の女性を指さす。すると会場がどよめいた。私は気づかなかったが、私と真田のやりとりに、会場の全員が耳を澄ませていたのだ。

「落ち着いてください石岡先生、姫都エレンがいるんですって?」

「そうです、今は非常事態です。最悪のケースを避けるため、はっきりさせましょうよ」

主催者としては、プログラム進行の都合上、エレンが参加していることは伏せたかったのかもしれないが、その対応の遅れが、彼女への危険を増すことになる。

「エレンはいません、いるわけないじゃないですか。あの超アイドルが、巨乳コンテストに参加してると思いますか?」

　ここまできてもしらばっくれるのか。私は怒りすら感じた。

「私は知ってるんです真田さん。エレンちゃん本人が、『コンテストに参加する』って私にはっきり言ったんですから」

「私は先生を尊敬しておりますが、今回のイベントの主催者としてハッキリ申し上げます。姫都エレンは関係ありませんし、ましてや巨乳コンテストに参加など、寝耳に水の話です。断言します」

　真田が諭すように言った。こうなると私ももう後にひけない。

「解りました。そこまでおっしゃるのなら、このみなさんの前で、どちらの主張が正しいかはっきりさせようじゃありませんか」

　私は舞台中央に歩み出ていく。

「彼女たち七人の覆面を、ここで全員取ってもらえますか」

　場内は水を打ったように静まっている。マイクなしでも、私と真田の会話が隅々まで聞こえるくらいだ。

「かまいませんよ。それで先生の疑いが晴れるのでしたら」

　意外だった。おそらく真田は私の提案を受けないだろうと思っていたからだ。観念したというのか。それならばと、私は彼女たちに向かって言った。

「ではお願いします。そういう事情ですので、申し訳ありませんが、七番の方から覆面を外してもらえますか」

　私は、七番の女性が怪しいと直感を抱いていたのだ。

「解りました」

　真田の方を見て納得した七番の女性は、躊躇もせず覆面を脱いだ。私は自分の推理の間違いを知った。光線の下に晒された素顔は、エレンとはまったくの別人だったからだ。

「では残りの全員も、フェイスー、オープン！」

司会者になったふうの真田の合図で、七番以外の六人の女性は、いっせいに覆面を脱いだ。何ということだ。敗北感に襲われる。真田がさっき言った通り、巨乳コンテストの参加者には姫都エレンはいなかった。これはいったいどうしたことなのか。

「ご満足して頂けましたか、石岡先生」

真田はどこか勝ち誇っている。

「でも、確かにエレンちゃんと裏口で会ったんです。そうだ、マネージャーの田中さんが来てるんでしょう」

「いいえ、そんな方知りません」

「そんなはずない！」

場内から私に浴びせられる視線や雰囲気が、「いい加減にしろ」というニュアンスに変わってきている。私は必死で頭をフル回転させた。何かがおかしい。私は姫都エレンと会ったのだ。そして、「コンテストで優勝する」と、確かにこの耳で聞いた。だから、どこかに必ず突破口があるはずだ。

「そうだ、裏口の警備員さんを連れてきてください」

「えっ、何故です」

「ぼくとエレンちゃんが会ったのを見ているはずなんです。お願いします。警備員さんならぼくの話を証明してくれますよ」

真田はＡＤのジローを走らせた。とにかく今の私には、この会場にエレンがいたことを証明するしか道はない。ジローが警備員を連れて戻ってきた。私を不審者と間違えて呼びとめた小太りの警備員だ。ホッとする。

「お忙しいところ、恐れ入ります。さっき私が会場入りする時、関係者パスをチェックした方ですよね」

　裁判の証人喚問よろしく、私は段階を追って警備員に確認する。

「はい、私がチェックしました」

「その時に、私は誰かと一緒でしたか？」

　警備員は即座に応えた。

「いいえ、あなた一人でした」

　あわてた私の口調は、つい厳しくなる。

「そんなはずない、私が入ろうとしたら、姫都エレンちゃんがタクシーで来て、あなたも挨拶したじゃないか！」

「いいえ、私はエレンさんとはお会いしていません」

　にべもない返事だった。信じられない状況に私は置かれていた。アイドルの姫都エレンと出会った夢を、さっきの私は見たというのだろうか。

　いや、まさか――。私の頭を物騒な考えがよぎる。姫都エレンは、何者かの罠にかかったのではないか。そう考えると辻褄が合う。このイヴェントの主催者を名乗る人物が、偽りの仕事を依頼し、会場に来たところで拉致する。そうか、そうだったのだ。脅迫状を出した人物は、コンテストなど狙うつもりはなくて、ターゲットは最初から姫都エレンだったのだ。

　そこまで推理した私は、即座に行動を起こした。

「先生、石岡先生、どちらにいかれるんですか。まだイヴェントは……」

　真田や、ジローの制止などにかまっていられなかった。今は一刻を争う。たぶんエレンは、すでにオッパイ星人の手に落ちてしまったのだ。だとしたら、救出するためにはあの男の力が必要だ。

事態がここまで悪化した以上、御手洗潔の頭脳にこの事件と対決してもらうしかない。

　私は会場を駈け出ると、タクシーを拾い、馬車道の部屋まで飛ばしてもらった。車内での私は、まったく気が気ではなかった。エレンの素敵な笑顔が変質者によって汚される、ああ想像もしたくない。赤信号で停まるたびにさんざん舌打ちしながら、ようやくわが家にたどり着く。

　階段を駈けあがり、ドアを開くと、さいわいにも御手洗はソファで読書中だった。

「賢者は走らず、だよ石岡君。せめてたち振る舞いくらいは賢者になりたいね」

　本の活字から目もあげずに言う御手洗の前に立つと、私は「巨乳コンテスト」での一部始終を、一気に語った。御手洗は聞いているのかいないのか、私が話している間、全然読書をやめようとしない。だがこんな態度はいつものことだ。私はおかまいなく熱弁を振るった。なにしろ、姫都エレンを救えるのはこの男だけなのだから。

「巨乳コンテストね、ぼくなりに言いたいことはあるよ石岡君」

　聞きおわると御手洗は、退屈そうに言った。

「講釈なんて後でゆっくり拝聴するよ、さあ、姫都エレンはどこにいる？　一緒に見つけにきてくれ！」

　御手洗は私を見あげると、ふーっと大仰に溜め息をついた。

「石岡君、ぼくはね、今とても忙しいんだ」

「そんな悠長なこと言っている場合か！」

　興奮して、つい私の声は荒くなる。

「一人の女の子が変態の毒牙にかかろうとしているんだぞ。助けられるのは君だけだ、そう思うから、こうして頼んでいるんじゃないか！」

　御手洗は、右眉を吊りあげて私を見る。

「見つけりゃいいんだね？」

「ああそうだ、見つけりゃいいんだ、早くしてくれ！」

「テレビをつけてくれないか石岡君、八チャンネルだ」

「何ぃ？　御手洗、いい加減にし……」

「石岡君、ぼくを信じるなら言う通りにしてもらいたいね」

　渋々私はリモコンのスウィッチを入れ、八チャンネルに合わせる。すると、歌番組の真最中だった。

「それでは次のゲストをご紹介しましょう。この夏公開の主演映画を、現在極秘で撮影中、今日はその主題歌を初披露してくれます、姫都エレンさんでーす！」

　私の視線も思考も、しばらく画面に釘づけになった。画面では、現れた姫都エレンが、司会者と軽妙な会話をかわしている。

「さあ見つけたぞ石岡君、言うまでもないけど、その番組は生放送だよ」

　御手洗は言った。

　安心するとともに私は、これでもう巨乳コンテストの会場で何が起きているのか、まったく状況判断ができなくなった。

「どういうことなんだ御手洗」

　御手洗の目は、すでに手にした本に戻っていた。

「人は誰でも、自分がやれる範囲で全力を尽くすべきだ。そんなつまらないクイズは君一人で考えたまえ」

「やっぱり犯人はいたんですよ、石岡先生」

　石黒尚子の言葉が、一か月前の追憶に浸っていた私を、現在へと呼び戻す。そうだ、今は「オッパイを盗まれた」という尚子の話を聞いていたのだった。姫都エレンは結局何の支障もなく精力的にタレント活動を行なっていて、私の心配は杞憂に終わっていた。だが目の前にいる尚子は、あのコンテストのおり、参加者としてステージ上にいて、その日胸を盗まれたと主張している。

「先生がお帰りになった後、イヴェントは優勝者なしで終了したんです。それで、私は帰ろうと思って駐車場に停めた自分の車まで行ったら、突然誰かが後ろからハンカチを口に当てて、それに麻酔が仕込んであったみたいで……。私は気を失ったんです。そして気がついたら、自分の車の中にいたんです。でも、胸はもう……」

尚子は、唇を噛むと俯いた。女性にとって、自分の遺志に反して体をいじられることは、レイプされる以上に屈辱的なはずである。まして彼女の職業はタレントなのだ。そのショックははかり知れない。

「事件を検証してみましょう」

私は空気を変えたかった。

「ポイントとなるのは、犯人があなたの胸を盗む意図です。犯人は何の目的でそんなことをしたのか？　そして事件の性格上、医師かそれに近い仕事をしている人物が関与している可能性は高いですよね」

こういう時に頼りになる御手洗は、今回はまったくあてにならない。巨乳鑑定と聞いて、まるで関心を失ってしまった。だからこの事件は、私一人の力で解決するよりしかたがない。

「何故盗まれたのかなんて、私、どうでもいいんです」

尚子は泣きだしそうである。

「いえ、そこから検証をスタートさせましょう。理由はいくつか考えられます。たとえば半導体に使用する材料か何かの関係で、急にシリコンが必要になったとか。ライバルが愉快犯に見せかけて襲ったとか。あるいは、尚子さんに恋慕する変質者があなたの……」

尚子は天井を仰いだ。

「もうやめてください。私は先生からそんな当てずっぽうを聞かせてもらうために来たんじゃありません」

尚子の目が、段々にすわってきた。

「石岡先生には責任があるんですよ！」

「責任、といわれますと？」

「だってそうでしょう、先生は、事前に犯人からの脅迫状を見ていたにもかかわらず、そして実際はまだ何の事件も起きていないのに、勝手な思い込みで会場から立ち去ってしまったんですよ。その後で私が……、私が……」

感情を押しとどめていた堤防が決壊したのか、尚子は泣きくずれた。私も良心が痛み、今の彼女にかける言葉が見つからない。

「もう仕事もできない。こんなみっともないカラダで生きてなんかいたくない！　また手術するにはうんとお金がいるのに、もう私、生活費だってないんです！」

頭を振って尚子がわめく。落ちつかせようと肩にかけようとした手は、彼女に激しく振り払われた。

「解りました。私にも責任がありますから、できるだけのことはしたいと思います」

尚子の言う通り、事件に関して謎が解けたとしても、彼女の心の傷は癒されないだろう。

「ここを出ましょうか」

私は尚子に、いくばくかの生活費を渡そうと考えた。即物的だが、現実的な対応だと思う。彼女は無言だったが、私がレシートを掴んで立ちあがると、ゆるゆるとバッグを肩にかけた。支払いをすませ、表に出ると、雨がぱらついてきていた。近くの銀行までは、少し歩く。このままでは相当濡れてしまう。

「傘を持ってませんか?」

尚子は首を横に振る。そこで私は、傘を貸してもらおうと喫茶店の中に戻った。ウエイトレスに話しかけようとした時、ちょうど精算をしている客の姿が視界に入った。それは何と、巨乳鑑定士で一緒だったメイヤー安房であった。安房は私を見て、一歩あとずさった。瞬間、私は閃いていた。

「そうか、あんたがオッパイ星人なんだな!」

偶然だなんてあり得ない。尚子の様子をうかがうために同じ喫茶店に入っていて、今われわれの後を追おうとしていたのだろう。

「いやぁ先生、とっくにお気づきかと思ってましたよ」

にやりと笑い、安房はふてぶてしく言った。

「一緒にくるんだ!」

有無を言わさず安房の腕をつかむと、私は馬車道の部屋まで連行した。

「クイズの答え、出たぜ御手洗」

凱旋将軍よろしく私が部屋のドアを開け、安房と尚子を連れて入っても、わが同居人の反応は鈍かった。ソファにすわったまま、もの憂げに私の顔をちらと見ただけだ。

「謎は解けたんだよ、君の訓戒を何回も耳にしていれば、ぼくのポンコツ頭脳でも少しは性能が上がるというものだ」

私はソファに安房をすわらせた。尚子には藤製の椅子を勧めた。

「例のオッパイ星人事件の謎は解けたんだよ、御手洗」

満面に得意の笑みを浮かべながら私が繰り返していると、ようやく御手洗も観念したようだ。

「ああ解ったよ、どうしても君は話したくてしかたがない。一方ぼくは、どうしても静寂が欲しい。相反する二つの欲求が同時に存在することはできない以上、片方の欲求は引っ込めようじゃないか。さあ話してくれたまえ！」

私は大得意だった。

「今回の事件のポイントは、姫都エレンがどこに消えたかだ。この問題を間違って解釈すると、事件の全容は全然掴めなくなり、まるで不可思議な印象を与えてしまう。かくいう私自身、エレンさんと出遭ったゆえに、その後の彼女の消失に関して、誰よりも戸惑った張本人であります」

私は、一呼吸を置いてそばの水を飲んだ。

「結論はひとつ。姫都エレンは最初からコンテストには参加していないし、したがって消えてもいないのです。

実は巨乳コンテストの会場になった『スタジオDARI』は、巨大ゆえ、ひとつのイヴェントのみが行なわれているわけではありません。常時、いくつもの撮影やイヴェントが、それぞれのスタジオで同時進行で行われているのです。

そうです。エレンさんは、巨乳コンテストに出場するのではなかった。彼女が出る予定だったのは、違う撮影でのコンテストでした。私が『コンテストに出るんですか』とだけ質問したがゆえ、誤解が生じてしまったんだ。ここまではよろしいですか？」

「先をどうぞ」

と御手洗は無愛想に言う。

「では第二の謎を検証します。何故真田氏や、警備員をはじめとするスタッフは、エレンに関してスタジオにもいないなどと嘘を言ったのか。彼らは口どめされていたのです。依頼したのは映画のスタッフです。今撮影中のエレン主演の映画は、内容を含め、すべてが極秘で撮影されています。そのため、どこで撮影しているかといったことさえ、関係者以外には秘密事項なのです。ゆえに私がエレンと出遭ったと騒いでも、誰もその事実を認めなかったというわけです」

そして私は、安房をにらんだ。

「もうあきらめるんだな安房、あんたのやったことは解ってる。コンテストの最中に目をつけていた石黒尚子さんを駐車場で襲い、彼女に無理やり減乳手術を施しただろ。白状しろよこの野郎！」

掴みかかろうとする私をとめたのは、何と御手洗だった。

「石岡君、恥の上塗りはもうそのへんでいいだろう」

私の機先を削ぐには、何とも効果的な言葉だ。

「何？　どういうことだ！」

「今回のようなケースだと、君の観察力、注意力、そして一般常識の乏しさ、すべてがまんべんなく出てしまうものだねぇ石岡君」

私は思わずかっとなっていた。

「なんのことだ？　ぼくの推理が的はずれだとでも言うのか君は」

「ああ、まあ、遠慮なく言えばそうだ」

ソファの背に深々と身をもたせかけると、御手洗は話しだした。

「君が言う通り、今回の事件のかなめは姫都エレンの存在だ。まあひとつひとつ説明しよう。エレン嬢が君に言った言葉、『遅れてすみません』、『鑑定士の役の人』、『優勝させてくださいね』、これらを聞いて、君は何とも思わなかったのかい？」

私は特におかしいとは感じなかった。

「しょうがないなあ。では続けよう。エレン嬢が消失したと騒いでいたのは確かに君だけだった。でもね、消失したというのなら、巨乳コンテストも最初からないのさ」

御手洗の言葉の意味がよく解らない。

「TVのドッキリ企画だったんだよ。ピュアでイノセントな巨乳フェチ作家石岡和己先生に、巨乳鑑定士なんて愉快な役回りを演じさせ、楽しもうという趣向だね」

「では真田さんも、ジロー君も……」

「そう、覆面した水着のお姉さんたちも、会場にいた観客たちも、全部やらせの役者さんたち。そうでしょう、メイヤー安房さん」

御手洗に言われて、私はやっと安房の存在を思い出した。

「ええ、御手洗先生のおっしゃる通りです。私は劇団員で、頼まれてメイヤー安房なんて人物を演じただけです」

安房も笑っている。

「ではオッパイ星人からの脅迫状も……」

「もちろん石岡先生の見せ場をつくるための道具だてさ」

「そんな……、馬鹿馬鹿しい、じゃあ姫都エレンちゃんは？」

「そう、彼女も重要な登場人物のはずだったんだ。そもそも登場時を考えてみたまえ。姫都エレンほどの大物が、本番の二時間半も前に来てるのに、どうして『遅れてすみません』なんて謝るんだい。もし一発撮りのコンテストに出場するのなら、考えられないことだよ。石岡先生をだます演技のリハーサルがあったからさ。どういう段取りだったのかまでは、ぼくには推測するしかないが、たぶん優勝者が決って覆面を取ってみたら、なんと彼女は姫都エレンだった……、といったオチじゃないのかな」

安房役の役者は目を丸くした。

「その通りです。いやあ御手洗先生、何でもお解りなんですね」

私はいらいらしてきた。

「だけど御手洗、覆面を取った七人の中には、エレンちゃんはいなかったんだよ」

「ああ、それはアクシデントがあったからね」

「何だよ、アクシデントって」

御手洗は私の問いには応えず、妙な質問を浴びせてきた。

「ところで石岡君、君は七人の女の子の覆面を取らせる時、どうして最初に七番の子を指名したんだ？　普通は一番から順番に取らせるはずじゃないか。几帳面な君らしくないぜ」

「いやあ、なんとなく七番が気になって……」

「それはね、君は七番の子の自己パフォーマンスを見ていないからだよ」

安房が「おお」と感嘆の声を洩らす。

「確か六番の子にプロレスの技をかけられたんだったね？　たぶんその彼女、本職の女子プロレスラーだろう。彼女の技の最中に、君は失神してしまったんだよ。それが今回事件を複雑にしてしまったアクシデントだ」

私が失神したというのか――。しかし言われてみれば、確かに七番の子のパフォーマンスは見た記憶がない。

「青くなったのがドッキリ番組のスタッフだ。到動脈を締めつけられての軽い失神だろうけど、現場スタッフにはそんな気分の余裕はない。大先生を失神させてしまった、その後で、実はドッキリTVでしたではたしてすむかどうか。君の人間性を考えれば激怒するはずもないのだが、彼らにはそこまでは解らないからね。そこで、何もかもなかったことにしようとした。その打ち合わせが、トイレで君が聞いたという犯罪計画の正体なんだよ。君の失神している時間が長かったことと、次のスケジュールが生番組の出演だったことから、エレン嬢はさっさと移動した。スタッフも、君が彼女と出会っていて、犯罪の存在を主張するとは予想外だったんだろうな」

私は完全に納得した。ではオッパイ星人に襲われたという石黒尚子は一体――。

「それから…」

御手洗が、尚子の方を厳しい目で見た。

「純情な石岡君から再手術費を巻きあげようという計画は、ちょっと考え直して欲しいね尚子君。豊胸手術をしようとして失敗したからと、シリコンを全部抜いたのは君の判断だ。安房君から情報を仕入れて、オッパイ星人の存在を固く信じてやまない石岡先生からなら、いくらか金も取れると踏んだのだろうけどね」

尚子は目をつりあげると、そのまま立ちあがり、すたすたと戸口に向かう。安房もあわてて後を追いかける。

「巨乳フェチというイメージを提供したのは私なのに！」

尚子のその捨てゼリフで、私はやっと思い出した。『女性時間』で取材に来た女性記者は、石黒尚子自身だったのだ。顔を整形し、髪を染めていたから解らなかった。

「悔しかったら、次はもっととびきりの謎を持ってきてくれたまえ、今回のような賞味期限付きのものじゃなくね」

ドアが閉まり、御手洗は私を見た。すると彼の私を見る目が、ひどく優しく感じられた。

「どうもありがとう御手洗」

私は素直に言った。

「どういたしまして『巨乳鑑定士』君」

「やめてくれ、今後そう呼ぶつもりか?」

「名刺にそう刷り込んだらいい」

「それだけは……、君の言う通り、以後悪い女には気をつけるよ」

「ああ、そんなレッテル貼りはやめたまえ。いつも言ってるだろう?　いい女性も悪い女性もない、状況に応じ、女性はどちらにでもなれるのさ」

「うん、でもともかく、君のおかげでぼくの銀行預金は救われた」

　すると御手洗はこう言った。

「なに、その金はぼくの生活水準にも関わるものだからね」


〈了〉

第二章　6

Dark interval &
ダージリンの午後

まる

不思議なものは数あるうちに人間以上の不思議はない

Sophocli ANTIGONE

もし人間が詩人、謎を明かす者、偶然を救済する者でもあるのでなければ、私はどうして人間であることに耐えられよう

Nietzsche Also sprach Zarathustra

私の職業は私立探偵業であり文筆業ではない。かつては西洋占星術として看板を出していたが、ある事件をきっかけに人の未来をただ茫洋と眺めるのではなく、起こりうる悲劇から積極的に救うことにした。このように云うと石岡君などは「鼻持ち成らない自信家」と称するだろうが私はそう思わない。彼はよく私を躁鬱の激しい人間に書くが、彼の文章中に現れる私はどう見ても分裂症で

ある。しかも破瓜型、緊張型、妄想型のトリプルパターン全て揃った恐ろしき人格である。私はあのような道化じみた人間ではない。彼は私と対比することによって自らをさも良識溢れる人間として書いている。石岡君の私に対する認識と精神病に関する知識の不足はいずれ補ってもらわねばならないが、一般読者の石岡君に対する認識だけでも改めてもらうため文筆家でもない私がこうして筆を執ることになった。読みにくい点は多々あるだろうがそこは寛大な心でお許しいただきたい。

　私のアパートは横浜の馬車道に面している。私と石岡君がこの部屋の住人である。同居人、石岡和己は事件を介して知り合った友人だ。元はイラストレーターだったが、私の扱った事件に関する記述をし、今は小説家先生になっている。彼の書く本は推理小説と称されているが、私は私小説だと思っている。書いてあることは起こった事件を彼の視点のみで表現しているのであり、客観性に乏しい。英国の探偵シャーロック・ホームズ氏の事件記述をしたワトソン博士と良い勝負である。私の狂態ばかり強調して書いているが、私の日常は至って平穏である。石岡君が一人でパニックに陥っているだけなのだ。

　先日我々はスコットランドに事件の調査をしに行ったのだが、その間中彼は三十を過ぎた男とは思えないほどに取り乱していた。いや、スコットランド滞在時のみならず「暗闇坂の人喰いの木」事件の始終、平常心を失っていた。理由は単純で珍しく女性に縁があったためだろう。

　そもそも彼は女性に関すること鈍感の一言につきる。私も女性心理に精通している方ではないが、女性を前にして舞い上がるほどバカではない。彼の場合かつてあれほどの悲惨な事件に巻き込まれていながら未だ女性に対する幻想を失っていない。純粋と言えば純粋なのだが、友人としては気が気でない。思うに彼の場合、自分に対する自信が喪失しているのだ。彼は一般的に見ても決して外見的及び、内面的にも劣った人間ではない。痩せて、色白ではあるが芸術家風の容貌に弱い女性も多かろう。森真理子さんは石岡君の写真を見ただけで、電話をかけてきたのだから女性の目から見ても十分魅力的なはずだ。

そして松崎レオナに会ったときの彼の間の抜けようと云ったら筆舌に尽くしがたい。今思い出しても同じ男として不甲斐ない。彼はよく私を常識のない人間のように書いているが、彼のように頭のてっぺんからつま先に至るまでじろじろと見る方がずっと女性に対して不躾で失礼に値しないだろうか。そのくせ話すとなるとしどろもどろだ。

スコットランド紀行がいかに奇行に満ちていたかは彼にも多少自覚があるようで、あまり非難じみたことを云うのは憚られる。それでなくとも彼はナイーヴな青年である。年齢的に依存はあろうが彼の場合よく言えば若々しく瑞々しい。悪く云えばエゴ・ディフュージョンの典型なのだろう。しかし彼も私のことを好き勝手に書いているのだ。多少のことは許してくれよう。

彼は英語が苦手らしいが出会った頃記憶をなくしていてもビートルズの歌は英語で歌うことができた。決して英語が嫌いだった訳ではないのだろう。その証拠に仕事の資料は英語だろうと関係なく買い揃えている。尤も見ているのは文章ではなくイラストや写真のようだが。なのにいつの間にか入国手続きの英語まで喋れなくなっていた。石岡君は入国手続きに時間を要したが、多分あの時管理官に聞かれたことは滞在日数とか宿泊先なのだろう。英国では、まずないだろうが、お喋りな管理官なら若くみえるだのと話しかけていたのかもしれない。兎に角、明らかに東洋人の石岡君に向かって中学英単語以上のものは使わないだろう。よく聴けば解ったはずだが、ここでもう平常心を失っていたことがわかる。私は切実にこの旅の間中、石岡君の面倒を見なければと思ったものだ。

先ほども云ったが彼の感性は十代の女の子もかくやと言うほど瑞々しい。事件のことよりも石岡君の反応の方が余程面白かった。もといい、感動的でさえあった。車窓からの風景はそれは素晴らしいものだが、彼はそれを素直に表情に出す。何をしても、何を見ても彼の目に映る世界は美しく詩情に満ちていた。決してこの世の中は美しくない。美しさの裏には醜さが同じ分だけある。石岡君はそれを嫌と云うほど体験したはずなのに、やはり美しいものは美しいままだった。そして彼の目に映る世界が美しいものであってほしいと私は願わずにはいられない。

しかし現実は現実である。世の中に身の丈五メートルの人間などいる訳がない。狂っていようが人が行動を起こすには必ず理由がある。特にあの家がジェームズ・ペインの建てたものならなおさらだ。しかし石岡君は巨人説と狂人説の中間を取り、以降の事件展開を正確に把握することができなかった。何かしらロマンティックな事件背景を想像し「木が人を喰う」と本当に人を喰った想像を巡らすのである。当初から私が木に触れるだけでヒステリーを起こしていたが、帰国した後は木が喋りかけているだの訳のわからないことを言い出した。初めは面白がっていたが、このままでは石岡君が別の世界への扉を開けかねないと判断したため私は事件からの一刻も早い離脱を計るにいたったった。

この通り我が愛すべき友人石岡和己君は本人が書いているほど人畜無害な一般人ではない。私にとって石岡君こそが謎の固まりである。この世のカオスとしか云いようがない。突拍子もなく女性に見とれ精神をかき乱し、理論的に話をしていても全く違う方向へ話が進んでゆく。どんな反応を見せるのか想像に難くない面もあるが、時として予想もつかない反応を見せる。何故笑うのか、何故怒るのか私にも全く解らないときがある。

石岡君だけは解らない。彼は永遠の謎であろう。

私はあらゆる謎に虚しく挑み続けなくてはいけないようだ。ドン・キホーテの如くである。しかしドン・キホーテは自らを虚しいと思っていただろうか。

解けないから挑み、また謎はいつまでも謎のままでいてほしいと願う。全ての謎は簡単に解けるものかもしれない。ただ、単純ではない。神は老獪だが悪意はないとアインシュタインはいった。説いてしまえば案外簡単きわまりないのがこの世のパズルだ。アブラカタブラと唱えれば一瞬にして真実にたどり着くかもしれないが、私は未だその呪文を知らない。

人の心に巣くう暗闇の深さを、罪を犯しゆく暗黒を私は愛する。闇は永遠の謎だからだ。そして、その闇を私は怖れない。

今、取り敢えず私が怖れるのは、テレビに熱中している石岡君が夕飯をつくりそびれないかと云うことである。どうしたらあのアイドル歌手に熱中できるのか、それが謎である。

おしまい

ダージリンの午後

ある午後における、御手洗潔と石岡和己の会話。

御手洗：石岡君、紅茶が飲みたくないかね。

石岡：自分で入れてくれ。僕は読書中だ。

御手洗：読書するとき一杯の紅茶があると、実にはかどると思うが。

石岡：……素直に紅茶入れて下さい、と言ったらどうだい。全く君はひねくれてるなぁ。

御手洗：ところで君は何を読んでいるんだい。

石岡：見るなよ。

御手洗：官能小説か。

石岡：どうせ君は馬鹿にするよ。

御手洗：はっはっは。『マディソン郡の橋』とはね、やっぱり官能小説だ。

石岡：違うよ、純愛小説さ。君は読んだこともないのにそうやって直ぐ馬鹿にする。悪い癖だ、改めてくれ。

御手洗：それは悪かった。しかし映画は見たぞ。クリント・イーストウッドとメリル・ストリープ。

石岡：いつ見たんだ。僕は知らない。

御手洗：日本に帰ってくる時、飛行機の中でやっていたじゃないか。まわりの女性はみんなハンカチ持って実におかしかった。

石岡：何で見逃したんだろうか。そうだ、あの時ＪＡＬが取れなかったんだ。英語放送だけだったからなぁ。

御手洗：あんな話に涙できるとは、世の中簡単なものだね。僕は『ベニスの商人』の方が余程泣けるよ。『ハチ公物語』はなお素晴らしい。

石岡：『ハチ公物語』はラブロマンスじゃない。

君は愛だの恋だのいうと鼻で笑うけど、この話は素晴らしいぞ。四十を過ぎても十分ロマンスがあることに気づかせてくれる。大人の恋愛だね。僕は久しぶりに心が高鳴ったよ。僕もマディソン郡へいってみようかな。人妻との不倫でも良い。僕は元イラストレーターだ。絵は得意なんだ。カメラのかわりにスケッチブックを持って行こうかな。

御手洗：それで、私モデルじゃないからーと遠慮を見せつつ、づかづかとカメラの前にやってくる女性に会うわけか。そもそも出会ったばかりの男に風呂場をかす女がいるかな。余程の欲求不満なんだろうね。スケッチブックなんて小道具がなくても十分さ。

石岡：よく覚えているなぁ。否、田舎の女性は慎ましやかさ。その証拠にイェーツの詩を暗唱してたりして、秘めたものを感じさせる。

御手洗：別に詩を暗唱したからといって慎ましやかとは限らない。僕はイェーツのイニスフリーが好きだ。I will arise and go now, and go to Innisfree……。

石岡：君みたいな人嫌いにはちょうどよい詩だと思うよ。君は一目惚れを信じないのか。二人は一目で恋をしたんだ。だから風呂場だって貸したんだよ。僕は信じるね。出会って直ぐに運命を感じることはあるはずさ。君だってもとは星占い師じゃないか。星に導かれるようにして出会う場合もあるんだろう。

御手洗：えらくロマンティックな表現だな。言ってて恥ずかしくないか。

石岡：良子と出遭ったとき、一目惚れをしたね。なんて可愛い子だろうと思った。この子となら生きて行けそうだと思った。記憶をなくしていたんだから、あれもまた初恋だったんだろう。君にはこの気持ちわかんないだろうね。
御手洗：別に解らないとはいっていない。
石岡：心理学や脳医学ならまっぴらさ。こんなものまで分析されたり、化学反応に還元してほしくない。
御手洗：一目惚れというのは存在するよ。理屈じゃない。
石岡：ほう、それはアプリオリかね。
御手洗：さぁね。
石岡：聴きたい。是非聴きたい。
御手洗：喋ったら、紅茶を入れてくれるかい？石岡君。
石岡：いいとも。按摩でもなんでもしてやろうじゃないか。
御手洗：では質問に答えよう。帰納法による結論だね、イギリス式とでも言おうか。
石岡：やっぱり一目見て運命を感じたのか。
御手洗：あぁ、出遭った瞬間すぐに息苦しくなった。何故こんな人がいるのだろうと思ったよ。
石岡：その人とおつき合いできたのか。
御手洗：毎日のように会っていた。
石岡：会って、どうしたんだい。
御手洗：別に。コーヒー飲んだり、音楽の話したり。
石岡：君はギターが巧いから聴かせたりして。
御手洗：まぁ、褒めてくれたな。歌も歌ったし。
石岡：完璧じゃないか。それで、恋人になったのか。
御手洗：向こうにはすでに恋人がいた。
石岡：同情するよ。でもそんなことで諦める君だとは思わないが。
御手洗：二人を温かく見守ったよ。しかし悪い相手に引っかかっていて、気が気じゃなかった。
石岡：馬鹿な女だ。けれどそういう人ほど可愛いもんさ、よく解るよ。
御手洗：まったくね。大いに同調させてもらうよ。
石岡：それで彼女をどうした？
御手洗：その人は騙されていることに気づいていなかったが、僕にはいずれ破局が訪れ、傷つくことは解っていた。でも、僕には云えなかった。それがとても苦しくて、今思い出すだけでもこの身が引き裂かれそうだ。
石岡：君はなんて良い奴なんだ。それで彼女を救えたのか？
御手洗：救えたのか救えなかったのか、今でも解らない。でも僕の人生を大きく変えたのは確かだね。
石岡：君がそんなに熱愛する人に会ってみたい。やっぱり美人なのか？
御手洗：容姿は関係ないだろう。
石岡：でも、可愛いとか思っただろう？
御手洗：否、可愛いとか思わなかったが。そうだな、清潔な人だと思った。
石岡：清楚な美女か。白がよく似合うよな。
御手洗：あぁ、よく似合っていた。白い服をよく着ていたし。
石岡：髪は長くて。
御手洗：長いといえば、長いかな。
石岡：華奢な。
御手洗：痩せていたな、この辺が薄くて。
石岡：割と変なところ見てるんだな、君も。でもだいたい解ってきたぞ。頼りない風情の美少女なんだ。彼女は君のこと、どう思っていたんだろう。
御手洗：さぁ、尊敬しているといわれたな。何をするにも僕を見ていたし。
石岡：両想いじゃないのか。
御手洗：そうだったのかもしれない。

石岡：恋なんてそんなものだよ。出会ったときには、ほかの誰かのものかもしれない。でもそんな人に出遭ってしまったら、他の人は目に入らない。その切なさ故に人は愛を知るのさ。
御手洗：詩人だね。さて、話すことは話した。話したら喉が渇いたよ。約束の紅茶を入れてくれないか、石岡君。
石岡：まてよ、肝心の結末を知りたい。君は彼女を悪い奴から救えたのか？
御手洗：概念的にとらえたらね。
石岡：それで君とは。
御手洗：……いい関係だ。
石岡：何で僕に教えてくれないんだ。君にとって大事な人なら僕も友人として知っておきたい。
御手洗：もういい加減紅茶を入れてはもらえないかな、石岡君。
石岡：今度会わせてくれるかい。
御手洗：直ぐにでも。本当に直ぐにあえるよ。
石岡：その言葉、記憶したからね。忘れないからね。約束だよ。
御手洗：あぁ。
石岡：絶対だよ！

後日：
　私は松崎レオナ嬢にせがまれて、御手洗の過去の恋愛について話した。彼女にとって御手洗を諦める良い区切りになると思ったからだ。彼女のように魅力的な女性が、あんな変人を待っているのはどうかと思う。あのとき御手洗は、結局約束を守らなかった。そういう男なのだ。それに、あの話は案外嘘かもしれない。それらしい女性はその後現れることはなかったからだ。
　レオナは私の話を聞き終わると、ショックのためか私の頬を殴った。その痛みは彼女の心の痛みだった。少し経つと、彼女は冷静さを取り戻し、私に謝った。そして石岡さんは幸せね、と言った。頭の悪い私は、今もってその言葉の意味が分からない。

おしまい

第二章　7

御手洗潔の『暗号』つき女子寮殺人事件

和泉久生

吉野亜由美　一〇一
松崎智子　一〇二
伊藤彩　一〇四
小沢知佳　一〇五　外泊中
菅沼希緒　一〇六　外泊中
越本玲　一〇八
梅村かよの　一一〇
中尾貴美枝　一一一　寮監
多田好美　二〇一
香西果奈　二〇二
谷口小百合　二〇四
金石千帆　二〇五
小倉真奈　二〇六
西田真由　二〇八
片山佳穂　二一二　寮長

《セリトス女子大 女子寮見取り図》

1階

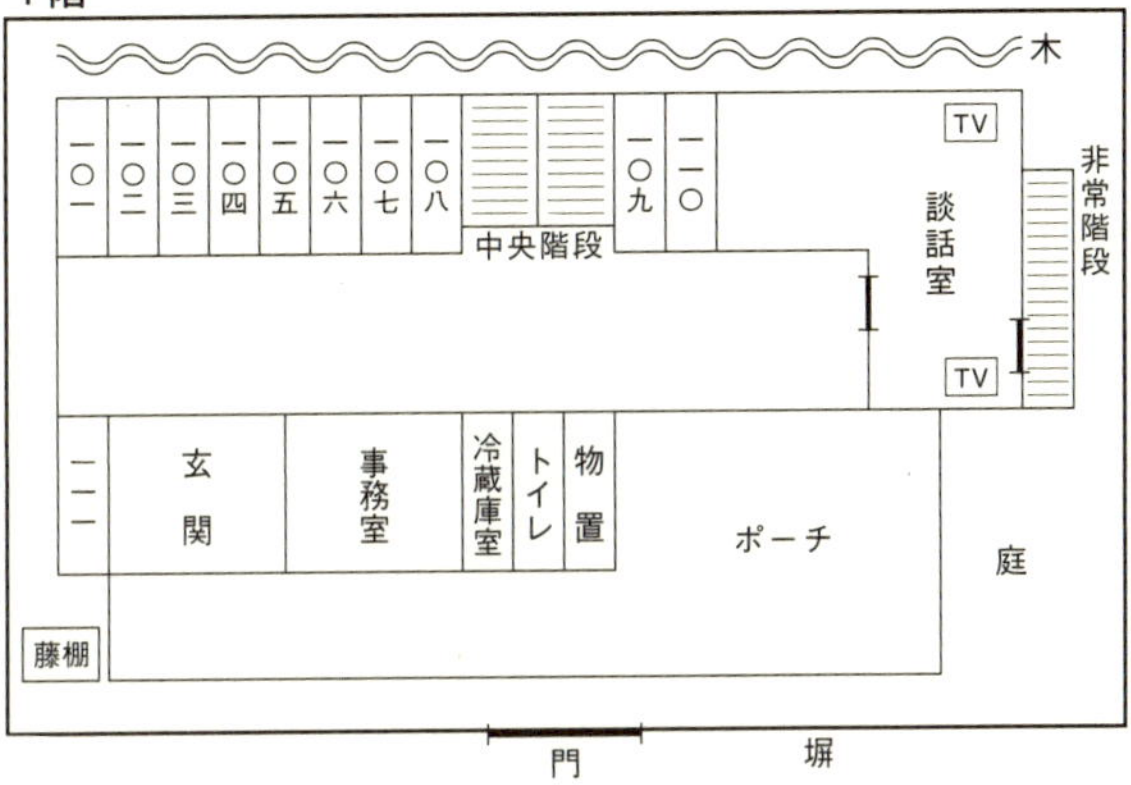

2階

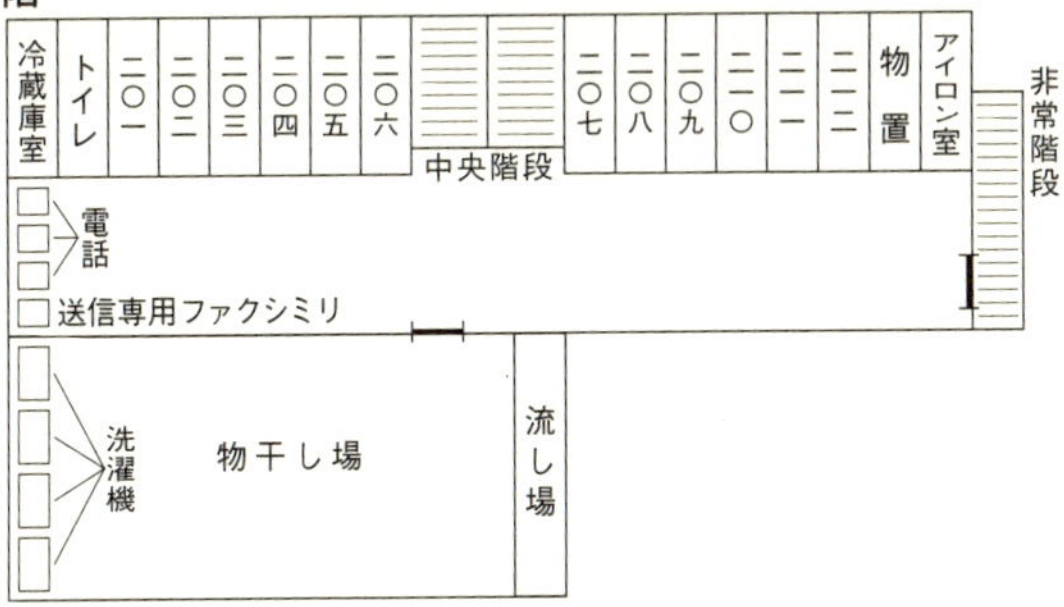

里美の手記　1

数日前多田好美さんが死体で見つかったとき、私はそれを最初に見た中の一人だった。

普通に生活していれば、死体なんかめったに見ることはないだろうし（機会があったとしても私は遠慮するだろうけど）、もし身近な誰かが殺されたとしたら……、自分が発見者だったら、そのとき落ち着いて行動できる人がいったい何人いるんだろう。

犯人はまだ解らない。あのとき、彼女を殺した誰か、それは私たちの中いる、に、私はだまされたのに違いない。それが悔しくて、誰が私たちをだましたのか、どうやってだましたのかを考えることにして、この文章を書いている。あの時のことを思い出しながら、できる限り正確に書くつもりだ。

あの事件……多田さんが殺されたのは夏休みの終わり……、秋とはいえまだ暑い九月二十日……、正確には九月二十一日早朝……のことだった。

日本中のだいたいの女子大には、学生寮というものがついている。大学に行くのは、当然ながら高校とは較べものにならないくらいのお金がかかる。娘の生活費だって、親にしたら安い方がいいに決まっているし、それにやっぱり手もとから離して一人暮らしをさせるのは心配なんだろう。安全面や経済的な面から、娘を寮に入れたがる親は多い。だからうちの女子大にも、その建物は存在する。

九月二十日土曜日。後期からの寮生入寮日を二日後に控え、前期退寮や帰省、その他の事情でがらがらに空いた学生寮で、その事件は起こった。

女子寮暮らしをしていない私が、なぜその寮にいたのかというと、理由は簡単、寮の友人の部屋に泊まっていたからだ。ある授業で知り合った上級生智子さんで、教室の隣り同士にすわって話したのが、そもそものきっかけだ。智子さんは、御手洗さんの登場する本はひと通り読んでいて、それで話をするようになった。寮に住む彼女の部屋を訪ねるうち、寮内の人たちとも仲よくなり、それで私は、寮監さんにばれないように、智子さんの部屋に泊まりにいくようになった。

あれは異常なほどに天気がよい秋の日で、少し暑かった。授業が終わって、私は寮の智子さんの部屋を訪ねた。事務当番の谷口さんに挨拶し、階段の前を通りかかった時だった。きげんの悪そうな伊藤さんにぱったり出会った。

「今晩はー」

私が言うと、

「……今晩は」

伊藤さんは無愛想に応え、それ以上話す気が起きないらしく、さっさと玄関のほうに行ってしまった。何かあったんだろうか、と私は考えた。

そのとき思ったことは、多田さんがまた何か伊藤さんに言ったのかもしれないということだった。多田さんは思い込みの激しい人で、少し前、智子さんの友人の吉野さんと多田さんとの間に、何々君をとったのとられたのというような話があったらしい。多田さん方面ではまだ問題は解決していないらしくて、伊藤さんは時々多田さんの相談を受けているみたいだった。当事者の一人である吉野さんはといえば、もうそんな話は忘れたようにけろっとしている。

智子さんの部屋、一〇二号室に入って話をしていると、十時の点呼十分前の放送と、取り継ぎ電話の放送が聞こえた。

「ごめん犬坊さん、ちょっと聞きとりにくいから、そこの戸、開けてくれない?」

智子さんが言い、

「はーい」

と私が応え、戸を開けて廊下に首を出したとき、点呼ぎりぎりに帰ってきたらしい多田さんの姿を見た。中央階段を上がっていく後ろ姿だった。それが、生きている彼女の姿を見た最後だった。

私たちのいる智子さんの部屋に、吉野さんがやってきたのは消灯時間の十一時を過ぎてすぐのことだった。彼女が智子さんを訪ねてくるのはそう珍しいことではないらしい。同じクラスの智子さんと吉野さんは、レポートを片づけるため、ここ数日は毎日のようにどちらかがお互いの部屋を訪ねていたようだ。部屋の中には小倉さんもいて、私たちは四人分のお茶の用意をしているところだった。

このとき、吉野さんの様子がとてもおかしかった。

「あ、いらっしゃい」

智子さんがいった。

「…………」

「おじゃましてまーす」

私も言った。

「…………」

誰が何を言っても吉野さんは黙ったままなので、よほど眠いのかと私が思っていると、彼女は震える声でひと言、

「……どうしよう」

と言った。

「何……? 提出日まではまだあるけど? ほら、期限も延ばしたって言ってたでしょう」

レポートのことだと思って、智子さんが言う。

「多田さんが……、死んだ……」

吉野さんはいきなり言った。

「えっ？」

「……私、どうしよう……、多田さん死んで……、いえ殺されて。いえ違う、私が殺したのよ……。ねえ、どうしよう智子、どうしたらいい？私」

「何？　何のことなの？」

智子さんは言う。

「とにかく落ち着いてよ、吉野、しっかり」

最初は何のことか解からなかった私たちだが、彼女の様子も言うことも、あんまりおかしいので、とりあえず人目を気にして彼女を部屋の内にひっぱり込み、戸を閉めておいて話した。

「多田さんが……、たぶんあの男の人とうまく行かなかったんだろうね……、私に確かめたいことがあるって言ったから、呼ばれて二一〇号に行って、多田さんと話してて……」

あの夜、隣りの部屋の香西さんのラジカセの音がうるさいと言って、多田さんは点呼のあと、寮長の片山さんに鍵を借りて、空き部屋になっている二一〇号室で一人過ごしていた。こういうことはこれまでもよくあったらしく、吉野さんが呼ばれていったのも、その二一〇号室だった。

「あの人とは全然話もしてないって、そう私が言っても多田さん信じてくれなくて、それから私……」

泣きだしてしまって、もう声にならない。混乱して話す吉野さんに、智子さんはこう言った。

「とにかく落ち着いて話して。死んでるとは限らないから、吉野！」

二一〇号室に来た吉野さんを、多田さんはあれこれと、思いつく限りの言葉で問い詰めたらしい。ほぼ一方的な口論のあげく、たぶんはずみなのだろう、食器棚から出ていた包丁で、吉野さんはあやうく多田さんに斬りつけられそうになった。

「部屋の構造は全部同じでしょうこの寮。あそこ空き部屋だから、もともとある家具は机と椅子、本棚と食器棚……、全部ここにあるのと同じよね……、だから私……、この本棚から落ちた懐中電灯を、こう取って……」

吉野さんは立ちあがり、智子さんの部屋を使って具体的に説明した。それによると、とっさに振り廻した非常用の懐中電灯が、多田さんの頭にまともに命中したのだという。この懐中電灯は、かなり重いものだ。使い方によっては凶器にもなる。

「多田さん……、部屋の真ん中……、そのあたりにうつぶせに倒れて、懐中電灯に血がついていて、倒れて……、そのまま動かなくなって……」

「ほかには？　部屋にあったもの」

智子さんが訊く。

「倒れた多田さんのほか、さっき言った家具のほかには、部屋の隅にたたんで置いてあった毛布だけ。眠くなったときのためじゃないかな、押入に入ってなかった」

「行ってみようとにかく。多田さん、もし生きてたら何言われるか解かったもんじゃないけど……、でもそれなら、死んでるよりはましだろうし、正気に戻ってたらいうことはなしってことで、ほら早く！」

無責任なことを言う小倉さんに続いて、蒼い顔の吉野さんと私たちは、ほかの部屋のみんなに気づかれないよう静かに階段を駈けのぼり、二一〇号室まで足音を殺して走った。

最初に戸を開けたのは、小倉さんだった。

「見て……」

彼女は言った。そこには、多田さん――のようなものがあった。

膨らんだ塊。返り血を防ぐためなのだろうか、毛布をかぶせた上から刺したらしい。毛布から包丁の柄だけが見えていた。刃の部分は全然見えず、だからほとんど刺し込まれていたのだと思う。毛布からはみ出した多田さんの頭、髪の塊。たぶんうつぶせている死体。

死に顔を見ないですんだ私たちは幸運だった。戸口のところに立っただけで、部屋の中には入らなかったからだ。私はちらりと見ただけだけれど、とても生きた人間の体には見えなかった。

開いた窓の外、右側でかすかに風鈴が鳴った。その音で目の前の光景が現実感を増して、私はとたんにひどく嫌な気分になった。

「死んでる……、でもどうして？　私、殴っただけなのに、どうして刺されてるの？」

吉野さんが驚いて言い、

「小倉……、とにかく寮監さんに連絡して、それから警察」

智子さんが言う。

「みんな触らないで……、中に入らない方がいい。警察が来るまでこのままそっとしておこうよ。私が電話してくる。三人とも智子さんの部屋にいて。寮監さんを……、みんなが起きて大騒ぎにならないようにそっとドア閉めて、早く！」

小倉さんがささやく声で言って、電話をかけにいった。電話は、二階の廊下の突きあたりにある。

一階に降りるため、私たちはとっさに近くの非常階段を使おうとしたのだが、一階の内側から鍵を開けてもらうのはまずいので中止にし、中央階段を使うことにした。その階段の中途の踊り場

で、

「待って！」

先頭にいた私の腕を、吉野さんがぐいと引いた。振り返ると、彼女の顔は蒼白だった。

「今連絡したら、いろいろと困ったことになると思う！　私が多田さんと揉めてたこと、私たち仲悪かったの、みんな知ってるし、私きっと、すごく疑われる！　私が多田さんを殴ったことも、もし殺してなくても、あんなにひどい怪我させて。私もうここにいられなくなる！　休学、退学とかになるかもしれない！　明日は日曜だから、朝の点呼もないでしょう？　だからお願い、寮監さんに報らせるのはもう少し後にして！」

パニックになった吉野さんは、急にめちゃくちゃなことを言いだした。

「吉野さん、落ちついて。明日警察が来なくても……、あさってになったらどうせばれますよ。報らせるの後にしたところで、事態は何も変わりません。吉野さん、あの人刺されてたでしょう？」

私は言った。

「あなたに殴られたときは、ただ気を失ってただけかもしれないし……、どう考えたって刺した人が殺した人でしょう？　吉野が殴った時点で死んでたら、もう刺さないじゃない？　殴ったのは事実なんだから、警察にはそう言いなよ……。あのね、だいたい今はそんなこと言ってる場合じゃないの。わけの解らないこと言わないで！　人が死んでるのよ！　警察呼ばなくてどうするの。小倉はもう電話してるから、落ち着いて！」

智子さんが言う。三人でなだめているうち、吉野さんはまた泣きだすし、苦労した。小倉さんがもう通報したという言葉で、結局彼女はあきらめかけたのだが、

「……静かにして、みんなが起きたら大騒ぎにな

るよ」

階段の上から小倉さんが身を乗りだし、私たちに向かって言っている。

「て言うかほら、実際寝てる人の方が少ないよ。騒ぎ大きくしたらとんでもないことになる」

「どうせ起きますよ。だって電話したんでしょう？　もう警察が来るんですから」

私は言った。

「そっちが騒いでるみたいだから、ちょっと戻ってきたの、だからまだ。電話しようと思ったんだけど……、吉野がちょっと頭にきてるしね。なんだったら電話しないでおこうか、もう少し」

「何言ってるの⁉」

智子さんが、声を殺したまま怒りだした。

「ここの施錠は完璧なんだから、センサーがあるもの。大丈夫、犯人は逃げられやしないって」

小倉さんが言い、

「そういう問題じゃないよ！　いい加減にしてよ二人とも！　何考えてんのよ⁉」

智子さんが言った。通報しないで戻ってきた小倉さんのせいで、またひと騒ぎになってしまった。

「とにかく智子さんの部屋に戻ろう、それから考えよう」

小倉さんが言って、一階の一〇二号室に戻り、みんなしばらく話し合い、ようやくまた小倉さんが立って警察に電話しにいった。これが十二時十五分。パトカーが来たのは十二時半のことだった。

まるで夢の中みたいだ、そう思いながら私は、ぼんやり廊下に立ち、白い布をかけられて運ばれていく多田さんの体を見ていた。それから部屋に寄っていって中を覗くと、白い人の形がテープで作られていて、床の血のしみも、さっき見た通りだった。ああやはりあれは夢ではなかったんだ、と私はぼんやり考えた。窓の左側から、かすかに風鈴の音がしていた。

馬車道　1

「どうせ警察が解決するだろう問題を、どうしてぼくが解かなくちゃならないんだ？」

里美が警察の事情聴取から解放され、私たちに事件のことを報らせにきた九月二十四日、彼女が書いた日記ふうの記録を途中まで読んで、御手洗はそう言った。

「また大きな問題が、新たに出てきたんです。警察もまだ知らなくて。最近解ったんですけど、殺人事件の後、多田さんが、寮内の誰かの秘密を握っていたらしいって解って……」

里美が言い、

「誰の？」

私が訊いた。

「それが解からないんですー。だからこうして私、訊いてるんですよ」

どうやら間抜けな質問を、私はしたらしい。少しの沈黙があった。

「寮内で、何度か盗難事件があったんですって。最近では貯金通帳まで盗まれたとか。こうなるともう立派な犯罪ですよねー。多田さんは、その犯人が誰だか知ってて、ずっと自首するように説得してたみたいなんです。

多田さんがこの一年の間ずっと日記をつけていたことは、何人もの人が知っていたのに、彼女の遺品の中には日記はなかったそうなんです。だから犯人は、この日記を盗るために多田さんを殺したのかもしれないって……。

多田さんっていう人は、日記に何もかも貼りつける癖があったらしくて……、ほら、小学生がよく絵日記に遊園地のチケットとかを貼りつけるみたいに、写真のネガや、映画のチケットを貼りつけてて、その中に犯人を映したネガがあったっていう話なんです。噂を聞きつけた寮監さんが、日記を預かる話を持ちだして、そしたら彼女、サロメに預けてあるのって、そう言ったんですって」

「サロメ？」

私が言った。

「それ誰？」

「解りません」

「その人が多田さんを殺したかどうかは解からなくても、このサロメは、動機のある人を特定はできるわけだね。まあでも、ほかの誰かに、それ以外の動機がある場合もあるけれど」

「サロメって何のことなんでしょう？　いくら考えても思いあたるものも、人もいないんです。演劇部も、ここ三年間サロメなんてやっていないし」

里美は言う。

最初面倒そうにしていたが、御手洗は、手渡された里美の手記の続きを読むことにしたらしい。

里美の手記　2

「私、多田さんに本貸したままだったのになー」

思い出したように、智子さんが言った。

「何の本？」

私が訊いた。

「『アトポス』。私の一番好きな本。最近御手洗もの読むようになったらしいから、よく貸してたの。その前にもピラミッドと暗闇坂、貸してたしー」

「へえ、多田さんも読んでたんですね」

吉野さんも小倉さんも、もちろん私もだ……。だから寮内の人間が全員疑われたことは言うまでもない。そして、それぞれが主張したアリバイは、どれも一見完全なものだった。この寮の門限は午後十時。各部屋の住人が、廊下に出て点呼を受けるのが十時十分。事件当日も何も変わったことはなく、点呼はいつも通りに終わった。つまり、寮に残っているはずの者は、全員寮にいたのだ。

私が智子さんの部屋にいたことを除けば。小倉さんも言っていた通り、この寮は誰か部外者が玄関以外の場所、たとえば建物をぐるりと取り囲む塀を乗り越えて侵入しようとすると、とたんにセンサーにひっかかってブザーが鳴り響く。部外者の侵入は、だからむずかしいと考えていいと思う。外部犯の可能性が絶対ないとは言いきれないけれど、やはり内部の者だ。もしこの寮に住む誰かが多田さんを殺したということになるなら……、寮生の内の誰かなら……。

多田さんを殴ってから吉野さんが智子さんの部屋に来て……、小倉さんと四人が二一〇号室に行った時、多田さんはすでに完全な死体だった。死んでいなかったから刺したのか、死にかけたところにとどめを刺したのかは解らないけれど……、彼女を殺したのはやはり吉野さんではなく、誰か真犯人だろう。死体にわざわざ包丁で刺す必要はないのだし、死んでいたならそのまま吉野さんのせいにすればすむことだ。

部屋のドアは開いていて、鍵は机の上にあったらしい。

あの夜、寮にいた学生たちの証言。

伊藤――越本さんが、十時二十五分から部屋に泊まりにきて、夜中の二時に眠るまで、二人で話していました。その間何度か、私の部屋の前を通りすぎる足音と、話し声を聞いた気がします。たぶん小倉さんたちでしょう。

多田さんに鍵を貸したのは私です。鍵？　鍵は部屋の外側からしかかけられないもので、二階は全部の部屋が、同じ鍵で開け閉めできます。それで鍵は結局、死体のそばにあったんですね。

梅村――十一時十分くらいに、アイロンに行こうと思って談話室を通り、二階入口に鍵がかかっていたので諦めて……、そのまま十二時すぎまで談話室でテレビを観て、部屋に戻りました。

片山――寮長の仕事のことで……、新入寮生のことだとか、そういうことについて、十時二十分よりも前……か、点呼が終わってすぐに寮監さんのところに行って、そこで十二時すぎまで相談していました。

金石――疲れていたので、点呼後すぐに寝ましたが……、十一時十分頃、実家から携帯に電話がかかってきて目が醒め、それから三十二分まで話していました。着信記録もあるし、隣の谷口さんから一度話し声について苦情をもらいましたから、証明されると思います。

香西――言いにくいことなんですけど……、消灯後こっそり談話室に行って、麻由ちゃん……西田さんとテレビを観てました。途中で梅ちゃん……、梅村さんがアイロンとか言って通り、二階に鍵がかかっていたと言って、降りてきました。中央階段使いなよって言ったら、もう明日にするからって。それから三人で、十二時すぎまでずっとテレビを観てました。

越本――点呼後すぐ、伊藤さんのところに泊まりにいきました。明日は朝点呼もないし。午前二時までは話してたと思います。助かった、なんて言ったら怒られるかも……。

谷口――点呼前から読んでいた本があって、点呼後も続きを読んでいました。隣の金石さんの話し声が気になって、注意した憶えがあります。

西田――香西さんと談話室でテレビを……。十一時からの一時間ものなんです。もし誰かが非常階段を使っていても……。そんなことがあれば私たちのうちの誰かが気づいたはずです。談話室を横ぎって、内側から鍵をかけなければ使えないんですから。梅ちゃんも、鍵のせいで降りてきましたし。

中尾（寮監）――二日後に来る新入寮生のことで片山さんに来てもらって、細かい打ち合わせをしていました。点呼の後……、十二時ごろまで。

私と小倉さんは、点呼の前からずっと同じ一〇二号室にいた。智子さんはしばらく出ていたけど、十時の点呼後、すぐに戻ってきた。十一時をすぎてすぐに吉野さんが来て、事情を聞いてから四人で見にいった空き部屋で、死体を発見。

一方、吉野さんが多田さんに呼ばれて空き部屋に行ったのは十一時二十分だそうで、それから多田さんを殴り、私たちの一〇二号に十一時すぎに来て、それから死体発見まで一緒にいた。一〇七号の菅沼さんと、一〇六号の小沢さんは外泊中、部屋には鍵がかかっている。個人の荷物も、もちろん残してあったらしい。

一階の鍵については寮監の中尾さんが保管していて、二階と同じく、一階ならどの部屋もこれで開け閉めができる。非常階段へのドアは、内側からだけしか開け閉めできない。だから、私には誰のアリバイも完璧に思えた。

馬車道　2

「犯人は吉野さんじゃないか。そう思うんです、私ー」

　里美が言った。

「どうして？」

　私は訊いた。

「誰のアリバイも崩せませんし、だから……。もしかして、犯行時間を間違えていたのかもしれない、そう考えたんです。実際の犯行時間は、私たちが考えていたよりももっと前だったとしたら。十一時に多田さんを殴ったうえで、どこにも指紋が付かないように注意して刺し、それから私たちのいる部屋に来て、多田さんを殴ってしまったと嘘をつく。そして私たちを空き部屋に向かわせて、別人によって彼女が殺されたように思わせるんです」

「ストップ、それまで！」

　御手洗が制した。

「君は吉野さんの犯行だと考えたわけだ」

「ええ」

「じゃあこれを考えてみて。どうして彼女は、そんなふうに手の込んだことをする必要があったんだ？」

　御手洗が問う。

「それは、部屋から指紋が出た時のためじゃないですか？　それに……、当然殺すより殴っただけの方が罪は軽いもの。正当防衛も成り立ちますし……。これじゃ駄目なんですか？」

「全然駄目だね。石岡君、君は？」

「今の仮説に何か問題が？」

　まったく問題のない推理のように、私には思われた。

「いいかい二人とも。どうしてそんなに手の込んだことを、とぼくは今言ったんだ。どうせなら最初から別人の犯行に見せかければいいのに。吉野さんは多田さんを訪ね、里美ちゃんが今言ったやりかたで……、いや、刺すだけで殺してもいい、とにかく殺した。部屋に呼ばれた、だから行った、それから智子さんの部屋に来た、気になるからもう一度訪ねたい、心配だからみんな一緒に来て欲しい、そう言って証人たちを誘う、そしてみんなで死体を発見。そのほうが彼女にしても安全じゃないか？　それに里美ちゃん、凶器以外のどこかから指紋が出たとしても、最初部屋に呼ばれたときのものだと言いはればすむことじゃないか」

「確かに」

納得した私たちに、御手洗は続ける。

「じゃあ真犯人は誰だろう？　この手記の文章の中で、キーワードはたったの一文字。簡単すぎてつまらないくらいだった。里美ちゃん、これ念のために訊くけど、寮内に演劇部の人は？」

「それは二〇五号の金石さん。演劇部で、脚本も書いてるんです」

「ふうん」

「面白いんですあの人。脚本書く時、どこかの演劇漫画みたいに、登場人物になりきって書くんですよ」

「じゃあ今は何になりきってるの？」

「日曜夜の掃除を一人でやって、毎晩焼却炉の灰の中で眠ってるみたい。その前は、夜中に非常階段のベランダで、モンタギュウ家とキャピレット家がどうのこうのってやってた」

この種の変人は、どうやら世の中にいるらしい。

「その前は？」

変人同士興味があるのか、御手洗は尋ねた。

「その前のはまだまともなほうです、セリフを口走ってただけだから。あれです、『ヘレン、これが水よ！』。それが彼女が最初に書いた脚本で、今演劇部が練習している劇」

「ああ、それなら簡単だ！」

御手洗は言った。

「何が？」

私は尋ねた。

「サロメの正体さ！」

「それだけで解ったのか？　演劇部では、少なくともここ三年はサロメをやっていないのに？　この手記にも、どこを見てもサロメについては書かれていないっていうのに。それだけで金石さんがサロメだって？」

私は言った。

「金石さんじゃないってことが解ったんだ。アトポスで、サロメ役を手に入れたのは誰だった？」

御手洗は訊く。ごく簡単な練習問題だ。

「松崎、レオナ……さん」

里美が応える。

「それが日記とどういう関係があるんだ？」

私は訊いた。

「《このパロディ小説全体》がヒントになっているんだよ。この小説全体が『暗号』なんだ。人物一覧に一度しか出てこない『智子さん』の苗字は？」

「松崎……あ、松崎智子！」

里美は言う。

「たったそれだけで？　簡単すぎるよ！　それで松崎さんが多田さんの日記を持っていると考えるのはどうかと思う。ただの苗字の一致だけかもしれないのに」

私は言った。

「文句は多田さんに言ってくれよ。彼女が苗字からの連想で、松崎智子さんをサロメと呼んだんだ」

「そうか、アトポスか……」

私は言った。

「じゃ次に、真犯人の解答編と行こうか」

御手洗は語りはじめる。

「手記の文章の一部を抜き出してみよう、最大のキーはこれだ」

「そんなのありましたかー?」

「君が自分で書いてるんだぜ里美ちゃん。最初に駈けつけた現場の描写だ。

『開いた窓の右側で、かすかに風鈴が鳴った。その音で目の前の光景が現実感を増して……』

ぼくは最初、これは誤字かと思ったんだ。だってその後の、多田さんの死体が運ばれていく場面ではこう書かれている。

『ああやはりあれは夢ではなかったんだと、私はぼんやり考えた。窓の左側から、かすかに風鈴の音がしていた』」

「ああ!」

里美が叫んだ。

「が、これは誤字ではないんだ、現実の描写なんだよ。これを事実と考えれば、すべてに辻褄が合う。風鈴は部屋の外、二〇九号と二一〇号の間の壁にかかっていたんだ」

「じゃ、どういうことなんだ?」

私は咳き込んで言った。

「この寮はすべて同じ造りの部屋だと吉野さんは言っていた。そう、全部の部屋が同じ大きさで、家具の配置も同じ、《中までそっくり同じ部屋》が、廊下に沿って延々と並んでいるっていう、これは建物なんだ。そのうえ空き部屋ありときた!

この時期のこの建物でなければできないトリッ

ク。犯人は、多田さんがいつも空き部屋を使っていることを利用したんだ」

「じゃ、どういう……？」

里美も興奮している。

「部屋が違っていたんだよ。最初にみんなで死体らしいものを見た部屋と、警察が多田さんの死体を運んでいった部屋。里美ちゃん、君たちが四人で最初に死体を見にいった部屋は、二一〇号じゃなくて、その隣の二〇九号室だったんだよ」

「えーっ、じゃ、私たちが見せられたものは？」

里美が尋ねる。

「もちろん毛布の塊と、鬘か何かだろうね。あらかじめ二〇九号の部屋に用意されていたんだ。混乱した状況で、取り乱した誰かのかたわらで、死体らしきものを見せられれば、完全に冷静でいられる人間なんていない。死体なんて、誰だってじっくり見たいものでもないだろうし、『待って！警察が来るまでそっとしておこう』とでも言えば、誰も確かめやしない。

おそらく真犯人はもともと、寮に人が増えてしまう九月二十二日の前までに、この方法で多田さんを殺すつもりだったんだろう。アリバイ作りのための、ニセの死体まで用意しておいたくらいだ、この犯罪がすこぶる計画的なものであることを物語っている。多田さんが包丁で吉野さんに斬りつけて、吉野さんはお返しで多田さんを殴ってしまって、それで話はややこしくなったけど、犯人にとってそれは、むしろ好都合なことだった」

「でも吉野さんが、もし本当に多田さんを殺していたら？」

里美は、まだ吉野犯人説を捨てきれないらしい。

「その場合はそのままにしておけばいいさ。刺す必要なんてないだろう。放っておけば、自動的に吉野さんの犯行になるんだからね。多田さんは、このときは気絶しているか、部屋でぼんやりしていただけだったんだ、すぐ隣りの二一〇号室でね。里美ちゃんたちは、このすぐ隣の部屋で、死体を見つけてびっくりしていた。だから犯人としては、騒がないで騒がないでとみんなに言って、とても神経質になっていたんだ。だってまだ生きている多田さんが、隣の部屋からひょっこり顔を出してしまうもの。

みんなを一階に追い払っておいて、それから素早く二一〇号室に入って、多田さんを刺し殺す。それからまたみんなのいた階段のところに戻ってきて、全員を一〇二号に押し込んでおいて、それからまた二一〇号に行って、多田さんの死体を、みんなに見せたニセものと同じ状態にしておいて警察を呼んだ。二〇九号のニセものの方は、押し入れにでも放り込んでいったん隠しておいた。これは後で片づければいいもの。

さてそうなると、みんなの先頭にたって空き部屋に向かい、二一〇号、実は二〇九号のドアを開けたのは誰だった?」

ドアを開けた人物。そして死体発見後はみんなに部屋に入らないように言い、みんなを一階に追いやって、電話をかけに向かった人物、そして、警察に電話をかけずにおいて、いったん戻ってきた人。

「えっ、でも、まさか、あの、小倉、さんが……?」

里美の手記 3

数日後、拭き残した包丁の指紋から、小倉さんが重要参考人として警察に呼ばれて行った。

「せっかく手の込んだことしたのにね」

私が言うと、小倉さんは、

「われながら間抜けだったと思う」

と応えた。

そして御手洗さんが言った通り、後日、小倉さんには窃盗のおまけがついた。結局、智子さんが例の日記を警察に届け出たらしい。小倉さんは罪を認めるだろうか。

彼女が好きだったから、私は少し悲しくなった。

さらにその後、私を待っていたものは寮監さんからの厳しいお叱りの言葉だったことは言うまでもない。

第二章　8

ホント・ウソ

高槻榛西

九月ともなると、だいぶ涼しい風が吹くようになる。昼間の日差しはまだまだ強いものの、朝夕の爽やかな風は、秋の訪れを実感させてくれる。お昼少し前の、わずかに暑くなりはじめている日差しの中、それでも日陰の柔らかい風を全身で感じながら、私は家から少し離れたところにあるスーパーまで足を運んだ。

ここは、野菜や果物が市場のような形で店の外に並べられている。店の軒先を借りているのだろうか。料金は、外で支払う仕組みだ。今でもこういう店があるのかと、私は少し懐かしく感じながら、並べられているものを覗き込んだ。

スーパーや市場に並ぶ食品にも、そろそろ秋の味覚が顔を出しはじめている。栗や松茸に梨。どれも美味しそうな顔で、誰かに手に取られるのをじっと待っている。まだ時期的に早いかなとは思いつつも、ついその前で立ち止まってしまう。

段ボール箱にきっちりと入っている梨の上に、段ボールを切って作った値札が無造作に置かれている。

〈梨、三個二百円〉

このぶっきら棒な様子が、気取ってなくていい。ところ狭しと入っている梨までもが、不思議と健気に思えてくる。一つ手にとって匂いを嗅いでみると、瑞々しい甘い香りが私の鼻をくすぐってきた。この時期にしては実が大きく、美味しそうだ。

手にした梨を戻さずに、私は他の梨にも目をやる。どれもが美味しそうな色と形で、私の食欲を刺激してくる。まだこの季節に梨は早いような気もしたが、じっと見ていたら、無性に食べたくなってしまった。

長いこと段ボール箱の梨を見つめていたら、気がついた店員が、親しげな様子で私に話しかけてきた。

「お兄さん、この梨は甘いよ。一個百円だけど、今日は特別に三個以上買ってくれたら一個分おまけしてるんだ。三つだと二百円だよ、どうだい？」

一個分おまけか…。なら御手洗と食べるなら三個では足りないし、今日は出版社の人が来ると言ってたから、七個くらい買っていこうかな。一個分おまけなら、七個で六百円か。

それじゃあと、私が美味しそうな梨をいくつも選んでいると、店の人は急に「よ～し」と手をひとつ打ち、私の顔を覗き込んできた。

「お兄さん、そんなに沢山買ってくれるなら、特別に二個分おまけしちゃうよ。八個六百円でどうだい？」

「本当に八個で六百円にしてくれるの？」

私が手を止めて顔を上げると、にこにことした笑顔を私の耳に近づけて、彼はささやくように言う。

「もちろん！　あ、でも他のお客さんには内緒だよ。みんなにおまけしたら赤字になっちまうよ」

私は美味しそうな梨を八個選ぶと、六百円払って店を後にした。

うきうきとした足取りで家に戻ると、御手洗はソファにだらしなく座って本を読んでいた。顔も上げずに「お帰りぃ」と言う。

食事をする時に使う丸テーブルに、私がどさりと梨の入った袋を置くと、その音に反応して御手洗が顔をあげた。

「重そうだね。何をそんなに買ってきたんだい？」

「あぁこれ？　梨だよ。店に並んでるのを見てたら、急に食べたくなってね」

「それにしてもこの量は多すぎないか？」

御手洗は本をうつ伏せてテーブルに置くと、立ち上がってやってきた。袋に指をかけ、中を覗き込む。

「まぁね。でも今日は出版社の人が来るだろ？　新人を連れて来るって言ってたから、たくさん買ってきたんだ。それにさ、実は特別に安く買えたんだよ」

私は得意になって、梨を買ったいきさつを御手洗に話して聞かせた。

すると御手洗は、心底呆れたような、馬鹿にしたような顔になり、わざとらしく大きな溜息をついた。

「ばかだね石岡君。騙されたんだよ」

御手洗は、やれやれといった様子で椅子を引くと、どっかと腰を降ろして足を組んだ。

「何が？」

私は、御手洗が何を言いたいのか解らなかった。御手洗の人を馬鹿にした目に、一体どんな意味が込められているのか。覗き込んでみたがやっぱり解らない。

「だからその梨だよ」

「別に騙されてなんかいないよ。ちゃんと八個六百円で買ってきたもの」

「だからそれが騙されてるんだよ」

御手洗は組んだ足をほどくと、テーブルに片方の肘をつき、顎を載せた。そして空いている方の手の指を一本立てると、私に向けて止める。

「よく考えてご覧よ。三個二百円で梨を売っていたんだろう？　と言うことは、六個で四百円、九個で六百円になるじゃないか。同じ値段でもうひとつ買えたんだよ」

御手洗はさらりと、その視線の理由を告げる。

「え？　そうはならないんじゃないのか？　一個分だけおまけして売ってるんだから、九個だと八百円になるんじゃないのか？」

私は店の人が言ってくれたことを思いだす。確か「三個以上買ってくれたら一個分おまけしている」と言っていた。

「それは一個百円のばら売りで、一個分だけおまけしている場合だろう？　今回は『三個で二百円』とちゃんと書かれているんだから、九個買った場合は、三個二百円を三つ買ったことになるんだよ」

御手洗の言葉に、わずかながら私はパニックになる。

「だって、一個百円だけど、三個以上買ってくれたら一個分おまけしてるんだって言ってたよ。だから三個だと二百円だとも」

「それはそうだろうさ。三個二百円は、間違いなく三個以上だし、一個分の百円を引かれた値段になっている。三個だと二百円で、六個だと四百円だよと言う意味さ。三個未満だと、一個百円で売ってるんだろうね。店の人は嘘は言っていない」

御手洗は、淡々と話していく。確かに御手洗の言っていることは間違っていない。と言うことは――。

「……それ、本当なのか？」

「あぁ、百％そうだろうね。君は、店員の言いまわしに見事に騙されたんだよ」

先程までの軽やかな気分は一瞬にして消え去り、かわりに地面の奥深くに沈められたような、ひどい孤独感を感じていた。がっくりと肩を落として、袋に入ったままの梨を見つめている私に、御手洗はそっと近づくと、ぽんぽんと優しく肩を叩いた。

「へぇ、結構いい香りするじゃないか。早速冷やしておいて、後で食べよう」

御手洗は梨の匂いを嗅ぐと、嬉しそうに冷蔵庫に入れにいった。それでも私は、しばらくの間このショックから立ち直ることができなかった。

二時半に出版社の人が、新人を二人連れてやってきた。

私達はお互いに挨拶と簡単な自己紹介をしあい、しばらくの間世間話をして過ごした。御手洗が冷やしておいてくれた梨を剥き、それを出すと、みな喜んで食べてくれたので、やはり買ってきてよかったと感じることはできた。実際梨はとても甘く、果汁も豊富で美味しかったから、それほど損をしたようには思えなかった。

御手洗が、客の前で私の失敗を口にするのではないかと終始気が気でなかったが、それらしいことはひと言も口に出さずにいてくれたので、客が帰ったときには心底ほっとした。これから世話になるかも知れない新人の前で、恥をかかせてはいけないと、御手洗なりに気を遣ってくれたのだろうか。

　私はガラスの皿とフォークをシンクに下げ、ティーカップもまとめて洗った。

　簡単に洗い物を済ませてソファに落ちつくと、ぼんやりと私のすることを眺めていた御手洗が、向かい側から石岡君と呼んできた。何？　と私が顔を向けると、悪戯を思いついた子供のような表情の御手洗が、楽しそうに手をこすり合わせながらこちらを見ている。

「石岡君、ちょっと簡単な問題を出すから考えてみてくれないか」

「問題？　なんでまた」

　こんな表情をしている時の御手洗にかかわると、どうせろくなことにはならない。私は、面倒くさそうな目を御手洗に向けた。

「いいから。じゃあ、ちゃんと聞いててくれよ」

　御手洗はそう言うと、勝手に話を始める。私はとりあえず、何が言いたいのか黙って聞くことにした。

「あるところに三人の兄弟と、一人の姉がいたんだ。ある日三人の兄弟は、苺が食べたくなり、一人百円ずつ出し合って買おうということになった。それを聞いていた姉が、用事があるからついでに買ってきてあげると、それぞれが出し合った三百円を持って、出かけて行ったんだ。

　お店に着くと、苺は一パック三百円で売られていた。姉がそれを買おうとすると、お店の人が五十円おまけしてくれたんだ。姉は家に帰ると、弟三人にそれぞれ十円ずつ渡し、残りの二十円は、買いに行った手間賃として自分がもらうことにした。

　さて、弟たちは初め百円ずつ出して、後から十円ずつ戻ってきたんだから、実際には九十円ずつ出したことになる。だから三人で九十×三＝二百七十円。それに姉がもらった二十円を足すと、二百九十円。おや、初めは三百円だったのに、十円は一体どこに行ったのだろうか――――？　という問題だ。解るかい？」

ひと通り話すと、御手洗は楽しそうな目で、私の様子をうかがってきた。

「えっと……、初め百円ずつ出したけど、十円ずつ戻ってきたんだろ？　だから九十×三で二百七十円。それに姉の二十円を足すと二百九十円……。あれ、ほんとだ。なんでだ？」

私はテーブルの上に、暗算をするように指で数字を書き、計算してみた。やはり十円足りない。一体どこにいってしまったのだろう？　私はしばらくテーブルに書かれた見えない数字と格闘してみたが、どうしても解らない。そっと御手洗の顔をうかがってみると、今にも噴きだしそうな顔で私の様子を見ていた。

「石岡君、もう降参かい？」

「あぁ、悔しいけど解らない。答えを教えてくれよ」

すると御手洗は、大げさな動作でソファの背にもたれかかると、片眉をあげた。

「悩むほどのことじゃないよ。何故なら、この式は成り立たないからさ」

「え？　どういう意味だい？」

「苺は五十円おまけしてもらったんだろう？　なら苺の値段は二百五十円じゃないか。だから三人で九十円ずつ出し合って、合計二百七十円。でも苺は二百五十円なんだから、二十円払い過ぎているだろう？　その二十円は姉がもらったんだよ。ぴったりじゃないか」

私はまたも、御手洗の言葉に時が止まるのを感じた。

「…………じゃあ、九十×三＝二百七十円。それ足す姉の二十円っていうのは？」

「よく考えてごらん。九十×三で求められる答えは、結果的に持って行ってお店に払ったお金だ。そして二十円と言うのは戻ってきたお金、つまりおつりだね。でも実際には、そのおつりは兄弟の手には戻らなかったんだ。姉がもらってしまったからね。だから、兄弟からすればおつりなんてもらってないのに等しいんだ。二百七十円の苺を買ったのと同じことさ。姉に払った二十円は、二百七十円の苺代の中に含まれているのさ。改めてまた足す必要はないんだよ。

　どうしても初めの三百円に戻したいなら、三百円持って二百七十円の苺を買い（実際にはお店に二百五十円、姉に二十円という振り分けで払い）、おつりで三十円もらった。ということで、それぞれが払った九十×三＝二百七十円。それ足すおつりの三十円＝三百円にするべきだね」

　完全に私の時間は止まってしまった。また私は、簡単な罠に嵌ってしまったのだ。きっと御手洗は、こんなことにも気がつかないから、あっさりと店員に騙されたんだよと言いたいのだろう。それに対しては言い返す言葉などない。完全に私の負けだ。まったく情けなく思う。

「石岡君は人がいいからね、他人の言ったことを、いちいち勘繰るなんてことはしない。そこが石岡君のいいところであり、逆に危なっかしいところでもあるんだよ。それだから放っておけないんだけどね」

　遠くで御手洗が何か言っているが、私にはその意味を理解することはできなかった。ただもう二度と他人の言うことなど信じてやるものかと、固く心に強く誓うだけだった。

Fin.

第二章　9

Kiyoshi Mitarai

Crystal Stevenson (9 years old)

Kiyoshi had come to America two years ago from Japan. He rode on the airplane for the first time. He sat on the left side looking out the window.

There were two pilots taking turns piloting, Kiyoshi thought. But in the middle of the trip, if the pilots weren't in the cockpit, then who was piloting the plane? How strange! What a mystery!

When the people beside him fell asleep, Kiyoshi crept into the food place.

"Hey," Kiyoshi yelled. "Why aren't you two driving the plane? That's your job!"

"Well, sorry young man," they said, "we have four pilots in this airplane. This trip takes very long."

So it wasn't a mystery after all!

The Alien

Hi, We're back with Kiyoshi, of course. But something is different now.

One day, like always, Kiyoshi was going home from school. Then he saw a light from somewhere. Then a spaceship landed right by him. He saw a green squishy person with millions of eyes.We would be afraid, but Kiyoshi wasn't. The alien walked toward him.

"Hello. I do look funny, but don't be alarmed. I won't hurt you," it said.

"I won't be afraid," Kiyoshi said. "But what's your name ?"

"I'm really ☺¥☹∞∴÷≠, but you can call me Jimmy."

"All right. I'm Kiyoshi. Nice to meet you," he greeted him.

"Oh no!" Jimmy cried. The spaceship went away. "Now what am I going to do ?" Jimmy said.

"Oh, oh! What ARE we going to do ?" Kiyoshi said.

"That's the problem.The spaceship goes away without me in five minutes."

Jimmy looked worried.

"Maybe I could show you around town. Then maybe I'll find a way for you to get home." Kiyoshi cheered him up.

"But how am I going to go in your house ?" Jimmy asked him.

“Don’t worry. I know a way.”

First, Kiyoshi led Jimmy to his house. Then Kiyoshi went inside the house. He got a ladder, opened the window, and Jimmy safely got in.

“Phew, that was close!” said Kiyoshi.

“Where can I sleep?” said Jimmy.

“First,when someone comes, you hide in the closet. Then later you could sleep with me.”

“Ok.” Jimmy said.

The next day, Kiyoshi woke up and secretly went out with Jimmy. But Kiyoshi realized that if some people saw him, they would get frightened.

“Wait! Go back to my room. I’ll take a video of the town. When someone comes in, just hide in the closet. If they open the door, go in a box,” he explained, and Kiyoshi knew what he was going to do.

Kiyoshi went all over the town filming for two hours. Then when he finally got home, he and Jimmy crawled to the bed and watched the video.

“Wow! Look at all that brown stuff!”

“That’s bread!” Soon Kiyoshi got tired of telling everything to the alien.

But that wasn’t all. Kiyoshi had to think about how to get Jimmy home. Then his family came home. “Hide!” Kiyoshi yelled.

“Kiyoshi, is anything wrong with you?” they said. “You’re acting very funny today. Anyway, we are going to take a trip to space! We will get to wear spacesuits and see the planets!” they yelled.

“Great!” Kiyoshi yelled.

"Why? I thought you don't like to ride on airplanes," they wondered.

"Well...... Well...... I have to do a project on space."

"OK," they said, and closed the door.

"Did you hear that?" Kiyoshi said to the alien. "Now you'll be able to go back home!"

They sounded excited. "Wow! this is unbelievable!"

The next day, Kiyoshi put Jimmy in a large backpack. It was heavy. Everyone boarded the spaceship.

Soon a man said, "5, 4, 3, 2, 1, blast off!"

Once they landed on the moon, Kiyoshi opened his backpack and let the alien out.

"Bye! I hope you'll come back again!" Kiyoshi said.

"Ok! Thanks for your help!" Jimmy yelled back.

"Send me some postcards, too!" Kiyoshi said, even though he did not know his address.

"Ok! Thanks! Bye!" Jimmy said.

And Kiyoshi never forgot the alien's last three words.

(The end)

第二章　10

鉄騎疾走す

小島正樹

1

「どうだい？　なかなか魅力的な事件だと思わないかい？」

一九××年、九月、馬車道。

私は御手洗とささやかな夕食を共にしながら、今日かかってきた電話について一人、話していた。

「犯人は間違いなくその女性らしい。でも彼女はその時間、現場に行く事が出来なかったんだ、何故なら……」

御手洗に話しかけながら私は思い出していた。

午後三時過ぎだったろうか、御手洗の事件簿の整理にも飽きて、紅茶を飲みながらぼんやりと夕食の献立を考えている時、電話が鳴った。

「突然申し訳ありません。石岡先生のお宅でしょうか？」

二十代と思われる女性。

「実は、どうしてもご相談したい事がありまして……。あ、もしご迷惑でしたらすぐにお切りします」

彼女はなかなか切実な問題を抱えているようだった。それはその真摯な話し方にも現れていた。

「残念ながら、今御手洗は留守にしています。私だと恐らくお話しをお聞きするぐらいしか出来ないと思いますが、もしそれでもよかったらどうぞ、お聞かせ下さい」

「有り難うございます。ああ、申し遅れました、私、山村聡子と申します。実は、信じられないような事がありまして……」

それから彼女は自分の身に降りかかったある事件を話し始めた。

2

山村聡子は三年前に結婚をした。ご亭主の名は山村祐一。職場結婚であったという。結婚してからはずっと、埼玉県所沢市に住んでいる。コーポあるいはハイツと呼ばれるよくある集合住宅で、間取りは二ＤＫ、彼女たちも含め四世帯が入居していた。

自動車部品メーカーに勤めるご亭主は勤勉で、週末、二人でドライブをするのが唯一の楽しみだったという。

事件が起きたのは今年の三月。

その夜、ご亭主の帰宅は深夜十一時半頃の予定だった。これは月に一回の定例会議のためである。通常は八時、遅くとも九時前には帰宅している。

《犯行現場周辺道路図》

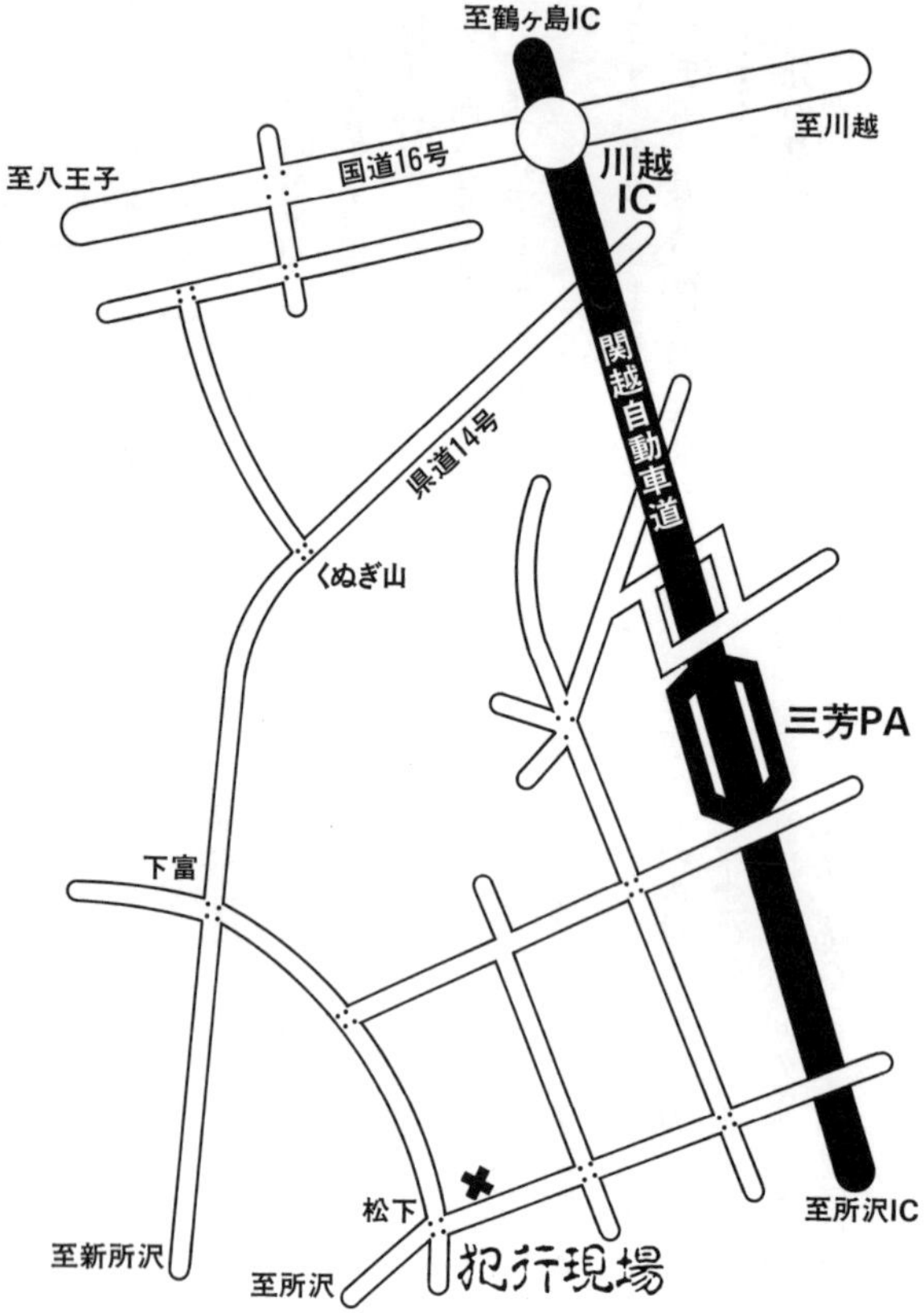
至鶴ヶ島IC
至川越
至八王子
国道16号
川越
IC
関越自動車道
県道14号
くぬぎ山
三芳PA
下富
松下
至新所沢
至所沢
犯行現場
至所沢IC

遅い夕食の支度をしていた彼女は十一時過ぎにご亭主からの電話を受けた。これは一緒に生活をするようになってからの欠かさぬ習慣で、最寄りの駅からのものである。

いつもその電話を切ってからきっちり十五分後、ご亭主は帰宅する。受話器を置いて、彼女は反射的に時計に目をやった。この仕草も習慣でその時の時刻は十一時五分。ああ、十一時二十分には帰宅するわ。とぼんやり思ったらしい。

その電話から十五分ほど経った頃だという。バイクが家のすぐ近くに止まる音が聞こえた。そしてどすんと大きな砂袋を落としたような音が起き、走り去るバイクの音、さらには「いやあ――」という女性の悲鳴がそれに続いた。

強い胸騒ぎを覚えた彼女は、あたりを見回しながら慎重に玄関のドアを開けた。家の前は駐車場になっていて、その先に道路が広がっている。その道路の真ん中に……。

一瞬彼女はなんだか分からなかったらしい。しかしすぐに彼女は気がついた。それが人であり、しかも自分の亭主だという事に。

山村祐一は深夜、自宅前の道路で何者かに首を絞められて絶命していた。

3

その夜から所轄の警察は動き出した。現場検証、聞き込み。そしてこの事件に関する事実がいくつか判明した。

犯行現場は埼玉県所沢市中富××。県道沿いにわずかに家々が立ち並ぶほかは畑に覆われている。犯行時刻は三月十四日夜、十一時二十分から二十三分の間。これは山村聡子の悲鳴を聞きつけ現場に集まってきた複数の人々が証言している。

山村祐一の財布には三万円ほどの現金が入っていたが、いっさい手は付けられていなかった。また、衣類にはほとんど乱れた後が無く、言い争う声を聞いた者もいない事から顔見知りの犯行と思われた。

犯人はバイクで犯行現場に現われ、すばやく紐状のもので山村の首を絞め、そしてまた、バイクで去っていったものと思われる。

やがて、捜査線上に一人の女が浮かび上がった。

鍵谷玲子、二十七歳。山村祐一と同じ会社に勤めるＯＬ。五年前に入社して以来、ずっと山村祐一に好意を持っていたようで、積極果敢にも何度か山村を誘った事もあるが、その都度丁重に断られていたらしい。

もともとは陽気な性格でスポーツが好きであった鍵谷玲子がふさぎ込む事が多くなったのは、山村の結婚が決ってからの事らしい。しかもその相手とは友人と思っていた聡子だったのだ。この事実は彼女の精神にかなりのダメージを与えたようで、いつしか彼女は誰ともほとんど口を聞かなくなり、一人でじっと考え込むようになっていった。

そのころから山村の家に頻繁に無言電話がかかるようになり、会社でも嫌がらせと思われる事が相次で起こるようになった。それは例えばデスクの引き出しの中に虫の死骸やカッターの刃が入っていたりなどで、表面上は平静を装っていた山村も内心は身の危険を感じていたようだ。職場の仲のいい友人数人に相談をしていた事からも山村の感じていた恐怖を窺い知る事ができる。

その後の捜査で、これらは全て、鍵谷玲子の仕業だと分かった。そして彼女がモトクロスタイプの二百五十ccバイクを愛用している事も。

4

「鍵谷玲子はその夜、正確には十一時十四分に関越自動車道下り線の三芳パーキングエリアにいたんだ。これはガソリンスタンドの店員が証言している。勿論、普通だったらこれほど正確な時刻まではでは覚えていないだろう。しかし彼女は給油が終わるまでのわずかな間に二度もその店員に時間を聞いている。友達と待ち合わせをしていて遅れそうだと話してもいた。彼女がスタンドを出る直前に店員から聞いた時刻が十一時十四分。そのまま彼女は関越自動車道本線に向けて出発した。ちょっと変わったお客だったので、その店員は彼女の事をはっきりと覚えていたし、バイクが川越方面に走り去るまでずっと目で追っていたようだ。

彼女が次の川越インターで関越自動車道を降りたとしても、犯行時刻までに現場に行く事は不可能なんだ。

おい、御手洗。一体君は人の話を聞いているのかい？」

しかし私の問いかけは全く無視された格好となった。相変わらず御手洗は黙々と食事を続けているのだ。

少し話し疲れた私は暫く御手洗を見つめていた。しかしそれでも御手洗は話に乗ってこようとはしなかった。

私はあきらめて食事を再開した。それから五分ほどたっただろうか。突如御手洗が私に言った。

「このシチューは君が作ったのかい？　なかなかよく出来ている。でもやはりシチューにはバターロールよりもライ麦パンのほうが合うね」

この言葉は私を怒らせるのに十分だった。献立をけなされたからではない。

「御手洗、君は僕の話を全く聞いていなかったのか？　確かに君にとっては些細な事件だろうよ。でも人が一人殺されているんだぜ。そして山村聡子さんにとってはきっと君だけが頼りなんだ。少し位興味を持ってくれてもいいだろう？　もういいよ、君には頼まない。この事件は僕が調べる。僕は頼ってきた人を無視するような冷血漢にはなりたくないからね」

それから私は黙ってシチューを平らげると、片付けもせず自分の部屋にこもった。これ以上御手洗の顔を見たくなかったからだ。

5

翌日八時過ぎに目を覚ましてみると、どこへ出掛けたのか御手洗は不在だった。これにはいささか安心した。昨夜は言い過ぎたという思いと、いやあの変人にはこれぐらい言ってやらなきゃと言う気持ちが頭の中で錯綜していて、正直御手洗と顔を合わせたくなかったからだ。

簡単な朝食を済ませた私は、埼玉県の詳細な地図を購入すべくアパートを後にした。一刻も早くこの事件を究明しようという思いが私を突き動かしていた。本屋に立ち寄るとこれはすぐに見つかったので、三万分の一と一万分の一の二種類を手に部屋へ戻った。

現場付近の地図を眺めてみる。本当に彼女は犯行時刻に現場へ行く事は出来なかったのか？

三芳パーキングから川越インターまでは約八㎞。例え時速百五十㎞のスピードで飛ばしたとしても四～五分はかかる計算になる。問題はその後だ。どのルートを使えばもっとも早く現場へたどり着けるのか。

あらためて地図を見てみる。犯行時刻は深夜といってもよい時間帯なので、へたな裏道を使うより幹線道路のほうが早いだろう。とすると……。

国道十六号だ。これをしばらく八王子方面に走り、狭山市の新狭山あたりで左折。H自動車の大きな工場を抜け、田舎道を少し走ると、県道十四号にぶつかる。それを南下し、下富の信号を左折、しばらく進み松下の信号でもう一度左折するとそこが現場である。川越インターから現場までどのくらいの時間が必要なのだろうか？

あくまで地図を見ながらの印象だが、どんなに急いでも十分以上はかかるだろう。信号に何度か捕まれば十五分、あるいはそれ以上か。

彼女は十一時十四分には間違いなく三芳パーキングにいた。とすると現場に到着出来るのは最短でも十一時二十八分。だめだ、全然間に合わない。

もう一つ不思議な事がある。それは山村聡子が聞いたと言う女性の悲鳴だ。この事件の第一発見者は山村聡子である。彼女は首を絞められていた夫の姿を認めた時、大きな悲鳴を上げた。これは近所に住むほとんどの人が聞いたと証言している。そしてここが重要なのだが、彼女よりも前に山村祐一の死体を見つけて大声を上げた人物は一人もいないのである。

とすると山村聡子が聞いた
「いやあ——」

という悲鳴は誰が上げたのか？

鍵谷玲子のものとしか考えられない。しかし山村祐一が殺された時、現場には争った跡はほとんど無かったと言う。もうひとつ、時間の問題もある。

山村聡子はバイクの走り去る音の後に悲鳴を聞

いたと言っている。しかし良く考えてみるとこれは少し妙ではないか？　鍵谷玲子が悲鳴を上げたとすればそれには二つのケースが考えられる。一つは山村祐一の首を絞めようとする時、または絞めている最中彼に反撃をされた場合、もう一つは殺してしまった山村祐一の、眼球がどろっと飛び出した恐ろしい形相を目の当たりにした時。しかし、もしそうだとすると走り去るバイクのエンジン音の前にその悲鳴は聞こえていなければならない。

なんとも分からない事件だ。考えれば考えるほど不可解な壁が立ちふさがってくる。

気分転換と思い、ベランダの窓を開け、お湯を沸かした。そしてそのままぼんやりとした。

煎れたての紅茶をマグカップに移そうとしている時だった。突如として私の頭になにかが閃いた。一口も飲んでいない紅茶をそのままにして、もう一度埼玉県の地図を開いてみる。

三芳パーキングのある三芳町と所沢市は隣り合っている。そして三芳パーキングから犯行現場まではは直線距離にしてわずが三㎞ほどしか離れていないのだ。これは一体どういうことなのか？　鍵谷玲子は川越インターで降りてなどいないのではないか？

つまりこういう事だ。鍵谷玲子はなんらかの方法でバイクと共に三芳パーキングから外、すなわち一般道へと降りた。そしてそのまま犯行現場へ向かったとすれば……。

間に合う。充分間に合う。彼女はその時間、犯行現場にいる事が可能なのだ。

居ても経っても居られなくなった私は大急ぎで出掛ける支度をした。とにかく三芳パーキングへ行ってみようと思ったのだ。

6

関内駅から電車に乗り込む。日中ということもあってか車内は割合空いていた。手近な席に腰を下ろした私はもう一度埼玉県の地図をめくった。

巻頭に総合鉄道案内図というものがある。それによると三芳パーキングへ行くには武蔵野線の東所沢駅で降りればよさそうだった。そこからレンタカーを借りて十分も走れば関越自動車道の所沢インターだ。焦る私の心とは裏腹に電車はゆっくりと進む。

約二時間後、私は東所沢駅に降り立った。駅前はがらんとしていて大きなデパートなどは見当たらない。典型的な郊外の駅といったところか。

幸いにしてレンタカー屋はすぐに見つかった。久し振りにハンドルを握る。

道路はかなり混んでいたがそれでも二十分後には所沢インターに着いた。関越自動車道に乗り、川越方面に向けて走り出す。するといくらも行かないうちにガソリンスタンドのマークと共に三芳ＰＡ２㎞の看板が目に入る。

左折のウインカーを出し、本線から三芳パーキングへと車を入れる。手近な駐車場所へ車を止め、あたりをぐるり見回してみる。三芳パーキングは本線に沿うようにまず、大型車用の駐車場があり、本線から離れるように中型車用、小型車用の駐車場がそれに続く。そしてもっとも奥まったところ、すなわち一番本線から離れたところにトイレ、食堂、土産物屋などが入った大きな建物がある。とりあえず、そこへ行く事にした。

その建物の周りには所々にベンチが置かれ、芝生なども植えられていてちょっとした公園の様になっている。そしてすぐ裏手に一般道が見える。

やはりそうだ。鍵谷玲子はなんらかの方法でここから一般道へ出たのだろう。

しかし、一体どうやって？　近付いてみると分るのだが一般道との境にはフェンスや木々が立ちふさがっている。これを乗り越えたのか？　まさかバイクごと乗り越えられるはずはないから犯行用のバイクを予め一般道に用意しておいて。だが、事件当日このあたりには置き去りにされた不審なバイクはなかったと言う。そのあたりは所轄署が徹底的に調べたらしい。それにいくら深夜とはいえその時間三芳パーキングには人がいたはずである。そんな中フェンスあるいは木々をよじ登ればこれは相当目立つ。これから人を殺そうとする人間がそんな事をするとは思えない。

とすると、鍵谷玲子はバイクごと三芳パーキングから外へ出なければならない。そんな事がはたして可能なのか？

一般道に沿って、三芳パーキングの中を何度も歩き回った。しかしそれにふさわしいような場所は全くない。あきらめて、今度はガソリンスタンドに向かう。スタンドは三芳パーキングの中のもっとも川越よりにある。

当日彼女を見たと証言した店員はあいにく不在だった。遅番なのだという。彼はここから川越方面に走り去る彼女をずっと見ていたと言っている。私はスタンドの、恐らく事件当夜その店員が彼女を見送ったと思われる場所に立ってみた。

何と言う事だろう。スタンドから本線までは目と鼻の先なのだ。そして視線を遮るようなものは一切ない。これでは彼女がスタンドを出て店員の目線をかわしながら再び三芳パーキングに戻って来るのは不可能であろう。

どうやら私は根本的なところで間違いを犯しているらしい。しかしこれ以上考えが浮かばない。

やはり私は事件を解決する事など出来ないのだろうか？　頼ってきた人一人さえも救えないのか？

7

その後私は念のため犯行現場にも行ってみた。しかしめぼしい発見はなにも無かった。夕暮れの関内駅に降り立った私は敗北感に包まれていた。そしてとぼとぼと馬車道のアパートに向かった。

我々のアパートには明かりがともっていた。

「ああ、御手洗が帰ってきたんだ」

とぼんやり考えていると、なぜか急に腹が空いてきた。そういえば今日は、朝バターロールを食べて以来、何も口にしていない。一日食事もせず走り回っても事件を解決するどころかなんの糸口も見出せなかった。昨夜友人の前で大見得を切った覇気は跡形も無く消えていた。だからなのだろうか。御手洗とはあまり顔を合わせたくなかった。

「御手洗よ、どうか自分の部屋でギターでも弾いていてくれ」

そう思いながら玄関を開けると何と言う不運だろう。目の前に御手洗が立っていた。そして私が言葉を捜そうとする間もなく彼はこう言った。

「悪かったね、石岡君。昨夜のうちに僕が動いていれば君はレンタカーを借りずに済んだのにね」

レンタカー？　御手洗には私の一日の行動などお見通しなのだろうか。言葉を失っている私の鼻先に御手洗は紙切れを一枚差し出した。見ると西出幸男という名前と電話番号、住所が記されている。

「その男が共犯者だよ。もっとも本人は殺人の片棒を担がされるとは思ってもいなかっただろうがね。すぐ所轄署に連絡、といってもだれも懇意にしている人はいないだろうから、そうだな。捜査一課の竹越さんにでも電話をして、この男を連行するように手配してもらうんだ、なに彼ならすぐに動いてくれるさ。ああ、お腹が減ったね。君も夕食はまだなんだろう？　電話をかけ終わったら久し振りに角の洋食屋へでも行こうじゃないか」

そこまで一気にまくし立てると御手洗はせかせかと出掛ける支度を始めた。

「待ってくれよ御手洗。共犯者って一体どういうことだい？　今回の事件は鍵谷玲子が一人でやったんじゃないのかい？」

すると御手洗はうるさそうに手を振りながらこう言った。

「それはないよ。彼女一人きりで今回の犯行を犯す事は出来ない。それは絶対だ。そして彼女の友人の中でポルシェ９１１に乗っているのは西出幸男だけだ。共犯者は彼だ、間違いないよ。そんな事より早く電話をしてくれないかな？　さっきから僕はもうお腹がぺこぺこなんだ」

8

レストランの一番隅のテーブルに腰を落ち着けると、料理を注文するのももどかしく、私は聞いた。

「御手洗、そろそろ話してくれてもいいだろう？　共犯者？　ポルシェ９１１？　僕には全く分からないよ」

「なんだ、まだ分からないのかい？　鍵谷玲子は飛んだんだよ、関越自動車道をね」

飛んだ？　関越自動車道を？　呆然としている私に向かい御手洗は続けた。

「鍵谷玲子はどうしても三芳付近で関越自動車道を降りなければならなかった。でも三芳パーキングからでは無理だ。君が調査したように、あそこには一般道との境にフェンスや木々があるからね。とすれば答えは一つだけさ。彼女は高速道路上から一般道へ降りたんだ。

　君も今日走ったから気が付いたかも知れないが、関越自動車道の所沢―川越間はそのほとんどが五メートル以上の壁で覆われている。これはもちろん一般道への、あるいは一般道からの出入りを防ぐためだ。でも何個所か例外的な場所もあってね。

　三芳パーキングから川越方面へ数百メートル行ったところがまさしくその場所なんだ。

　そこは路肩に沿ってわずか一メートルそこそこのガードレールがあるだけで、その気になれば誰でも簡単に飛び越えられる。もっともその先は急な斜面の土手になっているけれどね。でもその土手を越えればそこはもう一般道だ」

「すると鍵谷玲子はそこからバイクを担いで降りたというのか？」

「ちょっ！　ちょっ！　二百五十ccのバイクだぜ？　女性一人で簡単に持ち上がると思うのかい？　それにそんな事をしていたら何人もの人に目撃されてしまうさ。彼女は一瞬で飛び越えなければならなかったんだよ。彼女の乗っていたバイクはモトクロスタイプだ。踏み台さえあれば一メートルのガードレールなんて簡単に飛び越えられるんだよ」

「それじゃあ誰かがあらかじめ踏み台を用意していたと言うのか？　そうか！　西出幸男か。彼が路肩に踏み台を」

　しかし私の言葉は途中で遮られてしまった。

「いいかい、それじゃさっきと同じなんだよ。そんな悠長な事をしていたら目撃者はたちまち二桁になってしまう。

彼女はポルシェそのものを踏み台にしたんだよ。君もポルシェぐらいは見た事あるだろう？あの車は独特なフォルムを持っていてね、ルーフの中心当たりからリヤにかけてストンと急激に落ち込んでいる。きれいな曲線を描きながらね。そして車高も極めて低い。飛ぶための踏み台にするには持ってこいなのさ。

彼女がスタンドにいた時、恐らく西出幸男もパーキングで待機していたんだ。そして彼女が本線に向かう少し前に彼はポルシェを発進させた。その後あらかじめ打ち合せておいた場所、すなわち関越自動車道の路肩に止まった。ガードレールにフロントが向く様少し斜めにね。

その頃にはもう鍵谷玲子も三芳パーキングから関越自動車道本線に乗っていたはずだ。本線に出た彼女はすぐにバイクのライトを消し、ポルシェに向かってまっしぐらに走った。そしてバイクがポルシェのリアバンパーに激突する一瞬前、彼女は持ち前の運動神経で前輪を浮かせた。

前輪の浮いたバイクはポルシェのリアバンパー、リアガラスと駆け上り、ルーフのもっとも高い部分にさしかかる。その瞬間、彼女は空を飛んだのさ。そしてガードレール脇の土手を飛び越えたバイクは一般道へと着地をした。

西出幸男が何故こんな事の片棒を担ぐ気になったのかは分らないけど、どうやら彼は鍵谷玲子にかなりの好意を抱いていたらしい。

それにしても、世界的な名車をよりによって犯罪に利用するなんて、ね。

ああ、どうやら料理が到着したようだね。さあ、食べるとしよう」

それから私たちは黙って料理を口に運んだ。

食後の紅茶を楽しんでいる時、急にある事を思い出した。

「そういえば御手洗、山村聡子さんが聞いたという悲鳴はなんだったんだろう？　あれは事件とは無関係なのかな」

「あの悲鳴なら鍵谷玲子のものに決っているじゃないか。彼女は一刻も早く誰かに死体を発見して欲しかったのさ。死体の発見が遅れてしまえば彼女にはアリバイが無くなるからね」

9

翌日、鍵谷玲子は逮捕された。そして一週間後山村聡子から再び電話があった。事件は全て解決したという。御手洗の推理には寸分の狂いも無かった。受話器の向こうで何度もお礼を繰り返す彼女は少し泣いている様だった。

長い電話を終えると、鍋にかけておいたシチューが煮立っていた。あわてて火を止めた私はライ麦パンを買うためアパートを後にした。

いささか蛇足になってしまうが、御手洗の名誉のためにも書き添えておかなければならないことがある。

今回の事件を初めて話した夜、御手洗はひどく素っ気無かったがそれは何も事件がつまらなそうだからという訳ではなかったのである。

その頃御手洗の親友のヨーゼフ（ゴールデン・リトリーバー、雄）が体調を崩していて、彼はその事にひどく心を痛めていた。そのため私の言葉がほとんど耳に入らなかったようだ。そのヨーゼフも今ではすっかり元気を取り戻し、母親であるハイディと共に走り回っている。

〈了〉

第二章　11

御手洗さんと石岡君が出ている偽物小説

佐藤智子

1

家のＦＡＸが、壊れた日の事だった。受信も送信もまったく受け付けてくれないので、仕事にも差し障るし、どこの電気店に持っていこうかとタウンページを捲って検討を付けたとき、友人から国際電話があった。

例によって、指定する本の指定するページを送ってくれというものだった。

ＦＡＸが壊れているんだよ、と言う暇もなく、友人は電話口から消え、どうしたものか一瞬考えたがしょうがないので、コンビニから送ることにした。

そんなわけで、私は今、コンビニから送り終り、難しそうな英語の本を抱えて外に出るところなのだ。

送ったページには『Hyperhydricity』と、大きく見出しがあり、何やら植物の写真が載っていた。

（御手洗は、今脳の研究をしているんじゃなかったのか？）

考えたところで、私には解らないので、仕事も残っていることだしさっさと帰ろうと歩き出した。

往きも通った駅前の表通りと、その裏になる道とが分かれる少し手前まで来て、いつもは通らない裏のほうから帰ってみようとふと思い立った。表通りは、今の時間夕食のための買い物客がたくさんいる。普段は私も買い物をして帰ることが多いので、裏通りは、選ばないのだ。

裏通りの方へ入ると、私はなるべく通ったことのない道を選びながら、進んでいった。

後で考えると、何かがこの時私を呼んだのかもしれない。

この後私は知らぬ間に、とある事件の中へ飛び込むことになるのだ。

裏通りは人通りが極端に少なかった。立ち並ぶ家の多くがその背を向けているからだろうか。それでもぽつりぽつりと小さな店が看板を出していた。

いつもと違う道を通っているのだから、どこかの店に寄り道をしようと思う。

けれど私の足が店の前に踏み出される瞬間と、私の頭がこの店に入ろうと思うタイミングがなかなかあわず、どの店にも入れないでいたのだ。

もうかなり歩いてきてしまった。

今の店に、入っておけば良かったかな、と通り過ぎてから思ったりもするのだが、しかし私の足は止まってくれないので、店はどんどん遠ざかり、そうすると私の頭は、戻るほどのところではなかったな、と判断を下す都合のいい仕組みになっているらしい。

なんとも、大の大人の行動ではないような気もするけれど、私にはこのタイミングは結構大事なのだ。ふと小さな電気店に目が止まった。

電気店なのに、なぜか暖簾が掛かっている。

だからだろうか。

とにかく『長野電気』と白く染め抜かれた紺色の暖簾の掛かるこの店に、私の足と頭のタイミングが合ったようだ。

近くまできて見る感じでは、一階が店舗、二階が住居らしいことが解かる。

暖簾を外せば、たぶん店には見えない。

いかにも地域密着型店舗、といった雰囲気の店だ。

中にはいると、ドアに着いているカウベルが、グラグラと音を立て、来客を告げた。ドアの正面にレジがあり、その奥は曇りガラスの入った障子になっているので見えはしないが、居間にでもなっているようで、ごそごそと動く人影が見える。

(しまったな)

ここにきて、電気店に来なければならない買い物が、何もないことに気づいた。気づいたところで、別に良いではないかといわれそうだが、私としてはなかなかに問題なのだ。私は外からぶらぶらと店を眺めて歩くことは、結構好きで散歩がてらによくそうしているが、その店に目的がなければ中にまで入って商品を見ることはほとんどしない。目的のものを買ったついでに店内を見て歩く、というのがお決まりになっている。

要するに、買い物をせず店を出ていく時に、なんとも言えない罪悪感を感じてしまう質なのだ。

それに、店員に『何かお探しですか』などと話しかけられるのも苦手だ。サービスのいきとどいた店の証拠なのだろうが、なんだか監視されているようで、目的があってもじっくりと探すことができなくなる。

我ながら、小心者の質だと苦笑してしまう。

だから、電気店の主人が、奥から出てくるのを見て、しまったなと思った私の心情もわかってもらえると思う。

「いらっしゃい」

がたがたと、立て付けの悪そうな音を立てて、ガラス障子を明けて店の主人が出てきた。小さな体と、にこにこと笑みを浮かべる皺の多い顔とで、好々爺といった雰囲気の主人だ。

「見せてもらうだけでもいいですか?」

今回は、先手を打つ余裕があったらしい。主人がサンダルを履いて、レジのほうへ下りてくる前に、買い物客ではないことをアピールする。

「どうぞ、どうぞ、いくらでも。何かご入り用になったら呼んでくださいな」

そう言って主人はまた奥へ引っ込んでしまった。何か盗まれたりしたら、という心配はしないらしい。私としてもこの方がありがたい。

こんな小さな店だけに、ぶらぶらと店内を見るだけの客一人と、それを見守る主人が一人、という構図はなかなかに息苦しそうだから。

2

改めて店内を見回せば、そう広くはないが、品揃えはなかなかである事がわかる。敷地の形は正方形で、上から見れば商品の陳列スペースがL字型になっていて、右上のところが居間の部分だ。入り口は、正方形の右下―居間の正面にあり、左上の部分は、入り口付近からは、陰になって見えない造りになっている。

　店の壁の上のほうにぐるりと吊るされてる棚には、エアコンや扇風機が、床には同じようにぐるりと、冷蔵庫やストーブが並べてある。天上からは色々な蛍光灯の笠が、吊るされている。

　私は、入り口付近からゆっくり見始めた。レジの前にあるラックには、電池や電球がたくさん並んでいる。意外に、電球の種類が豊富だ。

　見えなかった奥のほうへ歩いていくと、突き当たりに、色々な電化製品がまとめておいてあり、その横に『リサイクルコーナー』と書かれた手書きの看板が出ていた。

　正面の壁には、B4サイズくらいの絵が飾ってあり、そのすぐ下には小型の冷蔵庫がおいてある。

　おかれた電化製品達は、確かによく見ると新品ではないことがわかるが、しかし十分新しいと言えそうな物ばかりだ。仮にも店なのだからリサイクル品の中でも、いいものでなければ出さないのだろうが、それにしても立派なものだ。リサイクルと言う限り、これ等をいらないと判断した人達がいる証拠だがいったい何が気に入らなかったのだろう。

　そういえば、故障しても直さず、新しいものをすぐ買ってしまう人や、自分の持っているものより新しい型のものが出たからと、壊れてもいないのに捨てる人などが最近増えている、ということをTVが言っていたのを思い出す。

　いらないものを引き取って、故障しているものは直し使えるようにした、リサイクル品だけを扱う店もたくさんできているらしい。

　捨てるのに比べたら、画期的な企画だと思う。『長野電気』も、そんな時代の波に乗っかっているらしい。

並べられた商品と、値札を見比べていくと家にあるパネルヒーターと同じような型のものが、私が払った金額の、三分の二程で売られていた。(今度何か買うときは、リサイクル品も探してみよう)

そんなことを思いながら見ているうちに、私の家のＦＡＸは壊れているのだった、ということをふと、思い出した。

なぜ思い出さなかったのか。

(そのせいで、駅前のコンビニまで、来なければならなかったんじゃないか)

もう、修理のために電話をかけるところを決めていたので、自分の中では、決着が着いた気になっていたからかも知れない。

いつもと違う道を通ろうと思ったのも、他の店にではなく、この電気店に目が止まったのも、ＦＡＸのことがあったからに違いない。

暖簾のせいではなかったらしい。

ＦＡＸの修理も受け付けてくれるなら、ここに頼もうと決めた。

その時、来客を告げるカウベルがなり、男性が一人リサイクルコーナーのほうへ向かってきた。

微妙な表情を私に向けた気がした。

真っすぐコーナーの前に来ると私に向かって、リサイクル品は安くて良いですよね、というような事を言って早速品定めを始めた。私も何か言って、会話をしようかと思ったのだが、店の主人が出てくる音がしたので、そうですねとだけ言って、ＦＡＸのことを頼むためにそこを離れた。

男性は、小型冷蔵庫が気に入ったらしく、扉を開けて、手を入れ中も確かめているのが見えた。

店の主人は、快く修理を引き受けてくれた。

3

三日後私のＦＡＸは、きれいに直って帰ってきた。故障の原因は、結露によるショートだったらしい。

『長野電気』の主人は、若い頃に電化製品の組み立てや分解作業を仕事にしていたので修理はお手のものらしかった。

次々に新しい型が出るので、扱いづらくなってきているが、私のＦＡＸくらいの型であればまだまだ、大丈夫だと言っていた。

私は、直り具合を見たくて、今は海外で、何やら難しい研究をしているはずの友人に、ＦＡＸを送ることにした。

この前の、コンビニからのＦＡＸがうまく届いたかどうか気になっていたし、ページもあれで合っていたか気になる。

何せ、一気に用件を伝えると、こちらがメモを取る暇さえ与えず、電話は切れてしまうのだから。

違うと言ってこないところを見ると合っているのだろうが、違っていたからといって、もう一度、電話なりＦＡＸなりしてくる男ではないと私は思う。

きっと私は手段の一つで、その手段の中のどれか一つが正しい答えを持ってくればいいと思っているに違いない。

誰の答えかは気にしてくれないのだ。

とにかく私は、メッセージを書き始める。

近況も書き添えて、引っ越していなければ合っているはずのＦＡＸナンバーを押した。

この前のように、すぐに電話がかかって来るかと少し期待をしていたが、友人は今回は掛ける気が起きなかったらしい。

と思っていたら、次の日になって彼からＦＡＸが届いた。

彼らしい端的な文章は、私には何がなんだか解らない奇妙な内容だった。

『君の知り合いの刑事なら誰でも良いから、東京、埼玉、神奈川で今扱っているドラッグ関係の事件を洗いざらい聞いておいてほしい。また連絡する』

僕のＦＡＸには、触れてもくれないらしい。

「外国でまた何の事件に関わっているんだか。警察になんてなるべくなら行きたくない、一般人の気持ちをわかってないらしい」

独言を言ってから、渋々行動を開始した。

きっと、人の都合など考えず、早々に掛かってくるであろう彼の、電話だかＦＡＸに対応するためには、今から動いても絶対に早すぎにはならない。

この後私は、警視庁を訪ね、連絡の取れた竹越刑事にお願いして、事件のひととなりを教えてもらった。

なぜ私のような一般市民が、突然行ってお願いしただけで、事件の内容を教えてもらえるのかは、知っての通り、ひとえに私の奇妙な友人のおかげである。

数々の事件を彼が解決するその場に、私も幾度となく立ち会ってきたし、ささやかながら協力的働きもしてきたので、幾人かの警察関係者は、私のことを信用してくれるようになった。

竹越刑事もその一人で、友人からのわけの分からないメッセージに困っている私を助けてくれたのだ。

なるたけ事件のことを頭の中に入れて、あとは友人からの連絡を待つだけだ。

御手洗からの連絡は、電話だった。竹越刑事と連絡を取った次の日の早朝に、私は電話のベルで起こされた。

「やあ、石岡君しばらくだね」

あまりに陽気な声だったので、向こうは今何時なのかと思う。

「ああ、しばらくぶりだね、元気そうで何よりだよ。なんだかすごく明るいじゃないか、良いことでもあったのかい？」

「そうだね、研究はうまくいってるよ。そういう君は元気がないようだ。送ってもらった資料のことを気にしていた様だったけど、心配しなくても良いよ、資料は十分役に立っている。だから元気を出したまえ」

日本人のほとんどが、まだ寝ている時刻で、私も日本人だということを御手洗は、忘れてしまっているらしい。

元気よく聞こえないのはまだ眠たいからだ、ということはついに気づいてもらえなかった。

「ところで、例の件は調べておいてくれたかい？」

「ああ、竹越刑事に教えてもらっておいたよ、えーと、ちょっと待ってくれ」

私は、竹越刑事のくれた資料を簡潔にまとめ、一通り御手洗に伝えた。

未成年のコカイン所持や、暴力団員の麻薬不法所持などが主で、一つ、麻薬密輸という大掛かりな事件もあったが、これはもう決着の見込みが着いているらしい。

私が持っている情報をすべて聞き終わると、御手洗は電話の向こうで、少し考えた後に言った。

「大体合っていそうだ。さあ君の話を聞こうじゃないか」

「ち、ちょっと待ってくれ、訳が解からないよ。

どうして僕の話なんだ？　これは君が関係してる事件じゃないのか？」

「何を言ってるんだい、これは君の事件じゃないか。もう君も気づいていると思っていたけどね。後は君が一週間も観察をして確かめれば解決だ」

解決も何も、私は自分が事件に関わっているなんて、今も思い当たらないのに、なんだか話が山一つ飛び越えて、私の与り知れない場所に行ってしまったようだ。

「どういうことなのかちゃんと説明してくれよ」

「うん、でもその前に、君の話だ。この前のＦＡＸで言ってた電気店だけどね、そこのリサイクルコーナーのことをもっと詳しく教えてくれないか。まず、品揃えは良かったかい？」

「ああ、小さい店にしてはなかなかだね、冷蔵庫もあったし、ストーブも三台はあった。コーナー全体だと二十点はあったと思う」

「よく売れるようだったかい？」

「その辺は、詳しく聞いてないけど、あの日僕の後に入ってきた人のことは、常連だっていってたよ。三週間に一遍は来るらしい」

「その店のある通りは、人通りが多いの？」

「いや、路地裏って感じで、あんまり人は通らないと思う。夕方にそこを通ったのだけれど、往きに通った表通りは買い物をしてる人でいっぱいだったのに、裏のほうは人が全然いなかったから、普段でもそんなに人通りは多くないんじゃないのかな」

「昔から君は、ちゃんと見るべきものを見ているのにあと少しを取りこぼすんだね。その『少し』さえ思考にねじ込むことができたら、僕はすでにこの前のＦＡＸで、事件解決までの詳細を知り、この電話で君の健闘を讃えていたのに。今回だって、君はもう十分な情報を得ているはずだからね、ちょっと想像力を働かせてご覧よ」

「……つまり『長野電気』と、このドラック関係の事件のどれかが繋がってるというのかい？」

「四番目に聞いた事件と、だね。大ヒントだよ」

四番目は、麻薬密売だ。密売事件は、二つあって、四番目のほうが、規模が比較的小さいらしい。取り引き金額もそんなに高額ではないようだ。

確かに、取り引き場所が神奈川県に絞られていることは書かれているけれど、場所についてそれ以上警察でも絞りきれてないのに、どうして『長野電気』と繋げて考えることができるのか。

「君の運が良かったということだよ。そのうち警察だって突き止めるだろうけど、僕らのほうが、偶然にも事件解決のための情報を、早く多く手に入れられただけのことなんだ。そういうことだから、これから君はその鋭いらしい観察眼で、事実かどうか確かめて来てくれ」

「最初から説明してくれよ」

「確かめてからにしよう。竹越刑事に報告するだろう？　それなら全部解かってからのほうが、彼の労力も少なくて済むよ」

4

私が観察することは、『長野電気』をとにかく良く訪ねて見てくることらしい。

一般的に言って、電気店には一週間に一度行くのだって多すぎる気がする、不自然に見えるよ、と言う私の意見はあっさりと却下されてしまった。

御手洗は今ちょっと忙しいから一週間後にまた連絡をすると言って電話を切ってしまったから、私は言われたことをとりあえず片づけていくしかない。

　身元を偽ると、ぼろが出やすい質だから、職業は作家、次の作品のための取材をさせてもらいたい、という名目をひねり出して『長野電気』を観察しに行く羽目になった。

　一週間ほぼ毎日通った。

　あの主人は、怪しげな作家の質問に、にこにこと答えてくれた。

　『長野電気』のリサイクル品は、週二回、三日に一度補充が行なわれる。売れた分の補充だけのこともあるし、総がえすることもあるようだ。

　総替えされた品物は、『長野電気』がリサイクル品をストックしている倉庫にいったんしまっておいて、また時期を見て、店に出すことがほとんどだ。倉庫は、となりの市にごく小さいものを借りている。

　この倉庫は知人にただで使わせてもらっているらしい。

　そもそもリサイクル品を扱うようになったのは、この知人が専門店をやっていて、そこが集めてくる製品の中から、電化製品を少し、回してもらうようになったからだそうだ。

　今でもそれは変わらない。そんなに商品の回転が速くない小店舗だから、自分のところで集めると扱いきれないらしい。だから、ある程度の置場があればいいので、知人が貸してくれる小さな、倉庫というか物置き程度の場所で不便はないと言っていた。

　店に出されたリサイクル品の売れ行きだが、主人の言うように一つずつ地道に売れていくようだ。

　私が通い始めてから二日間はどれも売れなかった。初めて私がこの店に来たときに見た男性が買っていったに違いない、絵の下に置いてあった冷蔵庫のスペース以外空くことはなかった。

三日目は入れ替えの日にあたるので、午前中に行ってみたら、まだ絵の下のスペースが空いていたので、私は主人に聞いてみた。

「まだ入れ替えしないいんですか？」

「いいや、もうしましたよ。今日は作家先生より早く来なさったお客さんが気に入られてね、レンジを補充したんだけれど、お買い上げいただいたんで」

客は男性で、自分で持ち帰ったということだった。

この日の帰り際に次の入れ替えの日は、午前九時に運んでくるということを半ば強引に聞き出しておいたので、四日後の当日は、九時五分に店に着いた。

『長野電気』の前に小型トラックが止まっており三十代くらいの男性が、荷を下ろしていた。私はてっきり店の主人が自分で運んでくるものだと思い込んでいたのだが、電化製品を分けてくれる会社の方の社員がいつも持ってきてくれるらしい。

まあ、主人のほうは歳も行っていることだし、そのほうが楽だろう。

コーナーには、前列にストーブや扇風機が、前のようにやはり、季節感関係なしに並べられ、後列には冷蔵庫など比較的大型のものが置かれていた。

今日は、絵の下には台に載ってテレビが置かれていた。

テレビに手を掛けて眺めていると、奥に引っ込んでいた主人が、あわてたように出てきて、そのテレビに予約済みと書かれた紙を貼った。

「いやね、テレビが入ったらとっといてくれって言われてたんですわ。忘れるところでしたよ」

そんなに私が壊しそうに見えたのだろうか。

こんな調子で一週間、毎日時間をずらして通ったところ、大きな製品は入れ替えの日によく売れる事が解かった。

位置として真ん中になる絵の下の商品が売れていく。目立つので、冷蔵庫やテレビなど目玉商品を置くようにしているのだそうだ。

『長野電気』を観察していた一週間の間、密売事件とあの店を繋げる、うまい説明を考えてはみたが、なかなか浮かばない。

御手洗が繋がっていると言ったのだから、あの店が関係しているということは間違いないのだけれど。

主人が密売人なのだろうか。

けれど、観察中にそんなそぶりは見えなかった。

そんなことを、時間が空けば考えていたがしかし、私は現在本当に書き物の仕事を受けている最中だったので、これにばかり頭を使っているわけにも行かず、明日には来るだろう御手洗からの連絡を待つことに決めた。

御手洗からの電話は、午後八時に来た。相変わらず、一日の活動時間が決まっていない男だ。

「石岡君、君ももう解かっただろう。君の一週間の成果を聞いて、事実だったかどうか確かめて、そうしたら君は、忙しい警察の皆さんに、思わぬスピード解決をプレゼントすることができるよ」

「一週間見てきたけど、何を確かめるのか聞いていないままだったから、役に立たないかも知れないよ。とにかく忙しい時間を割いて資料を集めてくれた竹越刑事のためにも、今日じゅうにぜひ解決編をお教え願いたいね」

「本来これは君の事件なんだけど、まあ良い、君も仕事があるようだし、僕だって研究は終わっちゃいないからね。さっさと片づけようじゃないか」

「つまり、竹越刑事からもらった資料の四番目の麻薬密売事件と『長野電気』が繋がっているってことなんだろう？　けれどいったい何を根拠に君は、この二つをいっしょにしたんだい？」

「単なる想像さ。君の最初のＦＡＸをもらって、こんな人目に付かない怪しげな店だったらこんなことができそうだ、とちょっと研究の合間に気分転換をしてみただけだよ。その中にたまたま悪事もあったってだけさ」

「そんなことを言ったら、君にかかればどんな店でも説明が付いてしまうじゃないか。想像で事件が解決するなら、警察はいらなくなるね」

「僕だって『店の主人が実は宇宙人で、人間にばれないようひっそりと暮らしてる』なんて想像だったら行動の起こしようがないけどね、密売なんかは今じゃ日本でも広く浅くはびこってるから。歩けば一つくらいは棒にあたるんじゃないかと思ったのさ。それに僕らには普通の人なら持ってない、それを確かめる手段があるんだから、行動してみたって良いだろう？」

「遊びじゃないんだからと怒られそうだよ」

「何事も行動だよ、石岡君。さあ、一週間の成果を聞かせてくれよ」

5

私は店の主人から聞いたことや、見てきたことを思い出せる限り友人に伝えた。

御手洗は私がしゃべっている間、聞いているんだかいないんだか、終始無言だったので電話がもう切れているのでは、と思ったほどだ。

「……それで、さっきも言ったけどどう繋がるんだい？」

「つまり、あの店が薬の受け渡し場所だということさ」

「あの店で！　だって僕が観察する限りそれらしいことなんてしてなかったぞ。そりゃ四六時中見張ってたわけではないけれど。それにしたって……あの人が売っているのか？」

「店の主人は仲介だね。運ばれてくるものを買い手に渡していたんだ。君は受け取りを見てるはずだよ」

「そんな、僕が見た客達は電化製品を買って……まさかその中に入っていたのか」

「そうなるね」

「だってあの電化製品達は、他から運ばれてきて、並べるのだって店の主人ではなかった。初めて行った時に見かけた男も、買い手だというならあの人は最初から、冷蔵庫が目的のように見えたけれど」

「そうするとどういうことになるだろうね」

「……つまり最初からあの中に入っているか事前に知っていた。そして、あの男はどれに入っているか知っていたんだ。連絡をされていたか、何か目印でも付いていたのかな」

「そんな面倒なことはしなくていいんだ。ただ置いておくだけで、買い手はどの製品に物が入っているかすぐに解かる手段があるだろう」

「うーん……」

「どの商品がよく売れていたか思い出してご覧よ」

そりゃ冷蔵庫とかテレビとか……。

「そうか、絵だ！」

そうだ、あの絵の下にあるものばかり売れていた。

「だから冷蔵庫がなくなっても並べ替えないで、

補充を待ったのか。待てよ、あれらを並べたのは、運んできたあの社員だから、あの男もぐるなのか?」

「そう、だからさっき店の主人は仲介だっていっただろ。運んできた男だけが関わっているのか、製品を流してくれる会社自体が関わっているのかは、警察に任せるとして、それにしても最初の男は焦っただろうね、自分より先にコーナーの前に人がいて、しかも絵の下の冷蔵庫には予約済みの紙が張っていないんだから」

「違う人に渡ってしまったらそりゃ大変だ。そういえば、積み降ろしを見せてもらったときも理由を付けて急いで張っていたよ。毎回付けておけばいいのかも知れないが、絵のしたの物ばかりいつも紙が付いていたら、目だってしまうから取りに来るのが遅いとか、そういうどうしてもの時の最終手段でもあったのかも知れないな」

「その通りだと思うよ。誰がどこで見てるか解からないからね、用心するに越したことはない」

しかし今回は、そこまで用心したのに、気分転換の、遊び半分のような想像だけで、見られてもいないのにばれてしまったのだから、なんとも可哀相な限りである。

「結論としては、あの運んでくる男だか会社だかがバイヤーで、あの店の主人を仲介として麻薬を売りさばいていたということで良いのか?」

「売手は店の主人だよ」

「え? だってさっき仲介者だっていったじゃないか」

「仲介者であり売手でもあるんだ。実際彼はうまくやってるよ。借りている隣の市の倉庫で、受け渡しの日を指定するんだ。倉庫のどこか決められた場所に、メモでも置いておけば、自分はこの時は姿を見せないで済む。買い手にはさも自分は仲介者という顔をして、仲介料を取り、薬の代金とあわせて仲間と山分けするんだろう。山分けの金額のことを考えれば、今回は荷を運んでくる男だけが、仲間と考えたほうが良いかも知れないね。店の主人は調べてみたら、案外大物かも知れないよ」

そんなことを言ってから御手洗は、今居るスウェーデンの様子を話し、その後、体に気をつけて仕事をがんばってくれ給え、と言うと電話を置いた。

電話を切ってから、私は少しの間ぼうっとしていた。

今回は、最初の事件発覚の強引さも然ることながら、全てが疾風のように通り過ぎた事件だった。

まるで、硝子があることに気づかず突っ込み、驚き、『振り返って、割れてしまった硝子を眺めている』のが今の状況だろうか。

御手洗の気紛れな気分転換がなければ、もう少し後になって、私はこの事件を知り、自分の身近で起こった事件に驚いていたことだろう。

時計を見ると十二時を廻って、日づけが変わっていた。寝る支度を始める。

明日は朝一番で、竹越刑事を訪ねよう。

第二章　12

御手洗潔と学校の怪談

コバトミチル

御手洗の関わる事件には、はじめから大事件の予感を漂わせているものもあれば、最初は事件とも思えないような些細な出来事が、後に大事件に発展するというものもある。

今回の事件も始まりは、小学生に聞けば誰でも必ず一つは思い出すような、学校の怪談話がきっかけだった。

ある夏の日の夕暮れ、散歩から帰った御手洗は、ただいまの挨拶もないままに開口一番に私にこう言った。

「石岡君、幽霊って本当にいると思うかい？」

「幽霊？　幽霊って、あの柳の下に立ってうらめしやってやってる幽霊のことかい？」

突然始められた会話についていけなくて、私は訊き返した。

御手洗は台所へ向かい、水道の蛇口からコップに水を注ぎながら、慌ただしく私を振り返る。

「君は作家の癖に、案外発想が貧弱なんだな。まあ、その幽霊だよ。最近鳥巣小学校に現れる幽霊の話を聞いたことはないかい？」

「貧弱で悪かったな。そんな幽霊の話は聞いたことないよ」

御手洗はコップに注いだ水に口を付けながら、

「ふーん、そう」と不満そうに返事をした。

喉を潤すと少し落ち着いたようで、私のいるソファの向かいにやっと腰を落ち着ける。

何やら話したそうな様子だったので、私は仕方なく、読んでいた本を膝の上に載せた。

「誰もいなくなった夜の学校に、白い洋服の女の幽霊が現れ、暗い廊下を静かに移動するそうだよ。現れた女の幽霊は校長室のドアに消えるんだが、確かめるとドアには鍵がかかっていて中には入れないんだ」

「突然何の話だよ。鳥巣小学校の幽霊の話か？」

「どう思う？　この話、本当だと思うかい？」

「まさか」

私は一笑する。

「いるわけないよ、馬鹿らしい。子供の好きな怪談話さ」

「しかしね、実際幽霊を目撃した人間は三人いるんだよ。ぼくは今日、その三人の目撃者のうちの二人に話を聞いてきたんだけど」

「なんだ、帰りが遅いと思ったら、そんなことをしていたのか？」

御手洗は、私の言葉を無視して話し続ける。

「それが少しおかしいんだ」

声のトーンを落とした御手洗が、体を乗り出して私に顔を近付けた。

「なにがおかしいんだ？」

思わず私は訊き返す。

「三人が目撃した幽霊は、特徴から考えると同一の幽霊だと考えられる。長い黒髪に白いワンピース、髪に飾られている赤い花。一つの学校に同じような格好をした幽霊が、何人もうろついているなんて考えられないしね」

「もし本当に幽霊がいたとしたらだろう？」

なにを真剣に話しているのかと、私は少し呆れて言った。

「いいから、ここからが面白いんだよ」

御手洗が、更に体を乗り出す。

「一番最初に幽霊を目撃した女の子の証言によれば、その幽霊は、胸部より上しかなかったらしいんだ」

「え、何だって？」

「だから、胸から上しかなかったんだよ。その胸部から上の姿のまま、幽霊は廊下を歩いていた。

——とは言わないのか。浮かんでいたんだね」

思わず私は、夜の廊下に浮かび上がる、胸部までしかない女の姿を想像した。かなり無気味な姿である。しかし、不気味ではあるが特に珍しい怪談話ではない。胸部から上しかない幽霊が、両手で体を引きずって追いかけてきた——なんて話は、どこの学校にでもある有名な怪談話の一つである。

「なにもおかしなところなんてないじゃないか。特に珍しい話でもないよ」

「まだ続きがあるんだよ、石岡君。二人目がその幽霊を見たのは、それから二週間後。なんとその幽霊は、胸部まででではなく腹部まであったそうなんだ」

「なんだそれは、同じ霊なのかい？」

「そう。長い髪、白い洋服、赤い花だ。そして最後の三人目の目撃者、この人物には会うことは出来なかったんだが、聞いた話によると、幽霊は足までしっかりついていたそうだ。ほんの一週間前には、腹部までしかなかったのにね。あれ、そう言えば幽霊に足はあったんだっけ？　これはもしかすると、画期的な発見かも知れないね」

最後はおどけた調子で御手洗が言った。しかし私は、あまりの気味の悪い話に、上手く返事を返すことができなかった。

日ごとに形を変える幽霊なんて話は、あまり聞いたことがない。だんだんと幽霊が成長しているようで、ひどく不気味に思えてくる。

黙り込んでいる私に気づいて、御手洗が、例の人を馬鹿にした表情で私をからかう。

「どうしたんだい、石岡君？　さっきまで馬鹿にしていたくせに、まさか恐いなんて言うんじゃないだろうね？」

図星をさされ、思わず私はむきになって言い返した。

「恐いだって！　冗談じゃない、余りにも馬鹿らしい話なんで、呆れてものが言えなかっただけだよ」

「よし、それを聞いて安心したよ。じゃあ早速今晩にでも、幽霊の正体を確かめに行くとしようじゃないか」

「なんだって？　幽霊の正体を確かめるって、まさかその小学校に行く気じゃないだろうな？　ぼくは嫌だぞ、行くなら御手洗一人で行ってくれ」

私は激しく拒絶した。幽霊の正体なんてどうでもいい。いてもいなくても、そんな恐ろしいものには、関わり合いになりたくない。

「なにをそんなに嫌がっているんだい。幽霊なんて怖くないんだろう？　実は、ぼくは石岡君と違って、幽霊の類は苦手でね。君が協力してくれると心強いんだけど。それとも君は、そんな友の願いも聞き入れられないくらいに、心の狭い人間だったのかい？」

一呼吸置いて、御手洗が私の顔を見た。その表情で、御手洗がまだなにかを言うつもりだということが、私には分かる。

「幸いなことに幽霊は、ほら、君の好きな女性じゃないか。案外美人かもしれないぜ?」

私は無言で御手洗の顔を睨んだ。


夜の学校は昼間の活気溢れる様子など片鱗も残すことなく、不気味なほど静まり返り、息苦しいほど張り詰めた空間がそこにあった。生暖かい風が私の頬を撫で、私は不快さに、じっとりと汗の滲んだ首筋を拭った。

「さあ、石岡君、この門を乗り越えるんだ」

そう言って、相変わらず一人元気な御手洗が、錠のしっかりと掛けられた鉄の門の上に飛び乗った。

夜の静寂を破るように、門が派手な音を立てて軋む。

「おい、御手洗、見つかるとまずいよ」

私は大慌てで、御手洗のシャツの裾を引っ張る。しかし、うろたえる私を振り返った御手洗は、「だから見つからないうちに、石岡君もさっさと上がってくればいいんだよ」そう言って、悠々とした動作で校庭の方へと飛び降りるのだった。

私は深い溜息を吐きながら、大人しく校門へ手を掛けた。

ここまで来てしまったのだ、仕方ない——自分にそう言い聞かせる。素直にそれにしたがったのは、この酔狂な肝試しを納得したからではない。どんな抵抗も、御手洗の前では虚しいことを、これまでの体験で散々思いしらされているからだ。

「さて、石岡君、彼女はどこにいるんだろう?」

私が御手洗の手を借りて校門から降りると、校舎の方を向いて御手洗が言った。彼女とは、もちろん幽霊のことだ。

つられて私も、暗闇に白く浮かび上がる校舎を見上げる。夜の闇を映すその姿は、昼間目にするものとはそっくり形を変えていた。口を開けて私達を待ち受ける昇校口は、まるで異世界の入り口のように見える。

「確かに少し不気味だね。これならこの世のものでない何かがいても、おかしくない気分になってくる」

御手洗が言うので、夏の暑い夜だというのに、私は背筋が寒くなった。胸部から下のない女の幽霊の姿が脳裏をよぎって、慌ててそれを振り払う。

「へんなこと言うなよ」そう、御手洗に抗議しようと思った時、突然何かが私の足に勢いよくぶつかった。

言い訳をさせてもらえば、平時ならいくら私でもこんなに驚かなかっただろう。しかし、場所が場所、時が時だったのだ。

足にぶつかったものの正体を確かめる間もなく、私はまるで女性のような悲鳴を上げ、頭を抱えその場に蹲った。

「全く、なんて声を出してるんだい？　足元をよく見たまえ」

頭上から御手洗の呆れたような声が降ってきた。

私は恐る恐る閉じていた目を開く。

「あ……」

羞恥で顔が熱くなるのが分かった。私の足元には、かわいらしい茶色の犬が座っていた。

「幽霊の正体見たり……、ってやつだね。そんなに怖かったのなら、言ってくれれば無理して連れてこなかったのに」

御手洗が笑いながら言う。

無理矢理人を引っ張って来ておいて、今更それはないだろう。私は少し腹が立った。

蹲ったままの私の足に、茶色の犬が尻尾を振ってじゃれついてくる。綺麗な毛並みをした日本犬、多分柴犬だろう。首に赤い首輪をつけている。

「かわいいな。一体どこから来たんだろう?」

そう言って御手洗が犬の傍に座り込んだ時、子供の声が私達の耳に届いた。

「どこだ、真之介!」

私はすぐにその声が、私の足元にいる犬を探しているものだと気づく。

犬は予想通り、嬉しそうに大きく尻尾を振りながら、声のする方に走って行った。

「石岡君」

御手洗が呼ぶので、私は彼の方を振り返る。

「気づいたかい? あの犬、少し後ろ足を引きずっていたよ。怪我をしたんだろうか? かわいそうに」

御手洗は悲痛な表情でそう言った。

御手洗は大層な犬好きだから、こんな風に傷ついた犬を見るのは、とても辛いことなのだろう。

「誰かいたの、真之介?」

子供の声が近づいてくる。

しばらくして闇の中から、さっきの柴犬を連れた小さな男の子が現れた。色の白い、聡明そうな顔をしている。

私達の姿に気がつくと、彼の大きな瞳に不審の色が現れた。

無理もない、夜の校庭に見知らぬ男が二人入り込んでいるのだ。これを怪しい人間と判断しないで、他に何だと思うだろう?

「かわいい犬だね。真之介って言うのかい? とても賢そうだ」

　御手洗が優しい声で、少年に語り掛ける。

　犬のことに触れられると、強ばっていた少年の表情が少しだけ綻んだ。

「うん。すごく頭がいいんだ」

「だろうね。一目で分かったよ」

　御手洗が言うと、今度は少年は、嬉しそうに微笑んだ。

「この学校の幽霊の話を知ってるだろう？　僕たちはその幽霊を調査にきたんだけど、君もかな？」

　御手洗の言葉に、少年は明らかに戸惑った表情を見せ、沈黙した。しばらくして、意を決したように俯いていた顔を上げる。

「真之介の敵を討つんだよ」

「敵ってどういうことだい？」

　御手洗が少年に訊き返す。

「真之介がこんな足になったのは、幽霊の仕業なんだ」

　少年が言うと、自分の名前を呼ばれたことが分かったのか、真之介が嬉しそうに尻尾を振った。

　御手洗の表情が真剣なものに変わる。

「その話、詳しく話してくれないかな？」

　少年はじゃれつく真之介の頭を撫でながら、小さく頷いた。


　少年の名前は、東雲静吾、鳥巣小学校の四年生だと言った。

　彼が幽霊を見たのは、——つまり、彼が三人目の目撃者だったわけだ——三週間前のこと、夜の学校に忘れ物を取りに行った時のことだった。

　その時は、幽霊のことは随分と噂になっていたので、東雲少年は学校に一人で訪れることはせず、真之介を一緒に連れて行ったのだと言った。

忘れ物を無事回収し階段を下っていると、真之介が急に立ち止まり動かなくなった。何かに気づいたように耳をピクリと動かし、暗闇にじっと耳を澄ましている。

「真之介?」

東雲少年が不思議に思い声をかけると、真之介は「うう……」と低い唸り声を上げ、今度は猛スピードで階段を下り始めた。

東雲少年も慌てて後を追いかけたが、真之介の姿は、あっという間に暗闇の向こうに見えなくなった。

何が起こったのか全く分からなかった東雲少年は、恐る恐る真之介の後を追って、階段を下った。

彼の足が廊下に辿り着いた時、真之介の激しい鳴き声が聞こえてきた。尋常な声ではない。真之介がまだ小犬の頃、近所の成犬に襲われ、確かあんな風に鳴いた覚えがある。——東雲少年は、これ以上出ないだろうと思えるほどのスピードで、静かな夜の学校を駆け抜けた。

速度を維持したまま、廊下の突き当たりを右に折れる。そこに何かの気配を感じ取ったからだ。

そして、東雲少年は、自分の心臓が大きく高鳴るのを聞いた。——そこに女は立っていた。

夜の静寂の中に、女の白い影が浮かび上がっている。叫ぼうと思ったが、声は出なかった。駆け寄ろうと思ったが、足はその場に縫い付けられたように、一歩も動かすことは出来ない。

女は、静かに移動する。まるでその空間だけが時を止めているかのように、髪の毛一本乱れない。静止画像のように直立したまま、ゆっくりと闇に溶けていく。

廊下には、後ろ足から血を流して倒れている、真之介の姿があった——。

「ぼくが見た幽霊は、確かに足までちゃんとあったんだ」

そこまで話して東雲少年は一息ついた。目の前のアイスクリームのスプーンを手に取る。

私達は、東雲少年の話を聞くために、再び鳥巣小学校を訪れていた。いくらなんでもあの時刻に、小学生を引っ張りまわす訳にいかなかったからだ。

授業を終えた東雲少年を連れて、近くの喫茶店に入った。

「真之介の傷は、何による傷だった？」

御手洗が尋ねる。

「お医者さんは、鋭いもので切ったようだって言いました。僕が幽霊にやられたって言っても、誰も信じてくれなかったけど」

東雲少年はそう言って、私達の顔を見上げた。大きな瞳が哀しい色に包まれる。

御手洗は優しい笑顔を浮かべると、東雲少年に力強く頷いてみせた。

「大丈夫、僕たちは信じているからね。真之介の敵討ちにも、力を貸せると思うよ」

御手洗の言葉に、東雲少年は笑顔を浮かべる。

「おじさん達は、きっと分かってくれると思ってた。だって、真之介が頭いい犬だってこと、ちゃんと分かったから」

「おじさんか……、まあ君から見ると確かにおじさんに違いないが、名前の方で呼んでもらえるとありがたいな。僕は御手洗、こっちのおじさんは石岡君だよ」

「分かったよ。御手洗さんに石岡君だね」

東雲少年がこっくりと頷いて言った。

御手洗はそれを聞いて突然吹き出す。

盛大にうけている御手洗を見て、東雲少年は不思議そうな顔で、私に向かって「なにがおかしいの、石岡君」と問い掛けた。

再び狂ったように御手洗が笑った。あまり御手洗が笑うものだから、店の客や店員がこちらを注目し始めた。

「御手洗！」

「ごめん、ごめん、おかしくないよ。うん、確かに石岡君だ」

私は御手洗を睨みつける。

何が嬉しくて、子供にまで「石岡君」呼ばわれされなければならないのか？

御手洗は私の視線に気がつくと、まだ肩を震わせながら言った。

「いいじゃないか、なにも間違ってないんだし」

「確かに間違ってはいないけどね……」

「はい、決定！　それじゃあ事件の話に戻ろうか？　いいね、石岡君」

御手洗が「石岡君」の辺りを強調して言う。

私達の様子を見て、当の東雲少年だけが理解できない、といった様子で、困惑した表情のままアイスクリームをすくっていた。

やっと落ち着いた御手洗が、再び事件の話を再開する。

「君が幽霊を見たのはどこだい？」

「一階の廊下です。職員室や校長室、保健室なんかが並んでいるところ」

「なるほど。他にその幽霊に関しての噂って聞いたことあるかい？」

「えーっと。幽霊が、この学校で自殺した女の人だって噂は聞いたことあります。学校が昔墓場だったことも関係があるみたいです」

その手の噂は、全国どこの小学校に行っても必ず耳にするものである。有名なトイレの怪談を筆頭に、誰もいないはずの音楽室に突然鳴り響くピアノの音色、ヴェートーベンの光る目、幽霊の写った集合写真。一番私が笑った話は、百年に一度校庭を一周する銀杏の木、という話だ。その学校は創立四十周年を迎えたばかりだというのに。

「それから、あの幽霊が、校長室に飾られている絵から抜け出している、という話も聞いたことあります」

「絵からだって？」

「そうなんです。ぼくも校長室の掃除の時に見ました。僕が見た女の幽霊と、本当にそっくりでした」

「絵から抜け出す女の幽霊か……。なかなか詩的な話だね、石岡君」

御手洗に言われるまでもなく、私もその情景を思い浮かべていた。今まで不気味だとばかり思っていた幽霊だが、絵から抜け出す話は、なかなかロマンティックで美しい。日本の怪談と言うよりも、西洋の幽霊を思わせる雰囲気がある。

「君が幽霊を見たのは確か、三週間前だって言ったよね？」

「そうです」

「それから幽霊は出てるの？」

「それが、毎晩僕は通ってるんですけど、一度も見ていないんです」

「一度も……見ていない？　本当かい」

「はい、見てないです」

「見ていないのか……」

呟いた御手洗は、突然勢いよく席を立ちあがった。膝にテーブルを引っ掛けたので、アイスクリームの皿や私達のティーカップがカチャカチャと音をたてて揺れた。私は大慌てでテーブルを押さえる。

例によって御手洗は、喫茶店の中をウロウロと歩きはじめた。彼の考える時の癖は、こうやって、いつも時と場所をわきまえずに発揮される。

そんなことを知らない東雲少年は、まるで動物園の熊のごとく歩き廻る御手洗を、目を白黒させて見つめていた。客に至っては、ほとんど怯えているように見える。

「石岡君、御手洗さんどうしちゃったんですか？」

東雲少年が言った。

私はやっぱり「石岡君」に決定してしまったようだ。御手洗の言うように、別に間違ってもいないから、訂正することも出来ない。

「大丈夫だよ、人に危害を加えたりはしないからね。考える時はいつもあんな風になるんだ。でも、僕たちの方が恥ずかしいから、御手洗連れて早く店を出ることにしよう」

「へえ……、ユニークな人ですね」

感心して呟く東雲少年に手を貸してもらいながら、御手洗をなんとか運び出し、不気味に静まり返る店内を——もちろん、御手洗のせいだ——私達は、後にした。

翌日私達は、再び鳥巣小学校に訪れることにした。今度は、校長室にある噂の絵を確かめるためだ。

御手洗は、事件について何か気づいたようなのだが、相変わらず私にはなにも語ってくれない。唯一「油絵っていうのは、どれくらいで乾くんだい？」という質問を私にぶつけてきたくらいだ。

「さあ、塗りかたにもよるけど、そんなに厚塗りでなかったら、だいたい一ヶ月もあれば完璧とまでいかないけど、ある程度は乾くと思うよ」

私が答えると、御手洗は、「うん、そうか。いいね」と言いながら、両手を擦り合わせて頷いた。

「なに？　今回の幽霊騒ぎには、やっぱり校長室の絵が関係あるのかい？」

　私は、自分の部屋に戻ろうとする御手洗の後を追いかけながら、御手洗に質問してみたが、御手洗は五月蝿そうに私を追い払う仕草をしただけだった。

　仕方なく御手洗の質問について、自分であれこれと詮索してみたが、結局は分からないままだった。


　校長室の扉を開くと、大きな机がこちらを向いて置かれていて、そこに校長と思われる人物が座っていた。

　御手洗は躊躇うことなく校長に近付くと、快活な様子で手にしていた名刺を差し出した。

「はじめまして、私、N出版の長谷川と申します」

　御手洗が差し出した名刺を、校長が席を立って受け取る。

　実はこの名刺、一週間程前に、私に原稿依頼に来た編集者が持ってきたものだった。御手洗に誰の物でもいいから出版社の人間の名刺を貸してくれ、と言われたので渡したのだが、こんなことに使われるんだったら渡すんじゃなかった、と今更ながら後悔する。御手洗がこの編集者の名を語る度、私の心臓は恐怖に縮み上がっていた。御手洗のように僅かの動揺も見せずに嘘を付くなど、私には到底無理な話である。

「こちらは作家の石岡先生です」

　御手洗が私を紹介したので、私は慌てて頭を下げた。

　こっちは嘘ではないのだが、こんな風に御手洗の嘘と同じように落着かない気分になってくるのは、作家と紹介されることに私が抵抗を感じているからだろう。

「鳥巣小学校の校長を務めております、鶴と申します」

校長が挨拶をして、応接セットのソファを勧めたので、私達はそれに従って腰を下ろした。

校長は、まるい顔をした好々爺だった。どちらかと言うと、鶴と言うよりも狸に近い印象だ。

「それで取材をしたいと言うことですが、どういった……」

鶴校長が心配そうに言った。

「ええ、今この小学校で大変噂になっている、幽霊事件をご存知でしょうか?」

「はあ……、まあ、大変迷惑な話です」

「幽霊がこの校長室の絵から抜け出している、と言う噂のある事も?」

御手洗の言葉に、自然と三人の視線は、私達のちょうど真正面に飾られている問題の絵に注がれた。

サイズはだいたい大人が両手を広げた程度の大きさだ。鬱蒼と茂る黒い森に、一人の少女が佇んでいる。黒い長い髪、白いワンピース。そして髪には燃えるような赤い花。確かに噂に現れる幽霊の特徴と類似している。瞳はこちらを見ているのに、どこか遠くを見つめているような、焦点の定まっていない不安定さを感じさせた。深海の色を映したようなその濃い青色の瞳は、酷く哀しげで、淡い桜色の唇は、物言いたげに微かに開かれたままだった。孤独と哀しみを感じさせる絵だ。しかし、その哀しさがまた美しい。

私は、作者のサインを探そうと画面のあちこちに目を走らせた。しかし、サインは書かれていなかった。無名の作家なのだろうか? とても魅力的な絵だ。

「実は、今回その幽霊事件を取材させて頂きたくて、お伺いしたのです」

　御手洗が言う。

「幽霊事件を……ですか？　はあ……しかし、幽霊なんてただの噂ですし、取材したってなにも出てきませんよ」

「なにもないのなら、なくて構いません。私達は真実を確かめたいだけなのです。――取材させて頂けませんか？」

「取材ね。具体的には何をなさるおつもりですか？」

「大した事ではありません。この絵の写真を、何枚か撮影させて頂きたいのです」

「写真ですか？　しかし……」

「なにか不都合なことでも？」

「いえ、雑誌に掲載されて騒がれたりするのも困りますから」

「その点は御心配なく。私どもの雑誌は、事実と相違することを、センセーショナルに書き立てるような雑誌ではありません。幽霊の話が事実でなかった場合は、その通り記事にします。そうすれば、幽霊の噂はデマだった、と噂をしていた人間も分かるでしょう。校長先生の心配しているようなことには、絶対にならないと保証します」

「はあ……、そうですか」

　校長はまるで気の抜けたような返事を返して、考え込むように腕を組んだ。

「あの……」

　校長が席を立つ。

「ちょっと職員室に用事を思い出したので、五分ほど席を外してよろしいでしょうか？」

「ええ、構いませんよ」

　御手洗が返事をすると、校長は「申し訳ありません、すぐに戻ってきますから」と言いながら、校長室を後にした。

校長の姿が見えなくなると、早速御手洗が席を立ち、問題の絵に近づいた。私も御手洗の後を追って席を立つ。

「石岡君どう思う？」

御手洗が言った。

私は最初、絵のことを言っているのかと思ったが、御手洗の視線は床の方を見つめている。

私もその視線を追って、御手洗の足元を見つめた。

赤い染みのようなものが一つ、床を汚している。

なんだ、これは？　私は考える。これは、どう見たって——、

「みた……御手洗、これ、血痕？」

ちょうどその時、校長室の扉が開き、ドアから鶴校長の丸い顔が覗いた。

「ちょっとこの絵、拝見させて頂いてましたよ」

御手洗が、校長を振り返って言う。

「はあ……」

鶴校長は頷いて、机の方に戻って行く。

「取材の件ですが」

「ええ、受けて頂けますか？」

「はあ……、お受け致しましょう。この絵の写真だけでよろしいのでしょう？」

「もちろん。そうですか、ありがとうございます。それでは、明日早速カメラマンを連れてこちらにお伺い致します。出来れば夜の学校で撮影したいのですが……」

「夜ですか？」

「無理でしょうか？　こちらの鍵を持っているのは、校長先生ですか？」

「はあ……。私と、用務員室にもう一つあります。分かりました、用務員に頼んでおきましょう」

「ありがとうございます」

「それでは私、これから会議がありますので、この辺で宜しいでしょうか？」

鶴校長が席を立つ。

「ええ、私達もこれで失礼します。ご協力頂きありがとうございました」

鶴校長に礼を述べて、私達は校長室を後にした。

絵の中の少女は、静かに私達の後ろ姿を見送っていた。

「いよいよ明日から幽霊調査って訳だね」

自宅への帰り道、私は御手洗に言った。

御手洗は、ついでにと立ち寄ったスーパーの買い物袋を反対の手に持ち替えながら、私を見て眉を寄せた。

「まったく君は呑気だな。明日にはもう事件は解決してるよ、石岡君」

「え、解決って？　さっき君は、明日から学校に取材に入らせてくれって、校長先生に頼んでたじゃないか？」

「幽霊はね、必ず今夜現れるよ。間違いない。帰ったらすぐに東雲君に電話するんだ、真之介を連れて、いつもの時間に学校に来るようにとね。僕らも夕食を摂ったら、すぐに学校へ向かおう」

私は、御手洗が何を言っているのか、理解することができなかった。

御手洗は、一体なにが分かったと言うのか？　どうして幽霊が今日必ず現れるなんてことを、自信を持って言うことができるのだろう？

「幽霊の正体が分かったのか？」

「分からなかったのかい、石岡君？」

「分からないよ」

私は首を振る。

「君も見てたじゃないか。彼女はあの絵の中から抜け出したんだ」

「まさか！　そんなことあるわけないだろう？」

　私は御手洗に抗議した。きっとまた、私をからかっているのだと思ったからだ。

　しかし、予想に反して御手洗は、真面目な顔で私に向かって、「本当だよ。間違いないね」などと言うのだ。

　私は、さっき見たばかりの、哀しげな少女の絵を思い出した。鬱蒼とした森に佇む少女、長い黒髪、白い洋服……。彼女が本当に幽霊の正体なのだろうか？　どう考えたって、そんなことはありえない。これでは本当に学校の怪談になってしまう。

　私は、まだ残っている疑問を御手洗にぶつけた。

「じゃあ、胸部しかない幽霊っていうのは？　校長室の床の血痕は？」

　御手洗は再び眉を寄せると、呆れたように溜息を吐く。

「少しは自分で考えるんだね。さあ、急がないと間に合わなくなるぞ！」

　そう言って、私の持っていた買い物袋まで奪うと、さっさと先に歩き出してしまった。

　私は慌てて御手洗の後ろを追いかけながら、事件について少し考えを巡らせてみたが、さっぱり分からないので考えることを諦め、今夜事件が解決されるのを大人しく待つことにした。

　夕食を食べ終わってからすぐに、私達は家を出た。

　西の空は紫色に染まり、もうすぐ夜が訪れることを告げている。昔の人はこの時刻を、逢う魔が時と呼んだそうだ。現代のように電気などがなく、夜が闇に覆われていた時代、人々は、本当にこの世のものでない者に出遭っていたのかも知れない。

学校へ到着すると、今日は正門へ向かわず、裏門へと向かった。裏門なら錠が掛かっていないことを、東雲少年に教えてもらっていたからだ。

そこには既に、東雲少年と真之介の姿があった。

私達の姿に気づくと、真之介は嬉しそうに耳を立てて、こちらに駆け寄ってきた。茶色い尻尾を懸命に振って、御手洗の足にじゃれつく。御手洗も嬉しそうに、真之介の小さな頭を両手で挟み込むようにしながら、撫でてやる。

「あの、今日幽霊が現れるって、本当ですか？」

東雲少年が近づいてきて言った。

「間違いない。今夜必ず現れる」

なにを根拠にしてるのか、御手洗は確信を持った声で東雲少年にそう告げる。

「どうするんですか？」

「校長室の廊下を曲った所に、小さな倉庫があったね。あそこは鍵も掛かってなかったようだから、倉庫に隠れて幽霊が現れるのを待とう」

なるほど、さっき学校を出る時に、御手洗が倉庫を確かめていたのはそういう理由か、と私は納得した。

「でも、そんな中に入ったんじゃ、幽霊が現れても分からないんじゃないのかい？」

「石岡君、だから真之介を連れてきて貰ったんだよ。彼なら僕らが聞き取ることの出来ない音を、聞き取ることが出来るからね。彼等の可聴範囲は、人間の四倍もあると言われてるんだよ。人間は一秒間に二万五千ヘルツの音しか聴き分けることができないのに、犬は八万から十二万ヘルツの音を聴き分けることができると言われているんだ」

「へぇ、すごいな真之介」

返事をしたのは私ではなく、東雲少年の方だった。

真之介は誉められたことが分かったのか、澄ました顔を、東雲少年に向けた。

真之介を連れて、私と御手洗、東雲少年が夜の学校へ忍び込む。人気のない静かな廊下は、昼間見るよりもずっとその距離が長く感じられるから不思議だ。暗闇の中にこの廊下は永遠と続いているのではないか、と錯覚する。

校長室へ続く廊下までやって来た。すぐ傍に、倉庫のドアが見える。

御手洗がドアのノブを捻って、東雲少年と真之介を先に倉庫の中へと招いた。

私は、彼等が入るのを待ちながら、なんとなく、闇に覆われ重い空気を漂わせる、夜の廊下を振り返った。

ふと、昼間に見た、絵画の中の少女の姿が脳裏をよぎる。彼女の瞳は、この闇のような深い色をしていた。

本当に今夜、御手洗の言った通りに彼女は現れるのだろうか？　会ってみたい——私はそう思っていた。例え彼女が異形のものであろうとも、あの深い悲しみを秘めた瞳に、私は会ってみたかった。

「石岡君」

御手洗が私を呼ぶので、慌てて倉庫の中へと身を隠す。

そこは思った通り色々な道具が雑然としていて狭く、三人と一匹が入るにはかなり苦しい空間だった。特に長身の御手洗には低い天井は窮屈そうで、頭を低くして辛そうにしている。

「こんな所にいつまでいるんだい？」

私は堪らずに尋ねた。

換気の為なのだろう、倉庫に小さな窓は存在していたが、夏の夜である、そんなものは、まるで役に立たないと言っていい。じっとしていても汗が次から次へと溢れ出して来る。真之介に至っては立派な毛皮を着ていることもあって、さっきから動かずにぐったりしたまま、舌を長く伸ばし、荒い呼吸を繰り返していた。

「もうすぐだ、石岡君。真之介がこの状況を堪えてるんだよ。君も少しは見習って、大人しく待っていたらどうだい？」

私は壊れた飛び箱の様なものに寄りかかって、時間が過ぎるのを待った。汗でシャツが張り付くのが気持ち悪かった。帰ったらすぐに風呂に入ろうと考える。

それからどれくらい時間が過ぎたのだろう？　酷く長い時間に感じられたが、実際はそんなに経っていないのかも知れない。私の足元でだらしなく蹲っていた真之介が、突然勢いよく立上った。耳をピンと立て、何かを必死に聞き取ろうとしているのが分かる。全身に緊張感が漲っていた。

「どうしたんだ、真之介？」

東雲少年が声を掛けると、真之介は低い唸り声を上げた。

「御手洗さん、現れたようです」

御手洗は、黙って東雲少年に頷いて見せる。

とうとう彼女に会えるのだ——、そう考えて私は酷く緊張した。心臓が、今にも飛び出しそうなほど、速いスピードで高鳴っているのが分かる。倉庫の中の不快さも重なって、息苦しくて堪らなかった。

「石岡君、僕が合図を送ったら君がそのドアを開くんだ。僕は飛び出して例の彼女を取り押さえるよ」

「取り押さえる？　幽霊をどうやって捕まえるんだ？」

私が問い掛けると、御手洗は困ったような顔をして私を見た。

「しっかりしたまえ、幽霊なんていないって言ったのは君だろう？」

「え？　だって……」

その時、待ちきれなくなった真之介が、大きな声で外に向かって吠えた。

「まずい！　仕方ない、石岡君ドアを開けるんだ」

御手洗の声に、私は慌ててドアを開く。

一番早く飛び出したのは、真之介だった。片足をまだ引きずっているにも関わらず、すごい勢いで暗い廊下を駆け抜けて行く。

私は御手洗、東雲少年の後に続きながら、真之介の走る先を見た。

——いる！

その姿を目で捉えた途端、全身に鳥肌が立った。

確かに彼女は立っていた。闇の中に、彼女のいる場所だけが青白く光っている。深海を映したような深い色の哀しげな瞳、長い黒髪、そして真紅の赤い花。

いたんだ、噂などではなかった。彼女は本当に存在していたのだ。不思議と恐怖は感じなかった。夜の闇に佇む、美しい彼女の姿に、寧ろ感動さえ覚えていたほどだ。

私達よりも、一足先に彼女に追いついた真之介が、唸り声と共に、彼女に飛び掛かった。

「うわっ！」

男の低い声が廊下一杯に響く。

なに、どういうことだ？　——私は驚いて、思わずその場に立ち尽くした。

いや違う。よく見ると、真之介は彼女に飛びついているのではない。暗闇に目が慣れてくると、彼女の傍に、黒い服の男が二人立っているのが分かった。真之介はその男達に飛びかかっていたのだ。

「止めろ、離せ！」

男が両手を振り上げる。女はゆっくりと廊下に向かって倒れた。

——彼女は。

「いい加減にしろ、このやろう」

片方の男の手が、キラリと光った。真之介に向かってナイフを振り上げている。

「危ない！」

御手洗が叫んだ。ナイフを振り上げた男に向かって走り寄る。

御手洗の声に私も我に返り、慌ててその後を追った。

御手洗が男の腕を押さえると、それを手伝い、私は男の手からナイフを取り上げた。

東雲少年も勇敢に、真之介が噛みついている方の男に駆け寄り、暴れる男の腕に噛み付いた。犬と子供に噛み付かれ、男は悲痛な叫び声を上げる。

「石岡君、倉庫にロープがあったから、それを持ってきてくれないか」

御手洗が、自分の体の下に男を組み敷いて叫んだ。

私は、大慌てでロープを取りに倉庫へ向かう。東雲少年達の方を振り返ると、そちらも倒れた男の上に跨るようにして東雲少年と真之介が乗っていて、振り返った私に気づき、笑顔でVサインを送ってくれた。

倉庫から持ち出したロープで、御手洗が二人を縛り上げる。

二人の男は、深く帽子を被っていて、表情は伺えない。しかし、疲れきった様子で、これ以上暴れる気はないようだった。

「東雲君、今すぐ用務員さんのところに行って、校長室に泥棒が入ったから警察を呼んで下さい、と言ってきてくれないかい？」

御手洗が言うと、東雲少年は元気に返事をして、真之介と共に廊下を走って行った。

「さて」

御手洗が男二人の方に向き直る。

「顔を上げてもらえますか？　えーっと、こちらが校長先生かな？」

「校長先生だって？」

私は驚いて声を上げた。

「ど……、どこの校長だい？」

「この小学校に決まってるだろう？」

御手洗が男の帽子を剥いだ。

愛敬のある狸のような丸い顔が現れる。間違いない、昼間逢ったばかりの鶴校長だ。

「どうして鶴校長が？　一体どういうことなんだ？　この学校で何があったんだ？」

「一気に聞かれても答えられないよ。とりあえず、あそこに倒れてる彼女を起こしてくれるかい？」

御手洗が指差した方向を、私は振り返る。

乱闘騒ぎで、すっかり忘れていた。この騒ぎの原因、絵から抜け出した少女。彼女の正体は——、

「本当に絵だったのか」

私は倒れていた絵を起こしながら、呟いた。

彼女の哀しげな瞳が、私を見つめ返す。

暗闇の中では、まるで少女が廊下に立っているように見えた。しかしそれは、背景の暗い森のせいだったのだ。廊下に電気を付けて見ると、それはただの絵でしかなかった。

「校長室の絵を移動してきたんだね」

私は絵を起こしてから、御手洗を振り返る。

しかし、御手洗は「違うんだ、石岡君」と言いながら、鶴校長の着ていたジャンパーのポケットから、鍵の束を取り出した。それを私に投げて寄越す。

「校長室に入ってごらんよ。絵がどうなっているか確かめるといい」

「絵だって？　ここにあるじゃないか」

「いいから、言う通り入ってみたまえ」

私は渋々受け取った鍵を使って、校長室の扉を開いた。

校長室に飾られていた少女の絵は、どんな理由があったのかは分からないが、今は廊下に運び出されているのだ。この部屋にあるはずはない。

私は校長室の壁を見た。

——え？

自分の目を疑った。

校長室の壁には昼間見た時のままの姿で、少女の絵が飾られていた。

再び廊下に戻って、そこに絵があるのを確かめる。間違いない、少女の絵は廊下の壁に、ついさっき私が立てかけたままの状態で置かれていて、動かされた形跡もない。

「御手洗、一体どうなってるんだ？　どうしてこの絵は二枚ある？」

「だから、こっちの絵が幽霊の正体だよ」

御手洗が廊下にある方の絵を指差す。

「校長室の絵から抜け出した少女。つまり、校長室の絵の贋作だ」

「贋作だって？」

「そう、一見しただけじゃどちらが本物か分からないだろう？」

「しかし、どうしてこんなサインもないような、無名画家の贋作なんか作らなくちゃならないんだ？」

「無名画家ではないとしたら？」

御手洗がそう言って、校長を振り返った。

「そうでしょう、校長先生？　隣りにいるのが、この絵を描いた人かな？　なかなかいい腕をしているのに、贋作なんてもったいないないですね」

校長の隣りにいた男が顔を上げる。まだ若い男だった。

「ぼくはよく知らないが、おそらく校長室にあったあの絵は、有名画家が無名時代に描いたものではないですか？　今売れば、かなりの価値を生んだりするような。しかし、校長室に無造作に飾られてあったため、だれもあの絵が、そんな価値のあるものだとは気づかなかった。それを校長は、何かのきっかけで気がついたのでしょう。誰かに知られる前に自分のものにできれば――、そう考えた。そして贋作を作ることにしたんだ。違いますか？」

問われて校長は、小さく首を縦に振った。

そう言われてみると、私があの絵に魅せられた理由もよく分かる。あの心の深い所を揺さぶられるような哀しい美しさ。あの絵はやはり、ただの素人の絵ではなかったのだ。

「御手洗さん！」

東雲少年と真之介が、用務員の老人を連れて戻ってきた。

「警察を呼んできました。すぐこちらに到着するそうです」

「そうかい、ありがとう」

そう言って御手洗は、ズボンのポケットから犬用ビスケットを取り出すと、東雲少年に差し出した。

「これ、真之介への御褒美だ。今夜は彼が一番活躍してくれたからね。ぼくらはこれで帰るけど、後のことは任せてもいいかな？　もし必要ならば、警察にぼくらの家の電話番号を教えてもかまわない」

「大丈夫、任せて下さい」

東雲少年が姿勢を正して返事をする。隣りにいた真之介も、行儀良くお座りのポーズをして、御手洗を見上げた。

「御手洗さんのお陰で真之介の敵討ちが出来ました。ありがとうございます」

「真之介は素晴らしい犬だ。彼との友情を大切にね」

御手洗が真之介の頭を撫でると、真之介は嬉しそうに尻尾を振った。

「じゃあ、元気で」

御手洗が東雲少年と真之介に向かって手を振った。

「御手洗さんもお元気で。石岡君もありがとうございました」

東雲少年が小さな頭を私に向かって下げた。

結局私は、最後まで石岡君だった。――まあ、彼なら許そう。

「行こうか、石岡君」

御手洗が面白そうに、そう言った。


「本当に帰ってもよかったのかな？」

私達は静かな住宅街を抜けながら、家路を急いでいた。

この時間になると昼間に比べ気温も下がり、幾分過ごしやすくなっている。どこかで花火をしているのだろう、ロケット花火の打ちあがる高い音が夏の星座の輝く空に響いていた。

「かまわないよ。東雲君がぼくらの家の電話番号を知っているし、ぼくらが悪いことをしたわけでもないんだしね」

御手洗が答えた。

風鈴の涼しい音色がどこからともなく聞こえてきて、御手洗がそちらに耳を澄ます。

「ところで御手洗、幽霊の正体が贋作の絵だっていうことは分かったんだけど、あの胸部しかない幽霊や足のない幽霊って言うのはなんだったんだい？」

私は、御手洗が事件のことを頭から追い出さないうちに事件の真相を語ってもらわなければ、と思い質問した。

「そんなことか」

御手洗は五月蠅そうに呟く。風鈴の音を楽しむのを邪魔されたのが、気に入らないのだろう。

「まだ分からないのかい？　彼等は贋作を作っていたんだ。ほとんどは写真を見ながら仕上げたんだろうけど、細部は現物を見ながら描きたかったんだろうね。夜の学校に、彼等はカンバスを持ち込んでいたんだよ。そこを東雲君達に目撃されたんだ」

「どうしてそんなことが分かるんだい？」

「校長室の床の赤い染みを見ただろう？　君は血痕だと思ったらしいけど、あれは油絵の具だったんだよ」

「ああ！」

私は思わず声を上げた。確かに彼女の黒髪には、目の覚めるような赤い色が使われていた。

「なるほど！　じゃあ、胸部しかなかったり足がなかったり、って言うのは、描きかけだったからなんだな」

「その通り」

油絵の場合水彩画などと違って、重ねて何度も塗ることが出来る。多分先に黒い森を描きこんで、後に少女の絵を描き加えていったのだろう。背景が黒いせいで、彼女の姿以外は暗闇では見ることが出来なかったのだ。

「絵の女にそっくりだったと言っていただろう？　それなら人間が化けているなんて考えるよりも、絵、そのものと考える方が自然じゃないかい？　しかも幽霊は最初は体の一部分が欠けていて、それが日に日に出来上がっていく。まるで絵を描く工程そのものじゃないか？　誰かが校長室の絵の贋作を作っているんだろう、と僕は考えたんだ。しかもこっそりと夜の学校に忍び込んで——、だからね。しかし東雲君の話では、三週間前に幽霊を見たっきり今は現れていない、という。何故か？　ぼくが石岡君に聞いただろう、油絵はどれくらいで乾くのか？　東雲君が見た時点で、彼女の絵はでき上がっていたんだ。彼等は絵が乾くのを待っていたんだよ」

「そうか。でも、どうして今日彼等が現れるって分かったんだい？」

「それは取材の申し入れに、ぼくが今日学校を訪れたからさ。本物の絵の写真を撮られちゃまずいだろう？　それを見て、だれか気がつく人間がいるかも知れない。しかし、頑なに拒んで、怪しまれるのも困る。結局彼等は、ぼくの取材を受けることにしたんだ。要は写真が撮影される前に本物と偽者をすり替えてしまえばいいだけの話だからね。幸い絵は少し早かったかも知れなかったが、ほぼ乾いている。彼等は急遽、絵を本物とすり替えることに決めたんだ」

私は御手洗の説明に、ただ感心して唸り声を上げた。校長室を訪れた時点で、御手洗は真相に辿り着いていたのだ。

「校長先生が犯人だと分かったのは？」

「それは幽霊が校長室に入った後、鍵を確かめたが閉まっていた、と言う話があっただろう？　犯人は校長室の鍵を持っている人間だ。校長室の鍵は二本、持っているのは用務員と校長自身。滅多に校長室に入らない用務員が、あの絵が有名画家のものだって気づくとは考え難いからね。絶対だとは言い切れなかったが、校長だと考えて間違いはないと思ったのさ」

「そうか。なるほどな……」

　私は感嘆の声を上げながら、別れ際に見た東雲少年の嬉しそうな笑顔を思い出す。少しだけ誇らしい気持ちになって、私は御手洗を見た。

　公園の中を横切ると、家族連れが花火をしていた。赤や黄色の光が、楽しそうに笑う子供たちの顔に映っている。

　不意に風鈴の音が一際強く響き、私達の間を涼しい風が通り抜けた。少し汗ばんだ肌には心地いい。

「もう秋の風が吹いてるね」

　私は言った。

　気づけば、あんなに煩いと思っていた蝉の声も少なくなり、虫の声が聞こえている。

「そうだね」

　呟いて御手洗が見上げた夏の空に、ロケット花火が一つ、勢い良く打ち上がった。

第二章　13

Pair Jewels / Pair Lovers

橘高　伶

私はしつこく食い下がっていた。

「御手洗さん、私はあなたとの子供が欲しいのよ」

彼の顔を直視できなかったが、それでもまるで理屈に合わない光景を見たかのように表情が歪んだのが私にはわかった。

「私が問題にしているのは性欲ではないのよ。ただあなたと何か、同じ時代に同じ世界で生きていたという証が欲しいの」

否定されるのが怖く、私はまくし立てた。

「私は今更、あなたの研究に追いついて同じテーマのレポートを提出するのは暇も知識もないし、あなたには映画を創ることに興味なんてないでしょう？」

言えば言うほど、二人の間には共通項が少なすぎることを自覚した。

「そうよ、だったらもうそれしかないの。私とあなたの最大公約数は異性ということだけですもの」

そのとき、私は初めて御手洗潔の顔を見た。

「何を言い出すんだ、レオナ。僕は賛同できない。そんなことは僕にはできない」

彼はうつむき加減に、首を振った。

「決して君のことが嫌いなわけではないのだけれども」

では、どんな理由だというのだろう。

「あなた、やっぱりゲイなの？」

我ながら、言い覚えのある質問に彼は首をすくめた。やれやれ、どうして君はそんな発想しかできないんだとでも言いたげに。

「じゃあ不能なの？」

今度も彼は首を横に振って否定する。

「じゃあ構わないじゃない。御手洗潔の頭脳とレオナ松崎の美貌を併せ持った子供は、何かの分野で活躍するに違いないわ！」

私は自分の拳を握りしめて力説していた。

「それが、嫌なんだ」

その声にはじかれたように顔を上げた。

「この世に、外見は僕なのに中身が君の人間がいずれ出現すると思うと耐えられない」

彼の拒絶の言葉に私は打ちのめされ、その場に崩れ落ちた。遠くでゴングが鳴った。


私はベッドから飛び起きて時計のアラームを止めた。

「変な夢」

鏡台の鏡に自分の姿を映す。夢に違いない。彼は外見も悪くないし、私の性格だって絶望される程ひどいものではないだろう。

本当に。髪にブラシを入れる。変な夢だった。彼と夢で共演するのは全くないわけではなかった。それでも大体は通行人か端役がいいところで、主役というのは初めてではなかっただろうか。

電話のベルが鳴る。毎朝のお決まり、エージェントからの連絡とスケジュール確認の電話だ。

「ハイ、レオナお目覚めかしら」

「ありがとう、体調も上々ね」

夢見は悪かったけれどね、と心中で言い足す。

「今日の予定は午後六時からの撮影だけよ」

現在は映画一本に仕事を絞っていた。大役を演じるのは『ラスト・イグジット』以来である。

「午前中はジムへ。それからは家で休んでいるわ、遅れない程度に迎えを来させて」

エージェントは心配そうに言った。

「六時入りでいいのね」

そうよ、じゃあと答える。

「無神経なプレスとやり合う元気はないわ。ガードの陰に隠れていたいのよ」

本当なら誰にも会いたくないくらい。その弱音を噛み殺して電話を切った。

マシン・トレーニングを終え、私はただひたすら手で水をかき足でそれを蹴っていた。このところずっと自分の体に対して乱暴になっていた。何も考えられなくなるように、ただ疲労させるためだけに倒れそうになるまで遠泳を試みた。二キロも泳げば後は演技のことくらいしか考えられなくなるだろう。仕事まで仮眠をとればその一日はやり過ごせる。そう思い込もうとしている。

水は人々の視線のように身体にからみつく。冷たすぎる位が丁度いい。今までも無遠慮な視線をかいくぐってきたように、ただ水をかき分けて進む。

（レオナさん）

まだ疲れが足りない。

(ねぇ、レオナさん)

あの娘の声が聞こえてくる。何も棲まぬ人工の湖の底から。


ハリウッド映画のキャストの口からネイティブな発声を聞いたのはこの映画のクランク・イン当日が初めてだった。

「メイって呼んで下さい」

背の高い彼女は日本に私が住んでいた頃からのファンだと言い切った。

「ジャパニーズなの?」

私は質問したが、メイは首を振る。

「どこでもあって、どこでもないんです」

メイは私よりはるか複雑な民族的要素を持っていた。聞けば生まれはコリアで育ちは日本のいわゆる、在日韓国人ということだった。私と同じ頃アメリカに留学し、そのまま居着いて今はミュージカルスターになりたいと言う。

「私には名前がたくさんあるんです。韓国での名前と日本風のもの。ハリウッドではメイ・ヤンです」

母国の韓国の記憶はあまりなく、それでも日本では外国人として扱われたメイ。エージェントは彼女を中国人として売り込みたいらしい。私も日本にいた頃「あの人は西洋の血が濃く入っているから人並み外れて美人に思えるようだが、珍しがられているだけだ」「やっぱりあっちの人だから日本を離れるのだ」といった陰口をいくつか聞いた。こちらでは日本人と英国人の混血は間違いなく異端だった。殊更、ハリウッドでは。ブラック・アメリカン役の俳優はその逆で必ずいくらかはホワイトの血が混じっていなければならない。

変な街だ。

　メイは端役だったが撮影シーンが多かった。撮影中は二人の身体が同時に空いたときに私がよくメイを訪ねた。はじめはメイは恐縮していたがすぐに打ち解けた。

「どうすれば……ううん、ハリウッドで成功するためには何が必要でしょうか。私達はその、違うのでしょう？」

　メイの言わんとしていることは痛い程わかった。

「常に努力することと、強い心を持つことよ」

　プライドとは、少し違う。

「心？」

　そうだ、と私はメイの手を握った。

「何を言われても、どんな仕打ちがあってもいつでも堂々としていなさい。決してひがんだり卑屈になっては駄目よ。嫌みの通用しない人が一番強いと思うわ」

　メイは手を握り返した。

「ありがとう。私、今はとても嬉しい気分だけど少し怖かったの」

　ミュージカルのオーディションに合格したという彼女を私は祝福した。

「じゃあ次はその舞台でスターになるだけね。ずっと、憧れだったのでしょう？」

　ボイス・トレーニングの甲斐があったとメイはふと瞳を潤ませた。

「お祝いしないとね。本物のクロマグロのトロを出す寿司屋を見つけたのよ」

　そのオーディションに合格することが内々に決まっている、と公言していた女性がこの映画のキャストにいたことは黙っていよう。そのとき私はそう思っていた。


（ありがとう）

メイの姿が頭から離れない。今日も駄目だった。私はプールから這い上がった。幸いなことにアクセルとブレーキを踏む力は残っていた。ソファに倒れる。

早く眠りの淵に身を沈めたい。一人の人間にどれだけの強さがあるのか。もし脆弱な心しかもたぬ人間に急に強くなれと言っても気疲れするだけなのかもしれなかった。

また、スキャンダルなフィルム。主演はレオナ・マツザキ。今度呪うものは自分自身の思い上がりだろうか。

メイ・ヤンは全ての出演シーンを取り終わった後、自らの命を断った。

原因は明白だったがだれもそれを口にしようとしなかった。メイに嫉妬した女優、アニーの目に余る嫌がらせ。それにミュージカルに向けて厳しくなったボイス・トレーニングの疲れが重なった。自室のバスルームでメイは睡眠薬を飲み、手首を切った。

私以外で一番ショックを受けていたのはアニーだった。自分が受かるはずの役を持っていかれた腹いせに、いじめていた当人。外から見えるダメージは私より大きい。呆けたようで演技もままならず、撮影は押していた。

もっとも、メイの死は自殺と断定された訳でもなかった。ドアの鍵は開いていたし、メイに睡眠薬の処方箋を書いた医師はいなかった。

メイが死んだ夜、アニーが酔いつぶれていたのが目撃されていた。千鳥足になって、これからメイのところへ文句を言いに行ってやる。と知人に話したらしい。アニーは徹底的に調べられたが殺人は不可能だという結論になった。

メイは午後九時に、「今日はボイス・トレーニングが長引いて疲れた。睡眠薬を飲んで寝ようと思う」と突然訪ねて来たボーイフレンドを顔も合わせず門前払いしている。一方、アニーは九時三十分にはある人のオフィスに行っている。受付のスタッフにもそれを見られているのだ。

サイモン氏はオーディション合格後のメイのトレーナーでオーディションの副査の一人であった。頭を冷やしたアニーは気を変えて自分の落選理由を聞き、トレーニングの依頼をする目的で訪問している。九時に生きていたメイに薬を飲ませ、裸にしてバスルームで手首を切って殺す。それからサイモン氏のオフィスに向かったならもっと遅い時間になる。どんなに急いでも三十分弱はかかるという話だ。射殺なら不可能ではないが、殺人にしては手が込んでいる。

一応、メイは正規ではない手段で薬を得て死んだということに落ち着きそうだ。

私には何もできなかった。彼女が傷付いていく様を見ていたのに。カラ元気も弱々しく、気にしていないと言ったメイに慰めることしかできなかった。

ジムを休み、眠れなかった私はアニーの不在証明の裏付けを取ろうと車に乗った。メイの家は知っていたし、トレーニングへ送っていったこともあった。九時を待ち、一杯までアクセルを踏んだ。時計を確認しながらなるべく速く。オフィスの面している道に車を止めて時計を見た。精一杯で二十五分。五分でメイを殺せるはずがない。それに当時アニーには酒が入っていたし、スピード狂だという話も聞かない。

メイのボーイフレンドの時計とオフィスの時計との誤差を考えても三十分前後はかかるはずだ。もう一度思い返してみるとメイを殺害する時間も必要なはずなので、不可能ということになる。

そのとき、見覚えのある車がオフィスのガレージに入った。車から出たのはアニーだった。様子がおかしい。どうやらまた酔っているようだ。トレーニングにしては変だ。ドアに向かわず、ひとつの窓に向かって何か小石のようなものを投げる。誰かを呼び出しているようだ。誰か出てくるだろう。私はそっと車窓を開けた。こちらは暗がりだし、この車で撮影に行ったことはないので気づかれることはないだろう。

ドアを開け、恐る恐る現れたのはサイモン氏だった。私は耳をそばだてる。とても意外なものを見た。

「あたし、怖いの。怖いのよ」

アニーはサイモン氏に抱きついていた。

「いつか、あたしはまた疑われるのよ」

彼女は涙をサイモン氏の肩で拭いている。サイモン氏の手が、アニーの背を撫でる。

ただならぬ関係だ。

「キース」

アニーはファーストネームで彼のことを呼んでいる。やはり単なる師弟関係ではない光景だ。

「あなた大丈夫?」

サイモン氏は答える。

「ああ。君もそんなに酒ばっかりに逃げていないで。ほとぼりが冷めれば君と仕事ができるのを楽しみにしている連中もいるんだ」

それは、メイの役はやはりアニーになるという意味だろうか。それしか考えられない。

「だから帰って、おやすみ」

アニーは子供のように大きく頷き、キスをせがんだ。固く抱き合い、愛の言葉を交わす。私の頭の中にはある妄想が浮かんだ。まさか。

サイモン氏がオフィスに帰り、アニーも車中でエンジンをかけた。その役が欲しかったアニー。落選してからずっと飲んだくれているアニー。

「どうしようか」

私はアニーの車を追った。

アニーが車を停めるのを確認して、理由もなくメイの家に引き返した。助手席にメイを乗せず車を停めたことのなかった場所。ふと、見上げるとアパルトマンのメイの部屋辺りの窓に電気が灯るのがわかった。時計を見るともう夜中近い。

思わず我が目を疑う。こんな時間に訪れるのはメイの家族とも不動産屋とも考えにくい。

「メイ」

まさか生きている、という思いがちらりとよぎる。

「そんなはずないわ」

もしもそうなら御手洗さんにお似合いの事件だ。

そういえばあの部屋はどうなっているのだろう。私は車を降りた。もしメイが他殺で、今部屋に上がっているのが犯人らしき人物なら、酔っぱらいの振りでもして逃げよう。

「女優ですもの」

もっとも、彼女の死に関して後ろ暗い人間なら再び訪れるのは避けるだろうし堂々と電気なんて点けない。そう思い当たると同時に何かが心の中で引っ掛かった。その「何か」を捕まえようとして逃げられる。きっと御手洗さんはそういうものを捕まえるのが得意なのだろう。きっと。

ドアの前に立ち、ノブを握る。一気にドアを開ける。意外にも鍵はかかっていない。アニーの死が確認されたときと同じだった。決して広くはない部屋。玄関から見えるソファに座っていた誰かは私を見た。

「誰？」

思わずそう言うと、黒い髪の若い男はふらり、と立ち上がる。答えない。何をしていたのだろう。その男は私に近づいてくる。何を意図しているのだろう。怖い。私は立ちすくむ。

「あんたは……」

その男は小さな声で聞いた。

「名乗らなくていいのかよ！　自分より若くて、認められてない奴は人間の数に入らないのか。だったら、何したっていいのかよ！」

彼はその場でぶるぶると震え、顔を覆いながら泣いた。そうか、と全てを悟る。

「私は、レオナ松崎。メイの親しい友人だったわ」

嗚咽をかみ殺し、かすかに彼が謝る。彼はメイの自殺の原因をどこかから聞いたのだろう。メイは無神経で差別的でどうしようもなく嫉妬深いハリウッドに殺された。そんな風に思うのだろう。

「あなたが、メイの恋人だったのね」

彼は頷く。

「メイみたいな優しい……向いてなかったんだ。反対したのに。彼女は、傷ついてばかりだった！」

私は彼の背を押して先程彼のいたソファへ導いた。

「あんな世界だからメイは頑張れたのかもしれない。だけど、そんなことでメイが死を選ぶなんてね、信じたくないのは同じだわ」

信じたくない、信じていない。自分はその間で揺れ動いている。

しばらく沈黙が続き、私はテーブルの上の写真立てを手に取った。メイが、彼の隣で微笑んでいた。幸せそうで、だからこそ、涙を誘う。その涙はやり場のない怒りをも呼ぶかもしれない。

「僕はレスリー・グレイ。メイには一番最後に会ったことになってるけど、あんなの会ったうちに入らない」

　さっきはごめんなさい、メイから話によく聞いていました。レスリーはそう言ってばつが悪そうな顔をした。

「日本語で話しましょう」

　レスリーは意外なことを言った。

「お互い、メイが恋しいなら日本語で偲ぶのがいいでしょう。僕は家族の仕事の都合でメイと同じ日本のハイスクールに通っていたから」

　国際交流の盛んな学校に通っていたという思い出話はメイから聞いたことがあった。そこで二人は知り合い、メイはレスリーを追って留学という形で渡米して居着いたのだろう。

　レスリーは割に流暢に日本語を喋った。

「僕は彼女を思い出そうにも、最後の夜のことばかり後悔してしまうんです。あのとき無理を言ってでも会っていたら、彼女を死なせはしなかったのに」

　メイが死んだ日、玄関先で追い返されたことが彼にはショックだったのだろう。そんなに悩んでいたなら相談して欲しかった、と言う。

「合鍵は持っていたんでしょう？」

　現に、レスリーはこの部屋に上がっている。

「鍵はありません。彼女の両親から部屋を近々引き上げるからそれまで形見分けをしろと預かったんだ。そのころはまだ持っていませんでした」

　ふと思い当たることがあった。

「でもあなたが来たときには玄関の鍵も開いていたのよね」

　メイの死体が発見されたとき部屋は施錠されていなかった。わざわざ閉められていた鍵を開けて自殺するだろうか。

「鍵はかかっていました。だって、不用心でしょう」

　どう考えても不自然だ。だが、レスリーは思い違いではないと主張する。

「始め、驚かそうと思ってドアを急に開けようとしたんだ。開かなくても大きな音がしたら驚くでしょう。ドアが開かなくて、インターフォンで呼び出したんだ」

　その話に私は興味をひかれたが、彼の心情を慮ればあまり聞くのも気の毒だろう。

「こんな話、嫌かしら？」

　でも私はメイが自殺したという話を疑っているのよ、と続けた。彼は首を振る。

「市警の刑事に何回も説明したから、もう慣れてます。最初は聞かれるたび嫌で泣き出したい気分になったけど、もう鈍くなってしまって」

　少し話題を変えようか。大丈夫だという人は無理をしている。すぐに音をあげる人は意外にしぶとくしたたかだ。大丈夫だ、と言ったメイの弱々しい笑顔が目に浮かぶ。私は立ち上がった。

「バスルーム借りるわね。手を洗いたいの」

　もういないメイに断る。レスリーは、バスルームに近づきたくもないだろうなと思う。

　私は見ておきたかった。既に十分に調べられ、何の手掛かりもないだろうことは充分に承知の上だ。

　一般家庭のバスルームと全く変わりがない。予想の通りだ。少し狭いくらいのバスタブは作り付けのものでおかしなところはない。形だけ手を洗い、ハンカチを取ろうとして落とした。しゃがみこんでみると洗面台の下は意外に掃除を怠っているらしく埃がたまっている。その中に、何かが光っていた。拾い上げると、それは片方だけのイヤリングだった。つや消しのゴールドで、大ぶりなもの。メレダイヤもついていて高価そうだ。拾い上げ、部屋に戻る。

「これ、メイのものかしら」

レスリーに渡す。どこかで見たことがある。確か、最近あるブランドから発売されたばかりの新しい商品だった。ブレスレットもネックレスもリングもトータルで揃えると目玉が飛び出る程の金額になるはずだ。

レスリーは首を傾げる。

「メイは、ピアスをするでしょう。それに彼女はシルバーの地味なものの方が好きだから。違うと思うけどな」

確かに、メイはピアス派だった。

「メイはいつからピアスをしていたか知ってる？」

私と出会った頃にはもうピアスをつけていた。余程の事情がないかぎり、ピアスの穴がある女性にイヤリングは必要ない。

「高校生のころにはもうしてたっけ。日本の女の子はそのころそんな歳で開けているのは珍しかったから覚えているけど」

バスルームで拾ったことを告げるとレスリーは立った。

「もしかしたら貰い物か何かでたまたま持っていたのかも知れない。僕は聞いたことがないけど。寝室にあるケースにアクセサリーがしまってありますから、片割れがないか見ましょう」

私もレスリーに続く。ベッドルームは少し広く、シンプルなダブルベッドが置かれていた。ドレッサーの上にアクセサリーケースがあった。

「あなたの方が詳しそうだから」

言われるまま、ケースを開ける。薄いグリーンの布が敷かれたケースには種類毎に整頓されていた。リング、ペンダント、ブレスレット。全てがメイの趣味を窺わせた。

「イヤリングはないわね」

もう片方が見つかれば、余程そのイヤリングが気に入って穴を無視して身につけていたことも考えられたがそれは違ったらしい。

「メイのではないわね」

おかしい、とレスリーは言う。

「このところは忙しくて、部屋に人を上げる余裕なんてなかったみたいだけど。それにそんな高価そうなもの、普通なくしたら探すでしょう。落としたままなんてことない」

それは私も思うことだ。考えられることは一つ。

私はもう一度よくイヤリングを眺めた。小さなダイヤモンドが光っている。レスリーの澄んだ涙のように光る。

「ただ僕はね、少し気になっていたんだけど」

レスリーがぽつりという。

「日本語で話してくれなかったんだ」

私は聞き返した。

「今度日本に仕事で少しの間行かなければいけないということになって、それで日本語の練習だといって彼女がよく日本語で喋っていた。今までだって彼女を訪ねてインターフォンで呼ぶと、僕だとわかれば日本語で対応していた。あの日まではね」

メイが死んだ日は、珍しく英語同士の応対だったという。

「メイはふいに出るのは、アメリカンなの？　ジャパニーズかしら？」

今度はレスリーが聞き返す番だった。

「だから、驚いたときとか、独り言とかは？」

レスリーは思い返すように慎重に答える。

「……ジャパニーズ、かな」

韓国、日本、アメリカ。アメリカはその中で住んでいる期間も短く、縁も一番薄いだろう。日本語か家族と話す韓国語が彼女にとって自然なはずだった。

「どうしてその日は違ったのかしら。疲れていたなら尚更英語なんて面倒よね」

　僕に聞かないで、とレスリーはうめいた。今きっと彼も、メイの死を疑い始めている。

　私は御手洗潔と並んでダイニングテーブルに座って桃を剥いていた。皮を取ってカットしてボウルに落としていく。甘い新鮮な水蜜桃からしたたる果汁が手を濡らしても気にならない。一つ切り終わり、フォークを持つとボウルにはなにも残っていなかった。

　訳がわからなくなって隣を見ると彼が難しい顔をして、でも活発に咀嚼していた。諦め、もうひとつ剥き、果肉を種から削ぎ落とすと、一片ごとに横からフォークが伸びた。

「ちょっと、御手洗さん？」

　私は怒った。

「半分こ、って言葉知らないの？」

　私は彼の顔を見据えた。怒りで涙が出そうだ。私だって食べたいんですからね！　私が買って来たんですよ！

「だって」

　彼は喉を鳴らして桃を呑み込んだ。

「君が剥くからいけないんだよ」

ナイフとフォークではどちらが強い？

　私は跳ね起きた。忘れないうちに夢の内容を反芻する。少しシュールな夢だ。

「こんな顔してたかしら」

　鏡の前で表情を真似た。

　御手洗潔。

「あなたなら、どうするの？」

僕ならまず……。

「僕ならまず、アニーの今後の予定を調べるね」

好都合だ。

「好都合だ。君は今日一日オフなんだろう？　プレスの取材申し込みやら装ってエージェントに電話するといいよ」

でも第一に……。

「でも第一に着替えようじゃないか」


記憶が正しければ、アニーもそれほど忙しくはなかったと思う。出演するシーンも残りは少ないはずだ。第一、忙しいなら連日酔いつぶれてもいられない。喉がやける程には。

アニーの所属を思い出し、受話器を上げる。私は、女性ファッション誌の記者のふりをした。

「映画や舞台に出演していらっしゃる女性へのインタビューを企画中なのですが、現在の予定の方はどうなっていますか？」

何も疑われていないようだ。彼女が現在抱えているのは映画が一つという。

「それは、まだ続くのですか？」

電話の向こうで答える。

「アニーは来週で撮影が終わる予定です。その後はミュージカル出演が決まっていますから忙しくなるでしょう」

やはり、と思う。

「予定が空いている日はありますか？」

私はメモをとり、また連絡すると言って電話を切った。

次の行動を起こすには少し時間が早い。アニーが荒れ始めたのはオーディションに落ちてからだ。メイが死んだ夜もしたたか酔って、メイに文句を言いに行ってやると息巻いていた。アニーがいうには考え直した。そしてサイモン氏に会いに行っている。

　アニーがサイモンを訪ねた三十分前にはメイは声を聞かれているのだ。今日はボイス・トレーニングが長引いた、もう寝たい。それがメイの最後の言葉になったとしたら。メイが自殺したのだとすれば、最後にボーイフレンドに会おうとは思わなかったのだろうか。もう寝る、と言ったのは会うと困るからだ。私の推測が正しければ、会えないのだ。

「今日はトレーニングが長引いたから」

　私は口にした。メイの恋人が聞いたのはこの声だ。

「もう寝るの」

　最大の裏付けは、運がよければ夜にはとれる。デスクに座って今までの経緯を詳しくメモをして、その後に私自身の推測を書いて読み返して確認する。まだ何か気がつかないだろうか。

　キッチンに立って、簡単にサンドイッチを作る。つまみながらこれからのことを考える。明日のスケジュールを確認して、予定を組む。便箋と封筒を買ってこよう。

　時間があったので、何げなく見ていた店でメイが好きだったブランドのアクセサリーを見つけた。つい衝動買いしてしまう。チープな銀のペンダント。私が拾ったイヤリング一つの値段でいくつも買えるだろう。それほどイヤリングは、メイの趣味とも違っていた。そのことを再確認する。車の中で身につける。チェーンを触る、その手で胸を押さえる。

　メイはもういない。私には二人で撮った写真もない。何も残らなかった。形のあるものは私には何も。でも諦められないことはある。思い出ならこの胸に。記憶なら頭の中にある。メイに関わった人の数だけ、悲しい別れがあった。その何倍も思い出を残して。

帰って食事をとる。撮影が終わったころを見計らって電話の前に立つ。少し咳払いをする。サイモンのオフィスの番号を調べて電話を入れる。

意外にもサイモン自身が受けた。

「キース、また恐くなったわ」

私は声色を作る。

「大丈夫だ。誰にも言っていないよ」

サイモンは声を小さくする。

「だから、君は大丈夫だよ」

私は鼻をすする真似をする。

「あたしはうまくやったわよね」

私は次のサイモンの返事を待った。どういう反応が返るだろう。

「そうだよ。だから心配はない」

私は恐いわ、と繰り返した。

「明日会える？　明日の午後二時、うちで会いましょうよ」

少しためらい、イエスの返事があった。

「じゃあ明日ね。必ずよ」

電話を切って、デスクに向かう。

「うまくいっているわよね？」

今、聞きたいのは私の方だ。御手洗さんが側で全てを見ていてくれるなら。見ていたらなんと言うだろうか。心配するだろうか。口出しするだろうか。やめさせるだろうか。

私は手紙を書く。

前略　石岡和己さま
御手洗さんは忙しいだろうし、あなたに送っています。今度の手紙は平和なそれではないと思います。まず事情を説明すると……。

封筒に必要なものを全てそろえ、厳重に封をした。アニーの家は昨日の追跡でわかっている。アニーをどう説得して真実を聞き出すか。そしてサイモンの知っていることは何か。

二人が隠し事をしていることは明白だった。それは私の憶測以上のことだろうか。どうやって聞き出すか良策を思いつかぬまま、明日に備えて早くベッドに入った。夢は見なかった。


準備を整えてアニーの家の前に車を横付けしたのはサイモンに言った時刻の一時間前だった。これからのことは自信がなかった。御手洗さん、と聞こえるはずもないのに語りかける。あなたなら、どう切り出す？

彼に呼びかけながら自問する。答えはなかなか出ない。ペンダントを撫でる。メイ。何があったの？


二人の姿を交互に思い描いていると、一台の車からサイモンが下りるのが見えた。サイモンを降ろしたキャブは私の車を通り越し、サイモンは門をくぐろうとする。車から下りた私には気付かない。

サイモンが玄関先に行きつこうとしたところで、すくみかけていた私の足が自然に動いた。

「ハイ」

こんなとき、あの人なら。

「いい天気ね」

サイモンは驚いた。

「ミス・マツザキ。これはまた……」

「私、これからアニーに用があって」

サイモンは狼狽する。額の汗を拭う手首に金のブレスレットが光っている。私が捨てるつもりでいたあらゆるブランドのアクセサリーカタログを隅から隅まで調べた、イヤリングと同じコンセプトラインのメンズ・ブレスレットだ。

「それと、落とし物を拾ってあげたから届けに」

「じゃあ私は出直そうか」

いいえ、と私は首を振る。

「一緒にね」

あなたなら何と言うだろう。

「二人にききたいことがあるの」

私なりの解釈で御手洗潔をここで演じよう。

「言ったでしょう……あたしは恐いの。明日、会いましょう」

サイモンは息を飲む。酒でかれた声を真似るのは得意だった。アルコール・ホリックのヒッピーが詩集を売っている演技もしたことがある。私は玄関のブザーを鳴らした。

「驚かれたかしら」

サイモンに続き、私は部屋に通された。


「レオナは、何の用かしら」

突然、ごく親しいサイモンがさほど親しくない私と現れ、状況が理解できないようだ。仕方ない。

「私は、二人に聞きたいことがあるのよ」

単刀直入に言うしかないようだ。

「メイが死んだ夜、彼女の部屋にいたでしょう?」

二人は息を呑んだ。

「メイのボーイフレンドを追い帰したのは、あなたなのね?」

アニーは大声を出した。

「どんな理由よ! 第一、どんなに真似をしても恋人なんかだませないわ。そんな演技力ないもの」

私は首を振って、片方だけのイヤリングを机に置いた。もう一度同じものを買い揃えていればしらを切られる。期待してはいなかったが、アニーの顔色が一瞬変わったのを見逃さなかった。

「そうですね？　ミスター・サイモン」

彼は答えない。

「理由を言いなさい」

アニーはテーブルを叩く。

「じゃあ言うわ。恋人だからだませたのよ」

変なこと言わないで、とアニーは私をにらんだ。その視線に応えて言う。

「恋人なら密に連絡をとっていて当然。彼女が毎日、ボイス・トレーニングで疲れていたのも知っていた。だから、彼女の声がかれていても、自然だと思ったのよ」

そうだ。歌の練習後のメイの声として、自然なものと感じるだろう。サイモンの手がふるえている。

「知っていましたね？」

サイモンに問う。

「彼は関係ないわ」

私はもう一度、アニーを見る。諦めたようにアニーは言う。

「じゃあ、詳しい話をするわ。お茶を入れるから待っていて」

アニーは席を立つ。

「構わないで」

「私が飲みたいのよ。待っていて」

言い終わると同時に、ドアが閉まった。サイモンがぽつりと言った。

「あの日、オフィスで聞きました。彼女は落ち込んで自棄酒ばかりしていた。私のせいだったんだ。約束していた役を、彼女は得られなかった。私のアピール不足と、根回しが失敗したからだ。連日のように酔いつぶれていた。あの日、確かに彼女はメイ・ヤンの部屋に行っている。君の言う通りだ」

　サイモンは言葉を切った。

「続けて」

「鍵が開いていて、返事はなかった。居留守かと思って勝手に上がってアニーは彼女を探して、バスルームで見つけた。その時はもう、血まみれでバスタブにつかっていたそうだ。バスルームを出ると、側には遺書が置かれていた。その中にはアニーと私の名前があったらしい。アニーは自分のバッグにそれを隠した」

　やはり、原因は周囲が思っていた通りだった。ただ、確かに自殺なら。

「それを見ましたか？」

　サイモンは首を振って、アニーが車の灰皿で燃やしてしまった、と言った。

「アニーは彼女に当たりちらしていた。私は必要以上にトレーニングを厳しくした。役を辞退してしまえばいい、と思ったからです。また、アニーもそう希望したからだ。部屋から出ようとしたとき、来客があった」

　それが午後九時。私の大方の予想は当たっていたらしい。

「それでアニーは車を飛ばしてあなたに相談に行ったのね。でも、あなたのブレスレットとお揃いのイヤリングはメイの部屋のバスルームにあったんですよ。どんな理由があって、そんな所に」

　サイモンは嘘のアリバイ証言をしたわけではない。ただ、利用されているのかもしれなかったが。その表情は今までよりも暗い。突然、ドアが開き三つの目が私をにらんだ。いや、あれは銃口だ。

「どこまで気が付いたの？」

　サイモンも驚いた。

「アニー、血迷うな。君の口から説明しろ、きっとわかってくれるよ」

　アニーは叫んだ。

「黙っていて！」

　いつ引き金が引かれてもおかしくはない。私は先程からずっとおし黙っていた。

「私を疑っているの、レオナ」

　私は答えない。

「答えなさいよ」

　私が疑っているのはむしろ、この状況だ。代わりにサイモンが答える。

「私に言ったことは嘘なのか？　君がメイ・ヤンの死体と遺書を発見しただけなら彼女には何もできないだろう」

　そうなのだ。アニーにはもっと、隠していることがないだろうか。

「私に言えないことがあるのか！」

　私は銃口をキャメラのレンズだと思うことにした。

「サイモンさん」

　ひと呼吸置いて私は言った。

「車を飛ばしながら、遺書を燃やし切る余裕があるとお思いでしょうか？」

　どう考えても難しくはないだろうか？

　銃口ははっきりと私を狙う。

「アニー……私に言ったことが嘘なら、警察へ行こう」

　アニーは黙って、と怒鳴る。殺されるかもしれない。要らぬ一歩で地雷を踏んでしまったのだろうか。一か八か。

「サイモンさん、返事しなくていいから独り言を聞いてください」

　サイモンはかすかに頷く。

「私はミスター・サイモンを呼び出した。……明日の午後の二時に私の家に来て」

私の出したかすれた声にアニーははっと顔を上げる。

「サイモン氏は全く疑わなかった。メイの恋人みたいに。話は変わるけど、今朝は郵便局へ行ったの。その通話を録音したテープと、メイの死に関する知っていること全部を書いたメモと自分の推測をまとめたものを速達書留で送ったの。もちろん、電話をした意図も今日ここに来る予定であることも書いたわ。電話の通話記録を調べればテープは実際に私とサイモン氏の会話であることは疑われない」

銃口がぷるぷると震えた。

「告発するつもりはない。だったらもっと別のところへ送るわ。ヨコハマの友人に手紙を一緒に送った。手紙にはこう書いた」

アニーの顔色はまっ蒼だった。

「この手紙を読む以前に私から連絡の電話がなければ、同封したものを以下のアドレスへ送ってください」

アニーはぺたんと座り込む。サイモンが声をかけた。

「もしも何の理由にしろ君が殺してしまったのならば、そう言ってほしかった。君のために何でもしただろう。ミス・マツザキを私は撃ったかもしれない。罪を被ったかもしれない。どうして言ってくれなかった」

サイモンがアニーに近付いてその手にあった銃をテーブルに置いた。

「君のためなら、何だってできたのに！」

アニーは声を上げて泣いた。

「警察へ行こう」

アニーはサイモンに抱きつき、何度も頷く。

「よし、いい子だ」

サイモンの声もくぐもっていた。

私はもう出番がないだろう。黙ってアニーの家を出た。アニーのためなら何だってできたというサイモンの声が耳に残り、いたたまれない気分になる。

私は一つだけ嘘をついていた。石岡さんにテープと手紙を送ったのは本当だった。しかし、私は警察に送れとも新聞社に送れという依頼もしていない。ただ「御手洗さんに相談して下さい」と書いたのだった。

もしも自分があのとき銃撃されて連絡がとれない状況になったら、と考える。御手洗潔は私を探しただろうか。私の仇を討って真実を暴くだろうか。きっと、真実を知るだろう。それが私に代わってのことでも、知人を喪った感情からだけではないかもしれない。

私は何度も彼に助けられた。今度も間接的に助けられたのだろう。自分の中の彼に。

何でもできる、と彼が言うことがあるだろうか。

アニーは逮捕された。その後わかったことは、計画的な殺人ではなかったことだ。あの日確かにアニーはメイの家に行っている。文句を言いに行くと言った後でメイを脅すことを思い付いたメイはアニーを部屋に上げた。多分、メイに謝罪をするといった口実だろう。メイは信用した。

飲んでいて直接メイの家に行ったのではなかった。持参した睡眠薬をひそかに飲ませ彼女を朦朧とさせ、裸にして同じく持参したカメラで写した。あちこちに撒かれたくなければ役を降りろというつもりだった。

メイの純情な性格からするとそれで充分だったろう。しかし、もっと効果を上げようと怪我をさせることを思いついた。しかも自殺に見立てて。

殺すつもりはなかったとアニーは言っている。確かに写真は押収されている。初めから殺すつもりなら写真は必要ない。頭に血が上り、やりすぎてしまったというのだ。

思ったより重傷を負わせてしまい、逃げ出そうとしたところにボーイフレンドの訪問があったのだ。メイは眠っていたせいで、バスルームから脱出できずに眠りの中で命を落としたのだ。

強い心を持てと言われなければならない人はもう一人いたのだ。いくらでも機会はあったのだ、と。少し探せばオーディションは他にもある。どの映画でも舞台でも役でも、輝けばきっと誰かが見ていてくれる、と。レスリーも同じだ。乗り越えなさい。またいい恋をしなさい。二度と失いたくないと思う恋人と、本気で笑って泣ける恋をしなさい。いつまでも悔やまないで。

今、それを言うのは私の役目ではないだろう。

サイモンとなら、やり直せるだろう。助けられ、支えられアニーはやっていける。とった行動は間違っていても、男を見る目は正しかった。

何があっても、と思う。人間は生きていく。嫌な思い出が増えても、捨ててしまえない。私はこの町で生きていく。ラッキーなことに、地球は狭い。遠いところなど、どこにもない。

私は馬車道に今日も電話を掛けた。石岡さんの驚きは、まだおさまらない。

End

第三章

1

「この『すべてが【あ】ではじまる』って、よくできてますねー。あれ、先生どうしたんですかー？」

何作か読み、意見を交換しようとなった時、里美が言った。私は、放心からはっとわれに帰った。

「うん、面白いね。というか……、みんな上手だね、『すべてが【あ】ではじまる』に限らず、すごいよ。なんだか泣けてくるものもあるね。すごくいいものがある。驚いた」

「本当、そうですねー」

「みんな、御手洗のスピリットをよく理解しているよねー。ぼくよりよっぽどよく理解してる。なんだか恥ずかしいよ、ぼくは」

「先生、そんなことないですよー」

「いや、本当そうだよ。それにしても、世間にこんなにたくさん御手洗の短編小説があるとはねー、すごいショック感じちゃったよ」

私はしみじみ言った。これは心からの本心だった。世間に、こんなに御手洗信派がいたとは。御手洗理解の一番浅い者が、ほかならぬ私ではなかったか――――。

「こんなのごく一部ですよー先生、でもショックって？」

「だってたくさんてだけじゃなくて、これ水準高いよ。本当にぼくなんかより文章うまいんじゃないかなー」

「先生そんなー」

　里美はからからと笑った。

「いや本当だよ、本気。正直、ここまで粒がそろっているとは思わなかった。コンピューターで簡単にこれだけの数の、しかも上手な御手洗ものが集まっちゃうなんてね、しかも思想性高くて……、これはショックだよ。日本人って本当にすごいねー。インターネットの世界がこんなに水準高いなんてね、全然思ってもみなかった。これだと、本当に冗談じゃなく、ぼくはもういらないんじゃないかなぁ」

「先生ー、真面目な顔で変なこと言わないでよ」

「でも、本当にそうじゃないかな、不安になってきちゃった。これ以上のもの、ぼくは書けているのかなぁ」

「大丈夫。だって先生には、本物の御手洗さんがついているもん」

　里美は、慰めるつもりでこれを言ったのだろうが、私はぐさと来た。

「あ、傷つくなー、それ」

　私はやっと言った。それは、御手洗という存在がついているから、なんとか私でもこの在野新人たちに負けないでいられるということだ。すなわち裏を返せば、もし私が在野の彼らと同じ立場なら、格別彼らに勝てる要素はないということである。事実であるだけに、これは私を打ちのめした。

「あ先生、フォローになってませんでした?」

「だからさ、つまりは御手洗の事件書くのは、ぼくでなくてもいいということだよね」

「先生じゃなきゃ駄目ですよー、御手洗さんは」

　ああ、これも駄目なのだ。読者にも時々そんなふうに慰めてもらうことがあるのだが、もし本当にそうなら、私は一人横浜に捨て去られたりしない。

「でもこれ、たぶん小幡さんが厳選してるんじゃないかと思います。きっと彼女が気にいったものばっかりなんじゃないかな」

「ああそうかな」

「だから全部この水準てことはないと思います。この『すべてが【あ】ではじまる』ですけど、実際の御手洗さんはどうだったんですか？　コンピューターに関しては」

「彼の意見？」

「はい」

「こういうのとは全然違っていて、ただの電話線みたいに考えているようだった。だから、別に嘆いてもいなかったし……。実際のあいつとはこれ、かなり違ってはいるよね。まず彼がコンピューターに興味を持ったのはもうずいぶん前で、パソコンはデスクトップ型のをはやばやと入れて、タイプライター替わりに使っていたな。キーボードは、アルファベットと日本語のを両方取り寄せて持っていた。それから、海外のいろんな国の学界の情報を入れて画面で読んでいたよ。あれはインターネットとは違ったのかなー、足りないところは研究所や大学に直接電話して訊いていた。英語とかフランス語で。でも人工知能という名称に関して、あいつは別に怒ったりしてはいなかった。どっちだっていいって思ってたみたい」

「そんなに期待してはいなかったんですね？」

「そう。しょせんは米ソの競争で、ただ機械だって思っていたから。アメリカの開発グループに何人も知り合いがいたから、現場の事情もよく知っていて、だからむしろよくここまで便利になったって単純に喜んでた。計算器と日本の印刷技術についての例を引いて、あれこれと言っていた記憶あるけど、これはもう忘れちゃった。だからさ、このパスティーシュ小説中の御手洗は、ここが根本的に違うんだけど、あいつはこんなに真面目じゃないんだよね。ものごとすべてからかいの対象でさ、だからこんなに真剣に立腹したりしないんだよ。この人の描いた御手洗君は、とてもウェットなものを内面に持っていてさ、どっちかっていうとメランコリックな体質だよね。でも、こういう人もまたいいよね。この人、ぼくは個人的には神津恭介に似てるって思った。君、知らない？神津さん」

「あ、名前聞いたことあります。ミス研で、すごい神津ファンの子っていますよ」

「でしょ？　ぼくは好きなんだ、あの人」

「そうですかー」

「御手洗が、前にインターネットの歴史についてぼくに講義してくれた内容がある。興味ある？話そうか？」

「はい是非」

「インターネットのシステムっていうのは、アメリカ一国が五〇年代からすごい予算をつぎ込んで、開発完成させたものなんだって。ちょっと待ってて、今ノートのメモとってくるから」

私は自室に入り、いつかはどこかに書こうと思っていたメモを持って戻ってきた。

「ぼくの理解に間違いがあるかもしれないけど、このアイデアを最初に公表したのはＭＩＴ、つまりマサチューセッツ工科大学のＪ・Ｃ・Ｒ・リックライターという心理学者で、具体的に発明者として名前を遺しているのはポール・バランというアメリカ人なんだって。もともとはスペース・テクノロジーの一貫として、軍事面の要請から開発されたものなんだって」

「スペース・テクノロジーって、宇宙開発の技術ですね」

「そうみたい。一九五〇年代のアメリカは、ソ連との宇宙開発競争の時代で、それは同時にミサイルの開発競争でもあったわけだけど、ソ連からの水爆攻撃がアメリカにあったら、電話線があっちこっちで寸断されるだろうから命令系統がパニックになっちゃう。そのために、生きている電話線サーキットを、迷路を見つけるみたいにして走る方法を考えたということが始まりなんだって。

それから宇宙開発は、コンピューターの登場なくしては考えられないことだから、これにそのままコンピューター技術のネットワークが載ってきた。そうして時代が六〇年代に入ったら、もう電話だけじゃなくてタイプライターもテレビも普及している時代になっていたから、コンピューターがこれらの技術とドッキングして、次第に今のようなかたちになってきた。

でもこの時代のコンピューター・ネットワークは、せいぜいまだ各大学や政府機関、NASAなんかを結んだ小規模なものにすぎなかった。そして六〇年代後半には、レイモンド・トムリンソンという人がEメイルの方法を発明したって。

七〇年代、八〇年代と時代が進んできて、八三年に『アメリカ・オン・ライン』という会社が、電話線を用いて一般市民もプライヴェートにインターネットを利用できるというビジネスを始めた。これが今日的なインターネットの始まりなんだって。それからスイスのティム・バーナーズ・リーという人が、情報をいったんストアしたり、これを引き出すのにマウスを導入する方法を考えて、インターネット利用の簡略化をはかって、これでアメリカ中に爆発的に増えていった。そして九二年の六月にアメリカのブッシュ大統領がサインして、インターネットは世界中を結ぶようになって今日にいたっているって、そういうことだった」

「ふうん」

「新しい技術だからね、今名前の出たようなインターネットの発明者とか功労者たちとは、御手洗はみんな知り合いだっていうことだった」

「へえ」

「そしてね、現在アメリカという国家の全収益の三分の一は、コンピューター関連の産業からなんだって。それからアメリカではね、インターネットの普及で、今同じ局番の家同士の通話は、まったくのタダなんだって」

「へえ」

「だから同じ横浜の君とぼくとなら、二十四時間話していてもタダ」

「へえー、いいですねー」

「でね、プロバイダーって同じ局番内にあるんでしょ？　だからアメリカからならEメイルは、世界中にタダで送れるの。すごいね。日本もそうなればいいかなー」

「そうですねー、解りましたー。それで先生、この暗号文についてはどう思いました？」

「うん、新しいと感じた。原理的には転置法の範疇だと思うんだけど、すごい新しい印象を相手に与えるよね。これは素材の新しさの勝利であり、やっぱりこの人の才能なんだな。この作者は、たぶんコンピューター関係の人なんだと思うけど」

「これは、小幡さんの失踪とは……」

「これは違うんじゃないかな、だってどこか特定の場所を示すような表現は、ストーリー中のどこにもないでしょう」

私は言った。

「そうですねー、それに、助けを求めてるってふうな文章でもないし」

里美も考え考え言う。

「うん、深く読めば、あるいは何か出てくるのかもしれないけど、今のところないと考えていいんじゃないかな」

「じゃ、先に進みましょうか」

「うん。次は『ギザのリング』か、これもうまいね。『水晶のピラミッド事件』の後日談かな、本当にあったことみたいだ」

「実際の事件の時のこと、思い出しますか？」

「うん、ぼくがピラミッドの近くで指輪を拾ったんだ。大きなもので、確かに何か由緒がありそうだったから、こんなことがあってもおかしくないよね」

「この人、先生の書いたのもの、すっごいよく読んでいますね。それで、これ書くにあたって、また一生懸命読み返して書いたって感じ」

「うん」

「作中に挿入されたお話、素敵ですねー、童話作家って感じ」

「うん、この人、パロディだけの人じゃないと思う。でもこんな童話、レオナさんは本当に書きそうだな」

「エジプトって、いつか行ってみたいな。どんなところでした？」

「すごくよかった。着いたのが夜で、車から眺める街はアラビアンナイトの世界のようだったな。鎌みたいな三日月が夜空にかかっていて、あちこちにモスクの尖塔が立っていて、着いた日じゃないけど、広場のオープン・カフェにいたら、上空からコラーンが降ってきた」

「コーラン？」

「うん。地もとの人はコラーンって言ってた。紅茶にはミントを入れて飲むんだ。とってもおいしかった。喫茶店には甘いものもあって、甘いヨーグルトみたいのがいっぱい入った、カップに入ったケーキだった」

「お酒は駄目なんでしょう？　イスラムの人たちは」

「うん、でもステラっていうビールがあったよ。観光客用なんだろうけど」

「ピラミッドの周りは？」

「うん、それ、今思い出しても夢の中みたいなんだ。とっても不思議なんだけど、強い陽射しの、白っぽい土埃りの中にね、足首まである長い胴着着た男の人たちがね、ぞろぞろゆっくり歩いているの。こうやってじっと思い出すと、なんだか望遠鏡で見てる視界みたいなんだよ。

　ラクダがいてさ、巨大なピラミッドがあって、渇いた土の匂いがして、ナイル川があって、メナハウス・オベロイっていう古いホテルに泊まったんだけど、その中の廊下なんか、アラビアンナイトのお城の中みたいなんだ。ぼくは、本当にあんな場所に行ってきたんだったろうかって。今でも信じられないんだよ」

「へえ、行きたーい」

「だから、この小説の世界、なんだかそういう自分の記憶としっくり来ちゃってさ、うっとり気分で読んじゃったよ。ハリウッドのレオナさんの家※とかね、思い出しちゃった」

「これはそういうふうに、場所を示す表現はありますね」

「ハリウッドとか、ストックホルムとか？　でもこれ読んで、急いでそこ行かなきゃっていうふうには感じないと思ったけど」

「そうですね、行きたいとは思ったけど、それは観光旅行であって。大急ぎで行かなきゃとは思わないですよね」

「うん、そもそも物語が完結しているからね、危機感がないんだ。だから、物語の外にいる者が、急いで関わらなきゃっていうような危機感は訴えてこないんだよね、こっちに」

「そうですねー、私もこれ気にいったけど、じゃこれも違うっていうことで」

「そうね」

里美は、次の原稿を手に持った。

「次は、『沈みゆく男』ですかー？」

「これも不思議な作品だよね。解るなーっていう感じ」

私は言った。

「なんか、発想がユニークですよねー」

「本当に男が道に沈んでいくのが窓から見えたのかって思った」

「でもオチ読むと……」

「うん、ま、あなーんだってちょっと思うけどさ、でもこういうの、ありそうなことだよね。作品としてさ、感覚がいいよね。ぼくは感心しちゃった」

「これも場所については特には……」

「うん、この部屋とかが出てくるだけだし、これ読んだ人が、特にどっかに向かって飛び出したいとは感じないだろうねー」

「はい、じゃ次でしょうか」

「うん」

「『ベートーベン幽霊騒動』」

「これもいいよねー、感動した。ちょっとＳＦって感じあってさ、よくできてる。映画みたいだね」

「私も出てきて、変な感じ。でも面白かったー」

「後ろにさ、おまけみたいに御手洗の書いたラヴレターが出てきてるよね、鈴木えり子さんへの」

「そおー、これどう思いました一？　先生」

「いいね、これにすごく感動しちゃったんだ」

「こんなこと、実際にあり得るでしょうか？」

「あ、それはないね！　あいつがこんなこと、全然あり得ないよ」

私は鼻で笑い、あっさり断定した。

「あ、そうですかー？　でもー」

「ファンタジーだよ。こういうの、あればいいなーって感じでさ」

「そうでしょうか。私はあっても不思議ないなーって」

「ないない！　本物の御手洗を知らないからだよ」

「もしこんなことあったら、えり子さん、嬉しかったでしょうねー」

「だろうね、でもあり得ないよ。で、これだけど、これ読んで、どっかに飛び出そうかって思うかな」

「私、最初ちょっと思った、これかなって。御手洗さんのラヴレターって、ファンにはショックだから。でも深く読んでも、別にどこにも誰にも危険は見あたらないしー」

「そうだね」

「でも私、これ書いた人の気持ち、すっごい解る！」

「どんなふうに？」

「最後にこの人が書いている言葉、『生きていれば、いつかは会えるもの』っていうあれ、『Pの密室』ではじめて読んだ時、私、泣きそうになりましたもん」

里美が言い、

「えっ、そうなの⁉」

私はびっくり仰天した。

「はい、この人もきっとそうだったんだと思う。だからこんなふうに、最後の一行に書いたんです」

どうして、と問うのもはばかられた。

「それぼく、全然そんなこと考えずに、ごくお気楽に書いたんだけど、ふうん、そうなのかー……」

あまりの思いがけなさに、私は少しばかり衝撃を受けていた。こんな何気ない言葉が、そんなにみんなの心の中の琴線を鳴らしていたとは知らなかった。

「そうです。じゃ、とにかくこれも違いますね」

「まあ問題があれば後で考えるとして、次『巨乳鑑定士、石岡和己』かぁ」

「はい」

「これはまいったよねー、まあ笑ったけどさ、実際にこんなイヴェントの審査員頼まれたら嫌だなー」

「でも先生の感じ、よく出てますねー」

「そう?」

「はい。でも先生、これ本当ですか?」

「これって? アイドル歌手が好きなこと?」

「じゃなくて、それはもう知ってますから。テレカとか、集めてるでしょう?」

「え、まあ……」

「あれ、高いんでしょう?」

「え、まあものによっては。じゃ何?」

「胸の大きい人の方が好きなんですか?」

「え、それは……、どうかなー……」

ぎくりとした私は、少し言いよどむ。

「どうかなって、どうなんですか?」

私は言葉に窮した。

「だってそれは……、だから人によるから」

「えー、人によるってどういうことですか?」

「似合う人と、似合わない人とがいるでしょ、だから」

「そんなー、洋服じゃないんですから」

「うーん」

「だから、要するに先生は、結局大きい人の方が好みなんでしょ?」

「ふうん、まあ……、だから、そうなのかなぁ」

「ふうんだ、ああそうですか。ふーん」

「まあそんなことより、これも、場所を特定する表現はないよね。舞台は横浜だけだし」

「先生、入れてても、大きい人の方が好きなんですか？」

「え、入れるって？　何を？」

「だからぁ、胸に入れるの、豊胸手術です」

「あ、それはちょっと……」

「嫌なんですね？」

「ああでも、別にいいのかなぁそれでも。その人に似合ってれば」

「へえー、そうなんですかー先生、へえー！」

里美は、あきれたような大声になった。

「じゃ、やり勝ちですね！」

「やり勝ちって？　何が？　ともかく、小幡さんがこれ見て……」

「小幡さん、大きかったです」

「え？」

少し言葉が停まってしまった。胸が大きいという言葉には、男はやはり本能的な刺激を受けるものなのであろうか。

「あそうなの、へえ、ふうん」

私は懸命に冷静を装って応じた。

「先生、小幡さんのこと好みかも。会いたいですか？」

「え、まあそれは、機会あれば」

「はい解りました」

「じゃこれ見て何か思ったかなぁ、彼女」

「自分も応募しちゃおうとか？」

「うん、でもそれ、どこ行けばいいのかなー。ここには場所は示してないよね」

「そうですね、胸の美容整形の、すごく腕がよくて安い病院が紹介されてるとかっていうのだったらですけど」

「うん」

「だったらそこ飛んでいくとかー」

「でも小幡さんは必要ないんでしょ?」

「ないですねー。必要なのは私ー」

「え、君、そんなことないじゃない、だって……」

里美の胸は、私の目からは充分に膨らんでいた。

「え、これはちょっと。パットで底あげして……」

里美は、胸のあたりに手をあて、言った。

「あ、そうなの?」

「あげ底でズルしてるの。ああこういうこと言うの、みじめー」

里美は、がっくりと頭を垂れた。

「ともかく、巨乳って聞いても、小幡さんは動じることはないわけだし」

「そお。動じるのは私だけ」

里美はえらくこだわっている。この場所から、話がなかなか移動しない。

「君ね、里美ちゃん、巨乳なんて、そんなに……」

「そんなに? なんですか、先生」

「ともかく、この小説よくできてて面白いけど、これ読んで、小幡さんがどこかに飛び出すなんてことはないと思う。でしょ?」

「うーん、それはそうでしょうね」

「じゃ次、『ダーク・インターヴァルと、ダージリンの午後』」

「思うけど、この人インテリですねー」

「本当そう。御手洗、こんな文章書きそうだねー。あいつはこんなこと、きっとぼくに言いたいのだろうけど、ぼくはいつだってありのままに文章書いてるだけなんだけどね」

「先生って、けっこう謎ですよね、本当に」

「え、何？　謎？　誰が？　ぼくが？」

「はい」

「なんで？　どこが？」

私はびっくり仰天した。

「私と同年輩の男の子だって、けっこう、っていうか、本当にすごいですよー」

「何が？」

「だからいろいろと。みんなすごい。まあ女の子もすごいけどー、近頃はー」

「はあ……、だから何が？」

「それ。だから先生のそういうのすごい」

私は首をかしげた。

「……何のことかさっぱり解らない」

「先生って、宇宙人みたい」

私は目をぱちくりとした。

「どこから来たのかなーって感じ」

「山口県ですけど」

「だからぁ、そういうんじゃなくてー。先生って純じゃない。たとえばお酒飲んでても、変なこと言わないじゃない」

「変なことって？　いっぱい言ってると思うけど」

里美は、ちょっと身を折って笑った。

「そういうんじゃなくて、どっか行こうよーとか」

「どっかって？　どこ？」

「ほら、そういうの。本当に変わってるー。歳の割に」

「ああ歳の割に……」

私はまたがっくりと来た。

「だからぁ、御手洗さんにとってもきっと謎だったって思う、先生は」

「ぼくが？　御手洗に？」

「はい」

「ないない！　そりゃないよ、全然そりゃない。あいつがそんなこと言うの、ただの一度も聞いたことないもの」

私は目の前で手をひらひらと振った。これはもうまるきりの勘違いだ。議論の余地もない。これは御手洗に私は、全然そんなふうに見られてはいなかった。女の子たちの幻想で、男なら私の言っていることがすぐに解るはずだ。

「石岡先生見てるとー、人間以上の謎はないなーって感じ。私も思うもの。この人の言ってる通り」

「まぁとにかくこの人、『マジソン郡の橋』を原書で読んでるみたいだもんなー、尊敬しちゃうなぁ。ぼくには逆立ちしてもできない芸当だもん」

「でも先生、昔ビートルズの歌詞、英語で憶えてたんでしょう？」

「ああ、あれはカタカナで書いて、ただ丸暗記してたの。意味なんて考えたこともない」

「へえそうなんですかー、じゃイラストの本は？」

「あんなの、絵見てただけだもん」

「あ、そうなんですかー、ふうん……。でもこの人才能あって、将来、いろいろと書きたい小説のテーマ、あるんだって」

「え、君、知ってる人なの？」

「いえ、誰かの掲示板に、この人がコメント書いているの、前読んだことある」

「掲示板？」

「インターネットの」

「ああ」

「いつか中世のヨーロッパのものとか、中央アジアを舞台にした英雄の物語書きたいんだけど、主人公がみんな御手洗さんと石岡君になっちゃうんだって」

私は思わず笑った。

「へえ、それがもし本当なら嬉しいなー」

「だから、先生たちの大ファンなんですよー、まあ、それはみんなそうだけど」

2

「『御手洗潔の【暗号】つき女子寮殺人事件』」

里美が言った。

「これはちょっと怪しい」

私は言った。

「これ、本格ですねー」

「うん、このパスティーシュ小説の中では珍しい本格だよね。構造的にそんなに驚く要素はないんだけど、雰囲気いいよね。上手だと思う。やっぱり小幡さんが、いいものだけを選んで残していたんだろうな」

「あ、きっとそうですー」

「この作中の女子寮に行っちゃったとか、小幡さんが」

「どうしてですかー?」

「作中で指摘されている犯人が違うと、小幡さんが確信してしちゃったとかね。小幡さんが別の推理を持ってしまってね。それで彼女は放っておけなくて、この女子寮に行って、犯人に会った」

「うわーそれ、危険ですねー」

「小説家的にすぎる発想かな」

「でも先生、これ小説でしょう? 実話じゃないと思うけど」

「それならそれで、この作者がどうしてそんな嘘の犯人を指摘しておいたのか、それが気になって、だから小幡さんは出かけていって作者に会った……」

「先生、この犯人違いますー?」

里美は言う。

「うーん、合ってるとは思うけど」

私は腕を組む。

「じっくり考えてみたい……」

「そうかー、じゃこれは今は保留しておいて、あとで問題にしましょうか」

「うん、じゃ、そうしようか」

「じゃ次、『ホント・ウソ』」

「これ、パズルものだね、この種のもの、ぼく好きなんだー。以前、こういうパズルに凝っていて、集めたことある」

「うん私も、なんか懐かしい感じー。前、よくこんなパズル集めた本、ありましたねー」

「うん、でもずっと読んでいってて、この小説の中の石岡が、どうして八百屋にだまされたのかいまだによく理解できない。自慢じゃないけど、実際にこんな局面に出遭ったら、ぼくは簡単にだまされるな」

「後ろの方の問題……」

「後ろの方がまた解らない。ぼくはこういうの一番苦手なんだな、すぐだまされる。だから詐欺とかネズミ講とかね、ぼくはそういうのすぐひっかかるから、そういう話に出会ったらすぐに逃げることにしてるの。あと宗教団体の勧誘とか。議論苦手だし、体質的にノーって言えないから。ぼくってどうも、こういう詐欺にひっかかるために生まれてきたようなとこあるから」

「先生、開き直ってますねー」

「うんそう、もうあきらめてるの。でも、この小説も面白かったよ、短いけど」

「はい。で、これは……？」

「これも違うでしょう。お話完結してるし、作中の誰も危険には直面していないし……」

「はい、じゃ次『The Alien』ね。これすごいですね、アメリカ人ですよー。アメリカにも御手洗さんのファンっているんですねー」

「でもアメリカにこそいていいかも。そもそも、日本にファンがいるってのが変なんだよ、あいつの場合」

「そっかー」

「でも……、これじゃない？　今まで読んだ中では、これが一番怪しいでしょう。だって小幡さんて、英語得意だったんでしょ？」

「はい」

「外国語って、それだけでもう暗号だもん。一般の人に読めないように、誰かが英語でメッセージ書いて、小幡さんがそれ読んで……」

「つまり日本人がですか？」

「うん」

「そうかなー、これ日本人の英語じゃないと思いますよ」

「え、そう？　そういうの、解る？」

「なんとなく解りますよ。日本人が作った英語の文章、私割とよく接しますから。これ日本人なら選ばないような単語とか、言い廻しとか、ノリがあるもの。アメリカのショーなんかによく出てくるような言い方とかしてるし」

「そう」

「はい、絶対本物のアメリカ人ですよこれ。それに、子供だしねー」

「本当に子供かなぁ、確か？」

「そんな感じ。まず間違いないでしょう。それに、何のためにそんなことするんですか？」

「何のためって？」

「だって、一般人に解らないようにって、それで小幡さんには解るようにって。小幡さんも一般人ですよね？」

「うん……」

「小幡さんと一般人との違いって何ですか?」

「うーん」

私はしばらく考えた。そして思いついた。

「そうか、そうじゃないんだ。一般人に解らないようにじゃなくて、一般人に解って欲しいんだ。自分の周囲にいる人にだけは知られたくないんだ。それで英語で書いた。自分の周りにいる人は、英語が解らないから」

「そうかー。でもどうして?」

「だから、周りの人に今にも自分が殺されそうだとか、周りの人たちが、今にも誰かを殺しそうだから、誰かにとめて欲しいとか……」

「あっそうかー、なるほどー」

里美は感心している。

「だいたいさ、これ何が書いてあるの? どんなお話?」

「お話ふたつあって、ひとつはキヨシ・ミタライってお友達について。もうひとつはキヨシが、宇宙人のお友達に出遭ったお話」

「宇宙人、怪しい!」

「でもー、そんなんじゃないですよー、すっごい可愛いお話」

「宇宙人って、何かの謎かけじゃないかな」

「そういうことないと思うけどなー。そういうふうには読めなかったなー私。すっごい可愛いお話ですよー」

「どんなお話? 訳してよ」

「先生、このくらい自分で読めますよー」

「え」

私はまた言葉に窮した。

「九歳の子供が書いたお話ですよ、とっても簡単な英語です」

「駄目ぼく。英語って、なんか拒絶感来ちゃって。後で読むから今は訳してよ、ざっとでいいからさ」

「しょうがないですねー。じゃあざっとですよ、厳密じゃなくていいですか?」

「もちろんいいよ」

「私もちょっと解んない単語とかあるから。キヨシは二年前に日本から来ましたって。最初に飛行機に乗った時に、旅の途中に、二人いると思ったパイロットの二人ともが、フード・プレイスに出てきたんだって。それでキヨシがびっくりして、おじさんたち、操縦士たちは、操縦の仕事はどうしたのって訊いたら、操縦士が四人いるんだよって」

「ふーん、それ本当のこと?」

「知りませんよー、この子が作ったお話です。で、御手洗君は安堵しましたって」

「ふーん、そう。次のは?」

「キヨシが学校から帰ってきていたら、道で宇宙船に置いていかれたちっちゃい宇宙人と出会って、彼途方に暮れてたから、キヨシがお友達になるの。名前を聞いても宇宙語だから解んなくて、でもジミーって呼んでいいよって彼が言ってー、それでキヨシが自分の家に連れてきて、隠まってあげてて、一緒に生活して……、ええと、それからどうだっけなー……。そしたら、家の人が月旅行の懸賞か何かに当たって、家族で月に行くことになったから、ロケットに乗る時キヨシが、背中のバックパックに宇宙人のジミーを隠して、月まで連れていってあげて、月の上でお別れするの、バイバイって。そいで、いつか絵はがきでもちょうだいねーってキヨシが宇宙人に言って」

「え、宇宙から?」

「そお、宇宙から」

「絵はがき売ってるのかな」

「解りませんけど、そんなお話」

「ふうん、可愛いお話だね。宇宙人の子供との友情物語」

「うん、はい、そお」

「じゃこれは違うのかなぁ。小幡さん、まさか月に行ったわけもないし。でも、一応保留としておこうか。ほかに怪しいもの見つからなければ、後で問題にしよう」

「はい。じゃ次ですねー、『鉄騎疾走す』」

「これも、真面目な作品だったね。トリックもあるし、不可能趣味もあって、本格的な作品」

「頑張った作品ですね、好感持てますねー。バイク上手な人なら、実際にできるかもしれませんね、こういう犯罪」

「そうね、御手洗ならやるかも。でもこの作品も完結してるよね。これ以外の解決はないと思うし、怪しいところは全然ないと思ったけど」

考え考え私は言った。

「そうですね、私もそう思います。小幡さんが出かけていって、この作者に会わなきゃって、考えるようなものじゃないですねー」

「うん、ところでさ、インターネットに発表している作品の場合、もし会いたいと思ったら、作者には会えるものなの?」

「会えないですね」

里美はあっさり言った。

「あの、よくaのマーク入ったみたいな、変な文字の連なりあるでしょ?」

「変な文字の連なり? メイル・アドレスのことですか?」

「そう、それが解っても、会えないものなの?」

「無理ですね。相手がホーム・ページ開いている人なら、掲示板にメッセージ送るかEメイルして、相手の返事待って、直接当人から住所教えてもらうか……」

「拒否されたら?」

「駄目ですね。あとは、この小説中の文章から、相手の居場所を推理するしかないです」

「この文章から」

「でも、もし相手も会いたいと思っていたら、住所の類、きっと書くでしょう? それは直接的に、誰にでも解るようなかたちでは書かないかもしれないけど」

「うん、そうだね」

「じゃ次の作品、『御手洗さんと石岡君が出ている偽物小説』」

「なんかそのまんまってタイトルだよねこれ。でも、これもよかった」

「ありそうなことですよね、こういうこと」

「日本て、実は麻薬天国なんだよね」

「そうなんですかー?」

「そうみたい。ただ、覚醒剤なんだけどね、日本の場合は。ヘロインとか、LSDとかはあくまり入っていないらしいけど。覚醒剤は、どうもすごいらしいよね」

「ふうん、どこで売っているんだすか?」

「パチンコ家とか、駅の構内なんだって。でもこんなふうに、中古電気屋の店先で電化製品ごと売るってことも、ないことではないと思うな。高価なドラッグだったら」

「はい」

「この事件は、石岡自身が全然気づかないうちに、実は事件に巻き込まれていたって設定が新しいよね」

「で、この小説は……」

「これも違うと思うな」

「そうですね、じゃ次に『御手洗潔と学校の怪談』」

「これ、『ベートーベン幽霊騒動』に似てるよね。

同じ人の作品ってことはないの?」

「違うみたいです」

「ふうん、学校の怪談ってのは、女の子の好きなパターンなのかな」

「人気のパターンですねー。そういう映画が最近当たったから」

「ベートーベンの方が音楽で、こっちは絵だね」

「両方とも校長先生が出てきて……」

「本当、発想がよく似てる。あとは演劇で、この種の怪談が作れるかなー。運動部とかもいいかな。でもこれ、東雲少年と、犬の真之介がよかったね」

「石岡君もよかったです」

「これも違うと思う。小幡さんを動かしたものとは違うと思うな」

「うん、きっと違いますねー。じゃ次ですか?」

「うん」

「じゃ続いて『Pair jewels / Pair lovers』」

「これも上手な作品だね。玄人っぽい。なんだか本当にあったことみたいだ。文章が上手だし、心理描写も手馴れてる感じだし、女性の心理も巧みに書けてる。まあ女性だから当然かもしれないけど」

「レオナさん出てくるもの、みんなリアリティありますね。レオナさん書くの、みんな上手。レオナさんから、実際に手紙来ます? 最近。先生に」

「前はたまに来ることあったけど、今はもう来ないな。仕事で忙しいんじゃないかな。レオナさんからのピクチャー・カードなんてね、すごい貴重だから、みんな大事にとってある。将来は、あれみんな博物館入りだよきっと」

「へえ、文面、日本語ですか?」

「うん、ぼくには日本語。でも彼女、英語の筆記体すっごく上手なんだ。華麗っていう言葉、ああいう文字のためにあるんだろうなぁ。本当に見事だよ」

「後で見せてくださいね」

「うんいいよ。ところでこれも、ハリウッドだね、舞台は。だから違うだろうなぁ」

「そうですね」

「まあそれは外国でもいいと思うんだよ、小幡さん英語得意だったみたいだから。でもこの物語は、やはりしっかり完結して、閉じていて、外部の人の参加を求めてはいないよね」

「じゃ、これも違いますか?」

「うん、そう思うな」

「うん、はい。じゃこれで前半終了でしょうか」

「うんそうね、これで十三作かぁ。いや、なかなか手応えのある作品群でした。勉強になったよ」

私は言った。

「それ、作品としてですか?」

「うん、作品としてって意味。だってこれだけの数の人が、日頃ぼくが書いているのと同じテーマで競作してくれてたんだものね、すごい刺激になったよ。これは小幡さんとは関係ないことだけど」

「はい。そうなると、これまででは『御手洗潔の【暗号】つき女子寮殺人事件』と、『Alien』ですね? 小幡さん関連で怪しいのは」

「うん、疑われるのは。……でもこの両方とも、やっぱり閉じてはいるよね、物語が。エイリアンが、誰かを殺そうとしているところで終わっているとかさ、そういうのだと解りやすいけど。それならきっとそれが、小幡さんを動かした作品だと思うのね」

「うん、でもー、そんなに解りやすくなってますかねー」

里美は言う。

「解んないね。でもそう願うよ。じゃともかく、続いて後半戦突入といこうか」

「はい」

で、私たちは再び、作品を一編ずつ読んでいく作業に戻った。


〈上巻、了〉

御手洗パロディ・サイト事件　上

2000年4月25日　1刷

著　者　島田荘司
発行者　南雲一範
発行所　株式会社 南雲堂
〒162-0801　東京都新宿区山吹町361
TEL 03-3268-2384　FAX 03-3260-5425
振替口座00160-0-46863
印刷所　図書印刷株式会社

乱丁・落丁本はご面倒ですが小社通販係宛にご送付下さい。
送料小社負担にてお取り替えいたします。
Printed in Japan〈1-356〉
ISBN4-523-26356-6 C0093　〈検印省略〉

E-mail　nanundo@post.email.ne.jp
http://www.mmjp.or.jp/nanun-do